LA SANGRE DEL CORDERO

TÍTULO ORIGINAL:
The Blood of the Lamb

© 1961, Peter De Vries. Publicado por acuerdo con
International Editors Co y Curtis Brown Ltd
The moral rights of the autor have been asserted

© de la traducción, 2017, Alejandro Gibert Abós
y Mireia Piñas Matesanz
© 2017, Jus, Libreros y Editores S. A. de C. V.
Donceles 66, Centro Histórico
C. P. 06010, Ciudad de México

La sangre del cordero
ISBN: 978-607-9409-65-4

Primera edición: enero de 2017

Imagen de cubierta:
fragmento de *Agnus Dei*, de Francisco de Zurbarán

Diseño de interiores y composición: Sergi Gòdia

PETER DE VRIES

LA SANGRE
DEL CORDERO

TRADUCCIÓN DEL INGLÉS
DE ALEX GIBERT Y MIREIA PIÑAS

Mi padre no fue un inmigrante en el sentido habitual del término, pues no emigró de Holanda a propósito, por así decirlo. Salió en barco de Róterdam sin más intención que la de visitar a unos parientes y amigos holandeses que sí habían decidido establecerse en Estados Unidos, pero durante la travesía sufrió unos mareos tan espantosos que no quiso ni plantearse la posibilidad de regresar. Pasó una semana en un camarote de tercera mientras la peor tormenta atlántica registrada en muchos años lo zarandeaba de un lado a otro hasta tirarlo de la cama. Su única y displicente compañía en cubierta la formaban otros rostros verdosos y quemados por el sol. A los italianos les olía el aliento a ajo; a los alemanes, a vino y cerveza. Cuando por fin desembarcaron, mi padre cayó de rodillas y besó el suelo americano, pero tan sólo porque se trataba de tierra firme. Enfrentarse de nuevo a aquella travesía le resultaba sencillamente impensable, así que canceló su pasaje de regreso y mandó fletar todas sus pertenencias desde Holanda. Fue así como Ben Wanderhope pasó a formar parte de la sólida reserva de inmigrantes del Viejo Mundo de la que ha surgido Estados Unidos.

Desde el punto de vista intelectual, mi padre era un «navegante» mucho más intrépido, y su espíritu inquieto e inquisitivo no tardó en conducirle a aguas que la Iglesia Calvinista Reformada Holandesa de Chicago, que le había dado cobijo, identificaba con los mares de la Duda.

—Fíjate en la historia del frasco de perfume de alabastro, por ejemplo —recuerdo que le dijo una noche al tío Hans, un clérigo de Iowa que había venido de visita aquel verano en busca de unas vacaciones que acabaron pareciéndose muchísimo al trabajo.

El tío Hans apretó los dientes. Habría preferido usarlos para mordisquear un buen puro mientras daba una vuelta y entretenía a los niños del barrio moviendo las orejas a la vez o por separado, una técnica en la que había alcanzado verdadero virtuosismo. Los errores de aquel creyente le parecían, además, especialmente mortificantes, pues eran fruto de una lectura reiterada y atenta de las Escrituras: la clase de lectura que las propias Escrituras recomiendan a los fieles.

—Un evangelio dice que fue en casa de un fariseo de Naín —prosiguió mi padre— donde «una mujer de la ciudad, que era pecadora» le ungió a Jesús *los pies* con perfume. Otro sitúa la escena en Betania, en casa de Simón el leproso, y afirma que la mujer le roció de perfume *la cabeza*. Juan dice que la mujer era María y que a la mesa se sentaba Lázaro, nada menos: un detalle que, de ser cierto, resulta extraño que los otros evangelistas no mencionen. Un evangelio dice que aquel despilfarro indignó a Judas Iscariote, mientras que otro dice que los indignados fueron todos los discípulos. ¿En qué quedamos? Si la Biblia es infalible, ¿cómo es posible que se contradiga de esta manera?

—Tu problema, Ben, es... ¿cómo te diría? —mi tío hizo una pausa, bastante típica en él, para buscar las palabras adecuadas y al cabo respondió con una precisión también bastante típica— ... que cuelas el mosquito y te tragas el camello.

—¡Así se habla! —gritó mi hermano desde el cuarto adyacente, donde se estaba acicalando para acudir a una cita; Louie, que tenía diecinueve años, había perdido la fe mientras cursaba sus estudios de medicina en la Universidad de Chicago—. Qué labia, tío Hans.

Por entonces yo tenía doce años y no distinguía del todo la ironía, pero ahora puedo imaginarme con absoluta claridad a Louie sonriéndole burlonamente al espejo de la cómoda mientras se anudaba la corbata.

También puedo ver a mi padre con absoluta claridad bebiendo su whisky de contrabando, el rostro desfigurado por una oleada de muecas: frunciendo y encogiendo los labios, moviendo arriba y abajo, e incluso a derecha e izquierda, dos cejas tupidas y tan independientes como las orejas de mi tío. Lo extraño —y puede que hasta siniestro— acerca de aquel constante ajetreo facial es que jamás guardaba la menor relación con lo que se le decía ni con lo que él pudiera estar diciendo, sino que parecía responder a lo que pensaba secretamente. Sus facciones eran las de un hombre que hablaba consigo mismo, cosa que ciertamente hacía, incluso en plena conversación.

Los vecinos que habían venido a presentar sus respetos al *dominee*[1] que se alojaba en casa decidieron quedarse para presenciar cómo suministraba los primeros auxilios teológicos y para compadecer al hombre que los necesitaba. Por su parte, mi padre disfrutaba de la compasión ajena: ver que la gente le tenía lástima o se preocupaba por él le procuraba un placer casi voluptuoso. Los creyentes miraban sobrecogidos a aquel escéptico mientras sorbían sus tazas de café, aceptadas con prudencia en lugar de otras bebidas más fuertes que, por si acaso, se ofrecían de un modo orientado a garantizar su rechazo: «¿No quieres un lingotazo, verdad, Jake? Claro que no. ¿Y tú, Hermann? No, por supuesto». Cada vez que me topo con una de esas estampas familiares de escritores que se enorgullecen sin disimulo de su pintoresco pasado, sonrío para mis adentros y recuerdo a mi padre haciendo gárgaras de bourbon en los meses de invierno en vez de comprar jarabe para la garganta, o recortando con unas tijeras el extremo chamuscado de los puros para convertirlos en tabaco de mascar, o lubricando los goznes de las puertas con el aceite sobrante de las latas de sardinas: así de mezquino era.

—Nuestro deber —dijo mi tío— es cerrar los oídos a las insidias del demonio…

—Lo que te he dicho se me ha ocurrido a mí, no al demonio.

[1] «Párroco», en neerlandés. (*Todas las notas son de los traductores.*)

9

—… que tienta al espíritu, *och ja!*, tal como tienta a la carne. Nuestro deber es imitar a Cristo, que nos recuerda que Dios esconde la verdad… —aquí mi tío se dio la vuelta en su silla para dirigir aquel dardo hacia la puerta tras la que mi hermano se arreglaba— … «de los sabios y los entendidos», y se la revela a los niños.

—¡Así se habla! —lo jaleó mi hermano con retintín.

—¿Y yo qué puedo hacer? —dijo mi padre, contrariado por la deriva del centro de atención—. ¿Qué puedo hacer, sumido como estoy en las dudas y la confusión? Lo que dices está muy bien, Hans, pero lo que yo trato de explicarte es que basta un error en la Biblia para echar por tierra la doctrina entera de la infalibilidad. Es todo o nada.

—Pues créelo todo —dijo mi tío—. Hay que aniquilar el orgullo humano, del que forma parte la razón, y aceptar la salvación como se acepta un misterio. Porque aquel que quiera salvar su vida la perderá y aquel que la pierda por causa de Jesús la hallará, como dije el domingo pasado.

—¿Y qué me dices del nacimiento virginal, que está en el mismo capítulo donde nos cuentan que Cristo es del linaje de José? ¿En qué quedamos?

—Ese rollo del nacimiento virginal debieron de añadirlo más tarde, cuando la Iglesia se lo sacó de la manga —dijo Louie uniéndose al corrillo.

Un grito ahogado recorrió la mesa de la cocina, a la que se sentaba ya una pequeña congregación. Los hombres, todos de traje negro, se quedaron tiesos y las mujeres sacudieron la cabeza, viendo que lo que había comenzado como una herejía se hundía en las tinieblas de la blasfemia. Bajo un mismo techo vivían dos candidatos a *afgescheidenen*,[2] un término tan funesto y aterrador como lo sería «purga» para los ciudadanos de cierto régimen absolutista aún por llegar. Mi madre servía el café con manos temblorosas; mi abuela, que por entonces vivía con no-

---

[2] «Cismáticos.»

sotros y estaba casi ciega, utilizaba el recogedor de migas para
«limpiar» las quemaduras de cigarro del mantel de hule; mi
abuelo salió al porche y comenzó a rascarse de un modo que,
según se decía en el barrio, depreciaba el valor de los bienes raíces. Mi tío sacudió un dedo admonitorio ante la cara de Louie.

—Rezaré por ti.

—Tú reza, reza —dijo Louie, cuyos modales callejeros
apenas habían comenzado a refinarse en su nuevo entorno
universitario.

—Menuda facultad has ido a escoger, si ésas son las cosas
que te enseñan.

—¿Y papá? ¿Crees que ha sacado esas ideas de la universidad? Los dos sabemos leer, eso es todo. Y te voy a decir una
cosa: no es preciso creer que la Biblia es infalible para sacarle
provecho. Es más, habría que aparcar todo ese *geklets*[3] para empezar a apreciarla como la gran obra literaria que realmente es.

El comentario provocó un murmullo de singular consternación. La idea de la Biblia como obra literaria era una de las
herejías que el clero llevaba años tratando de expurgar. El doctor Berkenbosch, que acababa de llegar para ver a mi abuela, se
quedó pegado a la puerta de la cocina con los ojos cerrados y
probablemente vueltos al cielo bajo los párpados, deseando no
haber venido.

—Ahora dirá que tu palabra es poesía, Señor —dijo mi
tío—. O que está escrita con mucho arte. Perdónalo, Señor, te
lo ruego de antemano.

—El Libro de Job es la más grande obra dramática salida
de la pluma de un hombre. Teatro del bueno. Mejor que Es-
quilo, para mi gusto.

—Oremos todos, ¿os parece? Postrémonos ante Dios y
tratemos de salvar esta tea de la quema.

Los oyentes estaban demasiado afligidos para moverse
de sus sillas, en las que permanecieron más tiesos que nunca,

---

[3] «Palabrería.»

como si hubieran recibido una descarga eléctrica en el costillar. Por la mesa se fueron propagando los lamentos y los movimientos de cabeza en señal de reproche.

—Que es una gran obra dramática, dice. Puro teatro… ¡La palabra de Dios! *Hemelse Vader.*[4]

Yo no sé si hay o no teatro en Job, pero en nuestra cocina no faltó aquella noche. Por encima del coro griego de lamentaciones holandesas se podía oír a mi hermano exclamando indignado:

—¡Son vuestras ridículas teologías las que han hecho de la religión un imposible, arruinando la vida de la gente de tal manera que ya no se la puede llamar vida! ¡Mira a mamá! ¡Mira a papá!

Mirémoslos, sí. Mi madre pasaba un trapo por la mesa con una mano y se enjugaba las lágrimas con la otra. Mi padre, los codos apoyados sobre la mesa, se cogía la cabeza con ambas manos como si intentara desatascarla de una claraboya o de un tornillo de banco en el que se hubiera quedado encajada.

Mi tío acercó su rostro al de Louie y le dijo:

—¡Estás hablando con un siervo de Dios!

—¡Y tú con alguien que no ha dejado que se le pudra el cerebro que Dios le dio, ni piensa permitirlo!

En los hogares donde no hay verdadera afición a la polémica la escena podría parecer absolutamente inverosímil, pero en el nuestro era bastante común. Ahora que ya no me asaltan las dudas, y en cambio me torturan las certezas, puedo mirar atrás con una perspectiva de la que carecía por completo en aquellos tiempos, porque entonces me castañeteaban los dientes. Nosotros éramos el pueblo elegido (más aún que los judíos, que habían «rechazado la piedra angular») y nuestro concepto calvinista de la elección incondicional se veía reforzado por el de la supremacía holandesa. De escuchar a mi madre, uno habría creído que Jesús era neerlandés, lo cual no im-

---

[4] «El padre celestial.»

pedía que entre nuestros héroes hubiera hombres de distintos credos y orígenes. Muchos años después del juicio de Scopes seguíamos lamentando la derrota de William Jennings Bryan,[5] y aquella noche no hubo que esperar mucho para que saliera a relucir el asunto de la evolución.

—¿Y qué me dices de la causa primera? —dijo mi tío—. ¿De dónde ha salido el mundo, si no es obra de Dios?

—¿Y qué me dices tú de los órganos vestigiales? —replicó mi hermano—. Si tú puedes menear las orejas mejor que nadie es porque los músculos de otros tiempos no se te han atrofiado tanto como a los demás. Y también te quedan unos cuantos para mover la cola, amigo, te lo digo yo. Por no hablar de otros cientos de vestigios de tiempos pasados, como las muelas del juicio o el vello corporal, que ya no nos sirve de nada pero que, cuando aún íbamos a cuatro patas, nos ayudaba a retener el calor.

—¡Postrémonos!

—Por ese estadio ya hemos pasado, te digo.

—¿Y por qué no tengo cola, explícame, si aún conservo los músculos para menearla?

—La tuviste, no lo dudes. Si los órganos vestigiales no te convencen, siempre podemos recurrir al embrión: la ontogenia recapitula la filogenia, ¿sabes lo que eso quiere decir?

—A mí no vas a impresionarme con tus palabrejas rimbombantes —dijo mi tío, que tanto gustaba de esgrimir sus *preordinaciones* e *infralapsarianismos*.

—Quiere decir que el individuo, desde el instante en que es concebido, reproduce a pequeña escala la historia entera de

[5] En 1925 John Thomas Scopes, profesor de secundaria del estado de Tennessee, fue condenado por enseñar en su clase de biología la teoría de la evolución de Darwin, en lugar de impartir la doctrina bíblica de la Divina Creación, como estipulaba la ley. William Jennings Bryan fue el candidato demócrata a la presidencia de Estados Unidos en 1896, 1900 y 1908. Furibundo detractor de darwinistas y evolucionistas, tomó parte activa en la acusación durante el juicio de Scopes, que pasaría a la historia como «el juicio del mono».

la evolución de la especie. —Louie se volvió hacia mi tía, que estaba oportunamente embarazada—. A ver, ¿de cuánto está la tía Wilhelmina?

—¿Por qué no cierras la boca?

—¿De siete meses? Pues los resquicios de las branquias que tenía su hijo a los dos meses, una reliquia de nuestro pasado marino, ya se habrán cerrado. Se habrá desarrollado ya el aparato respiratorio de los animales terrestres, amigos. El notocordio se habrá convertido en la columna vertebral. Tu hijo tiene los pies enroscados, cielo, son como manos, capaces de aferrarse a las ramas. La cola que ha tenido durante todos estos meses se habrá atrofiado del todo cuando nazca, aunque no falta el mamífero humano que nace con ella. Podrás decir lo que quieras, pero la verdad es que tú y Bryan y Billy Sunday[6] no sois más que museos andantes de lo que os empeñáis en negar, mientras que la tía Wilhelmina lleva en su seno un resumen de toda nuestra historia. Tu hijo está a punto de bajar de los árboles, tía.

Mi tío se volvió hacia ella. Por un momento pareció que iba a dirigir sus protestas contra su mujer: la miraba con otros ojos, como si la creyera capaz de traicionar los principios más sagrados y poner en peligro su modo de ganarse la vida paseándose por ahí con un compendio de la selección natural en la barriga.

Louie no cejaba en su empeño.

—Y hay atavismos aún más dramáticos, como los labios leporinos, que les debemos a nuestros ancestros pisciformes, con esa deformación de las fosas nasales, o los niños con cara de perro que se exhiben en las barracas de feria…

El alarido de mi tía propició un cambio abrupto en el rumbo que había tomado la conversación. «Wat scheelt u?»[7], ex-

---

[6] Jugador de béisbol estadounidense de finales del siglo XIX que, durante las dos primeras décadas del XX, se convirtió en el predicador evangelista más célebre del país.

[7] «¿Qué te pasa?»

14

clamó, saliendo precipitadamente de la cocina. «¡Cómo se te ocurre hablarle así a una mujer encinta!», clamó el coro de mujeres. La camarilla de señoras la siguió hasta el salón, pero poco pudieron hacer por calmar su histeria, pues compartían las mismas supersticiones rurales que la motivaban y no era la única que se encontraba en estado interesante.

La casa se convirtió en un pandemónium. La gente iba y venía sin norte de la cocina al salón, presa del pánico. Un tumulto de manos aliviaba a mi tía jadeante, aflojándole las ropas para que pudiera respirar, o retorciéndose y poniendo el contrapunto a aquella melodía de suspiros, ojos en blanco y chasquidos de reprobación. El doctor Berkenbosch agarró su maletín y se fue volando al salón, cerrando la puerta después de empujar hacia el pasillo a todos los hombres y algunas de las mujeres, como un empleado del metro. Mi tío se volvió hacia Louie.

—¡Me dejas de piedra! Con toda tu presunta educación y no se te ocurre nada mejor que hablar así en presencia de una mujer en estado. ¿Eso te enseñan en la universidad? ¿Cómo traer al mundo niños con cara de perro y ese tipo de aberraciones?

—Pero si la gente ya no cree en todos esos cuentos de vieja sobre niños estigmatizados. —El coro femenino que bullía al otro lado de la puerta desmentía la hipótesis—. No son más que supersticiones tontas y hemos de ayudar a las mujeres a librarse de ellas: ya se ha descartado la influencia prenatal.

—¡Ah! ¡Así que se ha descartado…! —dijo mi tío, escandalizado—. ¿Y sobre qué has estado perorando? Paladares hendidos, orejas de burro, colas… Ahí está todo, como acabas de decir, esperando a que una palabra inopinada o una influencia maligna lo saque a relucir. Está todo ahí, dice la ciencia. La tía Wilhelmina podría engendrar cualquier clase de monstruo imaginable. Lleva dentro todos los monstruos habidos y por haber, por lo que dices.

—No he dicho eso. Lo que yo digo es que cualquiera de nosotros es un museo evolutivo andante y que no veo cómo podrías explicar esa realidad si hay que tomar el Génesis al pie de la letra y Dios creó al hombre un sábado y los seres humanos fuimos siempre criaturas terrestres. En fin, ¿qué clase de Dios crearía a un bípedo implume para luego dotarlo de toda clase de reliquias de un pasado marino, reptante y cuadrúpedo que nunca fue el suyo? ¿Eso cómo se explica? Te lo pregunto en serio, por pura curiosidad.

Mi tío agitó un cigarro apagado ante la cara de mi hermano en señal de advertencia.

—¡Como me nazca un albino…!

La puerta se abrió de golpe y el doctor Berkenbosch entró apresuradamente. Se había quitado la chaqueta y remangado la camisa.

—Agua, tráiganme un poco de agua —dijo, y corrió de vuelta al salón.

Alguien agarró una tetera y la llenó de agua en el fregadero mientras otro prendía un fósforo para encender el fogón. Ambos pertenecían a la facción más liberal o progresista de la Iglesia: gente que iba al cine pese a que esa forma de entretenimiento estaba proscrita.

—Va a tenerlo aquí mismo: han terminado por provocarle el parto —dijo uno.

Despejaron la mesa de la cocina y alguien se quitó la camisa y la hizo jirones para disponer de vendajes.

—No, no, un vaso de agua —dijo el doctor Berkenbosch, que había regresado— para que se trague el sedante.

Le dieron un vaso a rebosar y él trotó de vuelta al salón llevándolo en la mano.

Por la puerta, que había dejado abierta, pudimos ver a mi tía, sentada en una silla, tragar la pastilla mientras el estetoscopio del doctor Berkenbosch recorría las blancas nubes de su pecho. Sus acompañantes, casi todas tan gordas como ella, parecían un coro de sacerdotisas en torno a una Madre Tierra descascarada hasta la cintura. Le tendían pañuelos empapados en colonia cuyas vaharadas llegaban hasta el pasillo, donde nos agolpábamos los demás estirando el cuello. Al final, el médico se quitó el estetoscopio y anunció que ni «lo iba a tener allí mismo» ni precisaría de mayores cuidados, siempre y cuando dejáramos de meter las narices y nuestros remedios antagónicos —como el agua de colonia, en dura pugna con los tranquilizantes— no arruinaran los suyos. De las mujeres brotaba un rumor constante que no era susurro ni lamentación, sino ambas cosas. Mi madre, en un segundo plano, se golpeaba suavemente las sienes. Un vecino adicto a abrir la Biblia al azar para buscar consejo en momentos difíciles cogió la nuestra de la librería y leyó en alto en medio del barullo: «Moab es la vasija en que me lavo; sobre Edom arrojaré mi calzado», lo que no contribuyó en modo alguno al orden, que sólo se restableció cuando el médico volvió a ejercer de empleado del metro para empujarnos a todos, hombres y mujeres, hacia la cocina. Entonces mi padre alzó la voz pidiendo que volviéramos sobre la materia de la que tan aparatosamente nos habíamos desviado.

—¿Qué hay de mí y de mi condenación eterna, eh? ¿Qué hay de mis dudas sobre la Biblia, *och ja*, sobre la Biblia entera, no sólo sobre el Génesis? *Yo digo que el infierno no existe.* ¿Crees que eso me condena a arder en sus llamas? ¿Comprendes la gravedad, la urgencia del problema?

Pero a esas alturas mi tío tenía cosas más importantes que hacer: esperaba impaciente a que el doctor Berkenbosch regresara del dormitorio principal, donde estaba atendiendo a la persona a quien había venido a ver realmente, mi abuela, a la que, con tanto jaleo, habían tenido que obligar a acostarse. Cuando el médico apareció por fin, su cara era un poema: sabía lo que se le venía encima y lo temía de veras. Detestaba erigirse en arbitro de esta clase de pugnas entre la fe y la razón. Al fin y al cabo, si había logrado mantener su consulta en aquella comunidad era gracias a sus lazos con la Iglesia y no a sus competencias médicas.

—Doctor Berkenbosch —lo interpeló mi tío de inmediato—, usted que tiene estudios de medicina, ¿cree que hay algo de verdad en lo que Louie acaba de contarnos?

—Bueeeno…

Cabizbajo, sonriente y sin dejar de frotarse la nariz, el doctor se puso a hablar de los embriones que guardaban en frascos en el viejo laboratorio de biología, de los especímenes de ranas flotando en formol y los tubos de ensayo llenos de ácido cuyos olores se mezclaban en una esencia acre que aún podía oler y que suscitaba en él más lágrimas de nostalgia por sus días universitarios que las corales cantando a pleno pulmón o los muros cubiertos de hiedra. Evocó a algunos de sus profesores, las bromas que les gastaban, lo bien que se lo pasaban en aquellos tiempos perdidos para siempre que, sin embargo, aún vivían en su memoria. Después miró el reloj y añadió:

—Válgame Dios, esta noche tengo otra visita. Otra mujer en estado. Bueno, adiós a todos.

Cogió su maletín y huyó despavorido.

Yo me fui con él. Me llevaba muy bien con el doctor, que siempre me dejaba subir a su viejo Reo para acompañarle en su ronda de visitas domésticas. Aquella noche, después de tanto alboroto entre adultos, no podía estar más agradecido de tener a un niño a su lado. Aunque yo, excitado como estaba por lo que acababa de ver y oír, no tenía la menor intención de concederle su ansiado respiro.

—¿Es verdad eso que decían? —pregunté mientras el coche traqueteaba calle abajo—. ¿Que somos todos esos animales antes de nacer?

El doctor lanzó una mirada apresurada por encima del hombro, preparándose para doblar la esquina.

—No te preocupes, la verdad acabará por salir a la luz gracias a la ciencia médica. ¡Si vieras los progresos que hemos hecho! A veces nos cuesta un poco y nos hace falta más instrumental, esto y lo otro, pero hay pocos problemas que se nos resistan.

—Y las agallas, las colas y eso ¿qué?

El doctor me tranquilizó. Me dijo que era mucho lo que se podía hacer, hasta en los casos más difíciles; que, por más deforme o incompleto que estuviera un feto, con el tiempo, la alimentación y los cuidados prenatales adecuados, al cabo de nueve meses, que eran la única exigencia de la ciencia médica, ésta se encargaría de darle a cada madre un hijo perfectamente sano.

—A eso se le llama embarazo a término —me explicó—, y no te imaginas los progresos que estamos haciendo para conseguir que todos sean así. El bebé de la mujer que voy a ver esta noche, y te lo cuento sólo porque sé que me guardarás el secreto, no se ha colocado en la posición correcta en el vientre de su madre. —Detuvo el coche frente a una casa de ladrillo de una sola planta—. A eso se le llama un parto de nalgas.

—¿Y qué va a hacer?

—Decírselo.

—¿Cree que estas cosas les pasan por haber caído? —le pregunté, apelando a otro de los clichés que los niños como yo recibíamos como quien recibe un carcaj lleno de flechas para enfrentarse a una vida maldita por el pecado.

El doctor se quedó un momento con la mano posada en la manija de la puerta antes de apearse.

—Pues es curioso que me lo preguntes: hace poco tuve a una paciente que se cayó por la escalera y rodó dos tramos enteros, y aun así el bebé le salió perfecto.

—¿Y cuánto tiempo faltaba para el parto cuando se cayó?

—Diez meses, puede que un año. Pero la caída no interfirió en absoluto con la concepción, y el niño que puse en sus brazos, como suelo decir, era una criatura perfecta en todos los sentidos.

—¿Y cómo pudo caerse por dos tramos de escalera?

—Pues fue uno de esos milagros de la medicina. Rodó por un tramo y, al llegar al rellano, *giró hacia la izquierda*, con lo que consiguió seguir rodando por el segundo hasta la planta baja, sí señor. Se quedó tirada en el vestíbulo hasta que por fin pudo levantarse y al cabo se marchó de ahí sin haberse roto ningún hueso ni sufrir daño orgánico alguno. Fue uno de los sucesos más notables a los que he podido asistir en el ejercicio de mi profesión.

—¿Aceptaría a un paciente con branquias y cola... que fuera una prueba de la evolución?

—En la consulta de un médico hay sitio para todo el mundo, hasta para los que no pueden pagar —agregó por mentar una monstruosidad aún mayor.

Sentado a solas en el coche, mientras el doctor llevaba a cabo su visita, cavilé sobre lo que había oído aquella noche: sobre la fe en los misterios, amenazada por misterios igual de grandes, cuando no mayores, y sobre la sustitución del milagro por una verdad científica tan digna de reverencia como aquél. Pensé que por fin comprendía la indefensión de los recién nacidos: eran criaturas débiles, pero no porque fueran bebés o seres diminutos, sino porque acababan de recapitular millones de años de evolución. ¡Aquello podía dejar fuera de combate a cualquiera!

Con aquellos misterios ya más o menos asentados —o al menos pospuestos— en mi cabeza, me pasé el trayecto de regreso preguntándole al doctor sobre mi padre, hombre dado al recital operístico de unas dolencias tan desconcertantes como los fenómenos que le gustaba discutir.

—Las dolencias internas de tu padre no dejan de ser corrientes en un hombre con las entrañas podridas —dijo el doctor—. Su estómago no es el más saludable del mundo, por ejemplo, pero aún no podemos inferir que lo tenga *ulcerrado*. Aunque está claro que tiene muchos números de *ulcerrarse* y haría bien en mantener el licor a raya. Te agradecería que se lo recordaras. El alcohol provoca trastornos digestivos y genera un exceso de jugos gástricos que van perforando las paredes del estómago, sobre todo en el punto donde se vacía en la plétora...

Huelga decir que los conocimientos del doctor Berkenbosch eran rudimentarios, por no decir otra cosa. Aunque la jerga que empleaba podía achacarse en parte a su raigambre en una comunidad donde la pronunciación era, en el mejor de los casos, coloquial y flexible —en mi barrio todos decíamos «úlcerra» y «arturitis»—, también se debía, con toda seguridad, a una formación desastrosa. Había estudiado en una de las peores facultades de medicina del país en una época en que casi todas eran una vergüenza. Hasta la reforma del sistema universitario, en 1910, había muchas facultades de medicina no homologadas. Fue en una de estas universidades del sur donde el doctor consiguió su licenciatura antes de aterrizar en el mundo laboral. Y aunque la ciencia médica hubiera dado desde entonces pasos de gigante, Berkenbosch no dejaba de frenar o apretar los suyos por la calle para evitar a cualquier posible beneficiario de sus servicios. A una tía mía le inmovilizó una pierna rota con una escayola demasiado corta y la pobre mujer tuvo que usar un bastón el resto de su vida, que fue bastante larga gracias a que decidió cambiar de médico de cabecera. No obstante, la metedura de pata del doctor —¡valga la expresión!— la dejó fría y no suscitó en ella rencor alguno: la asumió, a la manera de los campesinos, como una porción de la desgracia que le había tocado en suerte. A mí me dio un vuelco el corazón años más tarde, cuando me enteré de que yo había venido al mundo en aquella casa de forma inesperada, con el doctor Berkenbosch oficiando de partero en condiciones probablemente muy similares a las presagiadas por los aficionados al cine que tan prontos estaban para hervir agua e improvisar apósitos con la tela de sus camisas.

Al llegar a casa encontré a las mujeres sentadas en el salón. Se habían acomodado en un corro cloqueante alrededor de mi tía, que pasaba plácidamente las páginas del álbum de fotos familiar. Bajo sus miradas desfilaba un niño tras otro, todos con el número ideal de dedos en las manos y los pies y despojados de cualquier indicio de imbecilidad, como para contrarrestar el mal de ojo que hubiera podido traer consigo la mera propuesta de que ella llevaba en su seno un monstruo del Pleistoceno. Los hombres se encontraban en la cocina, discutiendo con menos serenidad sobre la Depravación Total,[8] un artículo de fe al que, por algún motivo, nuestro pueblo es especialmente aficionado. Mi tío estaba explicando su relación con el Pecado Original, ofreciéndose a sí mismo como ejemplo para afirmar que, a pesar de su carácter e integridad, de su ingenio agudo y su incomparable erudición, a sus propios ojos y a los de Dios era un ser indigno cuyas obras y acciones no valían más que un harapo inmundo. Si aquélla era nuestra opinión sobre los méritos humanos, no hace falta explicar lo que pensábamos del vicio. Me senté en un rincón con los brazos cruzados y volví a temblar mientras oía la enésima aclaración de la maldición que había descendido sobre la raza humana tras la Caída, una maldición por la cual «toda la creación gime a una, y a una está con dolores de parto hasta ahora» y a la que cabía atribuir todos los males que aquejan a los mortales: la locura y el asesinato, la lujuria, la blasfemia, la enfermedad, la violación, el incesto y los cielos encapotados. Mi padre, que había tenido ya su ración de vestiduras rasgadas, se contentaba con escuchar en silencio, aunque no dejara de aportar al cónclave cierto dramatismo. Para acreditar que se tomaba muy a pecho la Caída, había comenzado a retorcer el pañuelo entre sus puños encallecidos, librándose a una frenética sucesión de contorsiones faciales, como si buscara la expresión más adecuada. Mi tío le tendió la mano para detener aquella maniobra, colmada de protagonismo, y sus muecas concomitantes.

—Ya está bien, déjalo. Dios no necesita exteriorizaciones de este tipo. Lo que nos pide es… *och ja*, ¿cómo diría yo? —y se hizo un silencio especialmente largo, mientras mi tío tanteaba en busca de las palabras precisas—: Que nos rasguemos los corazones y no las vestiduras.

---

[8] Uno de los cinco puntos fundamentales de la doctrina de Calvino, que afirmaba que el estado natural del hombre era el de depravación total, por lo que era incapaz de contribuir a su propia salvación sin la ayuda y mediación del Espíritu Santo.

—Qué labia tienes, Hans —dijo mi padre, que tal vez no estaba tan familiarizado con las Sagradas Escrituras como mi tío debía temer—. Siempre das en el clavo.

Entre ambos grupos se sentaba mi madre, que estudiaba en silencio su querida colección de minerales: el santo olvidado e insospechado villano de toda esta historia, pues en aquel hobby inocente latía una amenaza para nuestra perspectiva del mundo y de la vida mucho mayor que las dudas de mi padre y la iconoclasia de mi hermano. Aunque tuvieron que pasar muchos años para que yo encontrara esta interpretación a la escena que puso fin a aquella larga velada.

Cuando el último huésped se hubo marchado, mi tío se sentó a pergeñar unas notas para un sermón inspirado en los acontecimientos de aquella noche. Se basaba en el primer versículo del Génesis y pretendía ser un tratado sobre la edad exacta de la Tierra, que, a partir de las cronologías del Viejo y del Nuevo Testamento y otras fuentes fiables, podía calcularse en seis mil años. Trabajaba en la mesa del salón, cubierta, como tantos otros muebles de la casa, de los queridos minerales de mi madre: talismanes de su tierra natal holandesa llegados por mar y souvenirs procedentes de cada una de sus vacaciones por su país de adopción y de los paseos que solía dar por la playa del lago Míchigan. Mi tío me permitió sentarme a su lado a mirar.

«Listo», dijo por fin, deteniéndose después de hacer una floritura con el lápiz.

Luego emparejó los folios del manuscrito y buscó un pisapapeles para que no volaran con la brisa estival que mecía las cortinas de la ventana abierta. Escogió, claro está, uno de los minerales de mi madre: un trozo de fósil del paleozoico de quinientos millones de años de antigüedad.

2

Durante mucho tiempo mi padre padeció de insomnio, lo que nos obligaba a respetar su sueño a cualquier hora. «Shhh» fue la primera palabra que aprendí, y era una orden dirigida a mí, no a otros para que no despertaran al tierno infante que era yo entonces. Caminar de puntillas fue mi primera imagen de la locomoción humana, atisbada a través de los listones de la cuna.

Después de acostarse a una hora más o menos convencional, mi padre yacía en la cama sin pegar ojo hasta el alba, momento en que se sumía en un sopor que duraba hasta el mediodía. Su jornada se dividía así en dieciséis horas entre las sábanas y ocho en pie, proporción inversa a la habitual en el ser humano. Tenía un negocio de reparto de hielo con un socio llamado Wigbaldy, originario como él de Holanda, que era quien debía soportar las consecuencias de su trastorno cubriendo el trayecto por su cuenta hasta que, con el sol en su cénit, mi padre aparecía en uno u otro de los callejones de Chicago por los que ejercían su oficio con un carro tirado por caballos. Aunque lo más probable era que mi padre le tomara la delantera a Wigbaldy y lo esperara tomando el primer refrigerio del día en una de las muchas tabernas a las que abastecían antes de la Ley Seca. Como la mayoría de insomnes, no toleraba el menor comentario que diera a entender que había dormido bien o, simplemente, que había dormido.

Muchas eran las razones aducidas para justificar el trastorno de mi padre, que le acompañó intermitentemente durante años y contribuyó a enterrar a dos de sus socios comerciales. Una era la añoranza de su tierra natal; otra, sus dudas religiosas; por último, estaba la inquietud por lo que Louie pudiera estar haciendo mientras él daba vueltas y más vueltas en la cama. Puesto que era a mi cama a la que Louie regresaba

24

sigilosamente de madrugada, cargado de historias, yo supe de sus proezas nocturnas mucho antes de que pudieran preocuparme. A sus chicas solía llevárselas a los matorrales de alguno de los múltiples parques de Chicago, después de seducirlas con poemas de Shelley o de Swinburne recitados con el acento de las calles de donde las había sacado:

> Cuando la alondra afina su vigilia canora
> por el farol que agoniza al despuntar la aurora
> y la noche le susurra al día que ya aflora:
> «Duerme, amor, no te impacientes»;
> y abraza aún a medias con su cuerpo umbrío
> el pálido torso de su amante de rocío
> entre plumas prendadas que tiritan de frío
> al son de sus labios ardientes.

A este muestrario de aprensiones se le añadía la desazón que a mi madre le causaba mi costumbre de dormir con Louie. Yo era un niño delicado, mientras que Louie no había estado enfermo en su vida, y todo el mundo sabía lo que pasaba cuando dos personas de constituciones tan dispares compartían la cama: el fuerte acababa por sorberle la vitalidad al débil.

Las opiniones de una mujer convencida de que Cristo era holandés no podían tomarse a la ligera, mucho menos cuando venían respaldadas por mil años de credulidad europea, como en el caso de sus ideas sobre las consecuencias de compartir la cama. A menudo, mi madre se imponía y me obligaba a instalarme en el pequeño cuarto que mis abuelos dejaban vacante cuando se mudaban a otro de los hogares filiales por los que iban rotando sistemáticamente. Ése era también el cuarto al que me desterraba cuando estaba enfermo, y a menudo me hacía permanecer allí después de curarme. Yo siempre acababa por escabullirme en mitad de la noche para regresar junto a mi hermano adorado, pero al cabo de unos meses resucitaba la llamada a la segregación. Los siete años que nos llevábamos implicaban además una desventaja en términos de tamaño que reforzaba la certeza de que mi vigor se veía mermado cada noche que pasaba con él. Por si cabía alguna duda, yo pasaba del sarampión a las paperas (que se diagnosticaban introduciendo un pepinillo en la boca del sospechoso y observando su reacción facial) y de las paperas a la escarlatina y la ictericia y Dios sabe qué más. Tuvimos que soportar cuatro cuarentenas y dos fumigaciones. Mi cuerpo enclenque y mi precario torrente sanguíneo eran el anzuelo infalible para pescar cualquier enfermedad que pasara por ahí.

La dolencia que mejor se correspondía con mi constitución era probablemente la pulmonía. Tuve tres o cuatro brotes, aunque ninguno muy serio, y cada uno me equipaba para deshacerme del sucesivo con mayor facilidad: la bendita paradoja de los seres enfermizos. De su contrapartida, es decir, de aquellos que «no habían enfermado un solo día de su vida», y por tanto no habían hecho acopio de anticuerpos, mi hermano estaba destinado a dar trágico testimonio.

Un crudo día de invierno, a sus veinte años, Louie volvió de la universidad con un resfriado espantoso. Temblaba cuando se desvistió para meterse en la cama. No teníamos termómetro y hasta que el doctor Berkenbosch no llegó aquella noche no supimos que tenía cuarenta de fiebre. El doctor guardó su estetoscopio con su seriedad habitual y comentó, como de pasada:

—Menudo catarro has pillado, chico.

Pero al salir del cuarto nos hizo una seña para que pasáramos al salón y nos dijo:

—Creo que voy a quedarme un rato. ¿No tendrá un poco de café, *Vrouw*[9] Wanderhope?

A mí me mandaron a dormir al cuarto desocupado porque Louie estaba enfermo, una novedad rara e inquietante. Hasta altas horas de aquella noche desapacible oí a los adultos hablando entre susurros en el salón contiguo. El olor del taba-

[9] «Señora.»

co y el café se colaba por debajo de la puerta. Aún no me había dormido cuando el doctor se fue, a medianoche. Y cuando regresó, al amanecer, ya estaba despierto.

Aquel día y el siguiente, sábado y domingo, fui consciente de que la vida de Louie pendía de un hilo. El término «crisis» vibraba como una flecha clavada en mi corazón. La tarde del domingo, después de auscultar de nuevo a Louie, el doctor dejó caer las palabras «los dos pulmones». Se convocó al pastor para oficiar una plegaria en casa tras el servicio vespertino. Leyó un salmo y todos nos arrodillamos para rezar. El mobiliario de nuestro salón era el habitual de aquellos años: un sofá y dos sillones Cogswell con bordados de escenas románticas o pastoriles. El rostro de un pastorcito me sonreía desde el bordado blanco de ganchillo de un antimacasar mientras oteaba entre los dedos, escuchando la plegaria más que rezando. Las palabras «vida eterna» que se escaparon de los labios sacerdotales fueron el primer indicio que tuve de nuestra mortalidad.

Más que temor o piedad, sentía una cólera en la que se mezclaban la perplejidad y el desconcierto. ¿Cómo podía ser que la carne que yo había abrazado en tierna camaradería pudiera ser aniquilada sin previo aviso por un capricho calificado de divino? ¿Con qué autoridad y a qué autoridad suplicaba aquella versión acicalada del tío Hans por la vida de un muchacho tan seductor como el pastor que me sonreía desde su ribera de encaje? ¿Quién sembraba tanto mal gratuitamente, partiendo la carne como si fuera pan, con tal de cumplir sus propósitos? En años posteriores, en los que habría de velar a otra persona que era aún más carne de mi carne, llegaría a comprender un par de cosas sobre las creencias de la gente. Las creencias de la gente son la medida de sus sufrimientos. «Jehová dio y Jehová quitó»: esas palabras debían de ser un bálsamo para quienes habían visto confiscar sus tesoros. Aquel pueblo de pescadores holandeses desplazados, aquellos granjeros que vendían carbón y hielo por las calles de una ciudad extraña, debían de tener sus razones para adorar a un Dios a duras penas discernible del demonio al que tanto temían. Pero al chico que se arrodillaba en el salón de su casa le estaba vedado el consuelo de tales especulaciones. Todas las teologías que desgranaba la sinuosa cantinela del pastor se reducían a esto: cree en Dios y créelo capaz de cualquier cosa. Y otra idea fue tomando forma, expresada en el argot de las calles en que el chico había aprendido las crudas reglas de la justicia y la piedad: «¿Por qué no se meterá Dios con alguien de su tamaño?».

En vano trataba de sentir algo parecido a un ánimo de plegaria. Mis pensamientos eran como el humo del altar de Caín, que no se elevaba hacia el cielo. Y sin embargo, aquella incapacidad de rezar por su alma era una forma de lealtad a Louie, de quien desde hacía tanto tiempo era discípulo. Recordé un espectáculo eclesiástico que incluía la versión condensada de un monólogo perteneciente a una leyenda navideña de Henry van Dyke titulada *La palabra perdida*. Trataba de un joven de buena cuna, originario de la antigua Antioquía, que renuncia al cristianismo y al conocimiento del nombre de Dios a cambio de una vida desahogada mediante una especie de pacto fáustico con un sacerdote pagano del bosque de Dafne, en el que se ha adentrado buscando solaz para su espíritu. Cuando, al cabo de los años, su hijo pequeño se encuentra en su lecho de muerte, ya no es capaz de rezar por la vida del niño, pues ha olvidado el nombre del único Dios al que podía invocar. Era una de las obras predilectas de los juglares locales, que arrebataban a su público con pasajes líricos del tipo: «Las rosas florecían y sus tallos se combaban sobre el jardín; los pájaros cantaban y dormían sobre enramadas de jazmín, pero en el corazón de Hermas no se oía ningún canto». Su viejo maestro, Juan de Antioquía, reaparecía en el momento más crítico con la palabra que Hermas había olvidado para que pudiera rezar por su hijo, y... «¿Era un eco? No, un eco no podía ser porque ahí estaba de nuevo. No: era la voz del niño, queda pero perfectamente audible; era el niño que despertaba de su sueño y lo llamaba diciendo: "¡Padre, padre!"».

Entre los aplausos que despedían al orador, Louie se había girado para susurrarme: «Sandeces». Era la primera vez que oía esa palabra, pero el significado se me hizo evidente de inmediato, dando un vuelco a mis principios con una fuerza que me abrió nuevos horizontes, que me hizo reír y asentir mientras seguía aplaudiendo con los ojos anegados en unas lágrimas que no eran sino vestigios de una época anterior: la época de la credulidad o la ingenuidad, que tan repentinamente había dejado atrás.

¿Qué habría pensado Louie de la escena que se representaba ahora en su nombre? Me volví disimuladamente hacia mis padres. Las muecas que hacía mi padre tras sus manos hirsutas se acomodaban bien a la súplica. Sus contorsiones faciales parecían ahora un poco más humanas, aunque también, quizá, menos cuerdas. El olor del bourbon se mezclaba con las vaharadas místicas de la plegaria. Llevaba desabrochados los tirantes, que colgaban convertidos en dos festones, imagen que me permitió huir de todo aquello y adelantarme proféticamente a la otra vida que sabía que me aguardaba. Era la vida «mundanal» que denunciaba la Iglesia, la vida por la que Louie se había paseado brevemente y a la que yo habría de dirigir también mis pasos a su debido tiempo. Lo que sentí entonces, una burbuja de expectativas estallando en un mar de dolor, sería difícil de explicar salvo a través de otra de esas visiones anárquicas de la infancia: una ventana abierta al mundo, un fogonazo apocalíptico, visiones todas ellas que probablemente no sean sino expresiones líricas del deseo de huir de casa. En mi caso, este deseo se nutría de los peculiares padecimientos de un chico subyugado por una cultura de inmigrantes para el que «ampliar sus horizontes» pasaba por asimilar la perspectiva de la gente que le gritaba por la calle:

Irlandeses y holandeses:
mucho ruido y pocas nueces.

Las costumbres y el aspecto de mi padre avivaban en mí aquel deseo de pertenecer a un mundo más moderno y elegante que yo identificaba con las casas del barrio de Midway, donde Louie iba a la facultad.

Mi madre ofrecía una estampa muy distinta. Puede que agachara la cabeza, pero yo sabía que, tras sus manos huesudas, su rostro, tan gris como el cabello que lo enmarcaba, era una máscara. De momento, el miedo mantenía a raya cualquier otra emoción. Hasta que llegara la hora, *moeke*,[10] como Louie la seguía llamando afectuosamente, pasaría inadvertida; luego se mesaría el pelo hasta arrancárselo de raíz.

Entonces la plegaria adquirió un tono más solemne y las palabras mecánicas del pastor se hicieron vacilantes:

—Sabemos que este hijo tuyo, este hijo de la Alianza, ha dudado en su juventud de tu divina... Concédenos en esta hora... si lo llamas a tu seno... la remisión de sus pecados en nombre de Cristo, nuestro Señor. Amén.

Levantarnos supuso una crujiente reintroducción en el mundo físico, mortal de necesidad para el clima espiritual que tratábamos de conseguir. En pie resultábamos aún más insignificantes que de rodillas: buscadores patéticos de aquello que parecía dispersarse por el mero hecho de buscarlo. El pastor resopló y yo no pude evitar pensar en los músculos para menear la cola sobre los que, según Louie, se disponía a sentarse. Al cabo, no permaneció sentado mucho tiempo: después de una plegaria como aquélla era obligatorio ir al cuarto de Louie a comprobar si sus peticiones habían surtido algún efecto. Nadie podía reprochárselo.

La prescripción médica de «no molestar al enfermo» no podía tomarse al pie de la letra tratándose de la actividad pastoral. Era además un prurito meramente académico, pues Louie llevaba ya varias horas en estado semicomatoso. No pareció darse cuenta de nada cuando el pastor entró sigilosa-

[10] «Mami.»

mente en su habitación, ni cuando los demás lo seguimos y nos dispusimos en un corro silencioso a los pies herrumbrados de su cama.

La cabeza dorada de Louie estaba vuelta hacia la pared. Sus rizos eran una maraña empapada y tenía la frente perlada de sudor. Respiraba por la boca, con bocanadas entrecortadas que le tensaban la garganta y llevaban el aire con grandísimo esfuerzo a sus pulmones desahuciados. Mi madre le enjugó el sudor de la frente con un pañuelo y nos quedamos todos mirando, cabizbajos, con esa expresión de amor tierno y abatido con la que se presencia la agonía de un ser humano. Louie roncaba. Una sola vez se movió y balbuceó unas palabras en las que me pareció entender: «No es problema mío». Desde la calle llegaba el rumor lejano de un organillo que desgranaba el *intermezzo* de la *Cavalleria rusticana*.

El doctor se encontraba entre nosotros; algo debió de percibir en la respiración de Louie que le hizo dar un paso al frente empuñando su estetoscopio, accesorio inútil. Después de auscultarle sacudió la cabeza y regresó a su sitio. Entonces, como si hubieran ensayado minuciosamente la ceremonia, el pastor se acercó al enfermo. Nunca olvidaré la gracia con que llevó a cabo su tarea.

—Ya vuelvo a estar aquí con mi *klets*,[11] Louie. Soy el viejo Van Scoyen, que siempre te ha parecido un tostón, ¿eh, chico? *Och ja, ik ben en kletskous.*[12]

Louie abrió primero un ojo y luego los dos. Después de escrutar al pastor largamente con la mirada vidriosa, asintió con la cabeza. Por un momento, cruzó por sus labios partidos su vieja sonrisa burlona. Van Scoyen no perdió más tiempo.

—Todos esperamos de corazón que mañana te encuentres mejor, muchacho, y que salgas de ésta cuanto antes para volver a soportar el *klets* de siempre. Pero ahora mismo tengo que hacerte una pregunta, Louie. Muchas veces te he oí-

[11] «Cháchara.»   [12] «Soy un charlatán.»

31

do airear tus dudas, pero las has superado, ¿verdad, *jongen*?[13]

Todos nos quedamos paralizados, a la espera. Louie, con el rostro nuevamente inexpresivo, se volvió hacia la pared. Temiendo que pudiera perder la conciencia, mi madre se acercó a la cama y se inclinó sobre él. Louie lanzó un suspiro largo y entrecortado, estremeciéndose de pies a cabeza: era su forma de rogarnos que lo dejáramos en paz.

—Soy *moeke*, Louie —dijo mi madre—. No tienes dudas, hijo, ¿verdad que no?

Louie sacudió la cabeza a un lado y a otro.

—No —dijo con inesperada claridad—. Ninguna duda.

Un suspiro de alivio se propagó entre los presentes. Louie cerró los ojos, lo que nos hizo pensar que había muerto. Sin embargo, enseguida volvió a abrirlos, me miró fijamente y, con su vieja sonrisa burlona, dijo dirigiéndose a mí en exclusiva:

—Por mi parte, ninguna duda.

Ésa fue la última vez que oí su voz. Murió hacia las tres de la madrugada delante de mi madre y de mí, que lo velábamos sin separarnos ni por un momento de su cama. Los dos nos habíamos traspuesto en nuestras sillas, exhaustos. Nos despertó el súbito silencio que se hizo en la habitación y vimos que Louie nos había dejado.

Se había ido en su mejor momento, dándole a cada cual lo que más necesitaba. A *moeke*, la serenidad que le había implorado. A mí, la liberación de la incertidumbre, la emancipación de una fe que justificaba su muerte y con la cual yo no habría podido vivir. Ya podía dejar de pensar, entre la cólera y la angustia: «¿Por qué no se meterá Dios con alguien de su tamaño?». Dios no existía: eso me había dicho Louie con su muerte.

Mi madre tardó aún unos momentos en derrumbarse del todo. Antes se levantó, fue a buscar un peine al tocador y comenzó a cepillarle los cabellos dorados.

---

[13] «Chico.»

3

Tras su muerte, Louie siguió siendo el modelo que siempre había sido para mí, o incluso más, idealizado como lo tenía. Su vida, ni que decir tiene, distaba mucho de ser modélica conforme a los cánones del hogar al que su muerte había asestado tan duro golpe, pero eso al final logramos ocultárselo a *moeke*. Mi padre seguía vacilando entre la fe y la razón con la misma vehemencia, pero a pesar de sus esfuerzos apenas conseguía despertar nuestro interés; ni siquiera lograba que lo tomáramos en serio, como si se tratara de uno de esos cómicos que veíamos —cuando nos saltábamos la prohibición y nos colábamos en algún cine— colgando al borde del precipicio y mirando hacia el abismo con el rostro contorsionado. Lo primero que hice fue sacar del cuarto de Louie todo aquello que pudiera hacer sufrir a nuestra *moeke* o recordarle los tiempos que habían precedido a su fingida conversión: libros de orientación agnóstica, fotos de chicas que a todas luces no eran hijas de la Alianza y varios panfletos ilustrados sobre «el arte de amar» que guardaba en un cajón de cuya cerradura logré encontrar la llave.

Eran objetos de una época que mi hermano había superado, pero para mí, que tenía la misma edad en la que se los habían pasado a él en envoltorios anónimos, eran verdaderos tesoros que había que volver a guardar bajo llave con vistas a futuras delectaciones. Entre lo que saqué de ellos y lo que había aprendido escuchando las crónicas de madrugada de Louie, a los dieciséis años era ya un galán más o menos diligente, aunque no precisamente sutil, que rondaba por senderos de gravilla en busca de «pichoncitos» y «vidamías». Mientras *moeke* esperaba junto a la ventana y papá se revolvía entre las sabanas, yo retozaba por los parques municipales como en su momento había hecho mi hermano, susurrando al oído femenino de turno con la misma dicción barriobajera:

> ¿Quién pasa por la floresta
> con aire virginal?

Era un verso de Joyce, recordado vagamente por haberlo leído en alguna de las joyas que Louie guardaba en su anaquel favorito. Yo lo recitaba con la visera de la gorra hacia atrás para facilitar los subsecuentes movimientos eróticos, como imponía la «técnica» aprendida en los manuales. Respiraba a lo largo del cuello de la chica, un recurso que describían como «besos olfativos», sumamente excitantes para la mujer como preámbulo a maniobras más fogosas. Hoy en día, según tengo entendido, los amantes de Radcliffe y Harvard se recitan pasajes de crítica literaria en las riberas del Charles. La preferencia que teníamos en mi juventud por la obra original me resulta en retrospectiva mucho más saludable que otras prácticas que, por intelectualmente impecables que sean, parecerían «contra natura» a la hora de favorecer la comunión romántica.

La chica a la que veía con más frecuencia durante mi último año de bachillerato se llamaba Maria Italia. La pobre arrastraba tal sentimiento de culpa a causa de nuestros excesos en los rincones más arcádicos del parque que se resistía a invitarme a su casa y presentarme a su padre, cuya severidad era justamente lo que nos había conducido a aquellos parajes. A veces, cuando la casa estaba a oscuras y suponíamos que su padre dormía, terminábamos nuestras veladas en el balancín de su porche trasero. Una noche de otoño, muy tarde, mientras nos balanceábamos envueltos en un suéter, le levanté la falda de franela y eché una mirada tan ardiente como desenvuelta sobre lo que había dejado al descubierto mientras inhalaba por la nariz la nube de humo del cigarrillo que aguantaba con la otra mano.

34

—A veces pienso que esta pierna es la cosa más bonita del mundo, y a veces pienso que es la otra —dije—. Supongo que la verdad se encuentra justo en el medio.

Un ruido me distrajo y al volverme vi en la ventana de la cocina una aparición bigotuda que nos observaba a la luz de la luna gesticulando con un aire de sufrimiento distante, submarino. Huí del porche con la presteza de un cervatillo.

Seguí corriendo durante un kilómetro hasta llegar a casa, donde me esperaba la vigilia paterna complementaria. Me descalcé para subir por la escalera interior de la casa de madera de dos pisos en la que vivíamos y al oír un ruido tras la puerta cerrada, me volví a calzar. Entré arrastrando los cordones de los zapatos.

—Hola, *moeke* —dije alzando una mano hacia la gorra para comprobar que seguía llevando la visera al revés.

—*Waar ben je toch geweest?*[14]

—Estaba en el parque.

—¿Y qué hacías?

—Escucha, *moeke*, esto no te va a gustar nada. Se ha montado un nuevo grupo de debate que se reúne en la caseta del parque; discutimos sucesos de actualidad, que también son obra de Dios. No tienes por qué preocuparte. Vuelve a la cama, *moeke*.

Después de darle el beso de las buenas noches me fui volando al cuarto de baño, donde encontré a mi padre, con sus calzoncillos largos, restregándose los dientes con una toalla, como tenía por costumbre. La escena resucitó al instante mis sueños de una vida futura de regalo y comodidades, sofisticación y, por supuesto, dedicación a la alta cultura.

—¿Dónde estabas?

—Escucha, papá…

La aplicación rotunda y repentina de la toalla en mi mejilla dejó en el tejido una mancha color carmesí.

---

[14] «¿Dónde te habías metido?»

—¿Forastera?

—No lo sé. Creo que se apellida Italia.

—¿Y de dónde sale un apellido como ése?

—No estoy seguro. Son buena gente. Morenos de piel, pero muy simpáticos. Y de un estricto…

Mi padre arrojó la toalla sobre el aguamanil soltando una obscenidad tan holandesa que intentar traducirla sería una temeridad, y agitó delante de mí un dedo admonitorio, pues se encontraba en mitad de una de aquellas fases en que defendía a ultranza los valores tradicionales.

—Si sales con una chica tráela a casa, *verstaan*,[15] porque tengo que ver qué pensaría Jesús de ella. —Agarró la toalla para volver a lanzarla sobre el aguamanil con un sonoro *splat*—. Primero Louie y ahora tú. En la cama hasta el mediodía y sin pegar ojo. Un socio difunto y el otro a punto de cascarla. No puedo más, te aseguro que ya he cubierto mi cupo.

De camino a mi cuarto no pude sino reírme para mis adentros pensando con cariño en aquellos orígenes míos que no tardaría en dejar atrás y de los que espiritualmente ya me había liberado. Me imaginé a mí mismo, con un traje impecable de tweed, caminando por un suelo de parquet en una cena de gala, atravesando puertas lacadas bajo arañas relucientes, como esculpidas en hielo.

El señor Italia eructaba, repantigado en su silla, bajo los retratos ovalados de unos padres aún más peludos que él. Su mujer había muerto, pero había también un retrato de ella, en su ataúd, mirando a la cámara en un inquietante simulacro de amor maternal. Era moreno de piel, en efecto, y lucía un mostacho de manillar tan exagerado que le hubiera hecho perder el equilibrio de no haber adoptado aquella postura que no parecía tener otro objeto que ejercer de contrapeso a su bigote. Abrió una cerveza, después de tenderme bruscamente una

[15] «¿Entendido?»

36

botella de refresco. El líquido, que estaba tibio, tenía un sabor fuerte e indefinible y un color amarillo pálido. («¡Israel, a tus estancias!») Sobre la mesa, a su lado, había un frasco de aceitunas abierto del que iba picando, vaciando a intervalos regulares algo del líquido en una maceta para mantenerlo a un nivel en que no tuviera que mojarse los dedos para pescar otra. Me tendió el frasco, pero decliné la oferta sacudiendo la cabeza. Llevaba una hora interrogándome sobre mi familia —aquella panda de gente normal— y cuando se interrumpió para coger otra aceituna pensé que me había ganado el derecho de hacerle un par de preguntas. En una pequeña hornacina, junto a la que Maria esperaba impaciente que acabara la entrevista, vi apoyado contra la pared un organillo de fabricación antediluviana.

—Veo que colecciona organillos —dije cortésmente, arrastrando las palabras—. Son muy graciosos. Tienen un timbre maravillosamente nostálgico, ¿no le parece?

El señor Italia se echó a reír con ganas, golpeándose en la pernera de un pantalón más apretado que un embutido.

—¡Ésa sí que es buena, muchacho! Qué colección ni qué niño muerto... ¿Te parece a ti que me sobra el tiempo para andar chupando sellos y guardando moneditas raras después de darle todo el día a la manivela?

En mi interior volvió a operarse la misma fuga dichosa, una visión de las cosas que me esperaban, tan distintas de las que me habían venido dadas. Sí, no cabía duda. Volvía a ver aquellas puertas pulidas que franqueaba un criado con una bandeja repleta de cócteles difícil de depositar entre los libros que abarrotaban las mesas de aquella casa de un gusto impecable de la que yo sería huésped habitual. ¡Pero de cuántas cosas había que huir primero! Por lo pronto, tenía que escapar de dos familias, no sólo de una. Le lancé una mirada angustiada a Maria porque habíamos sido muy poco cuidadosos, y qué horror si...

—¿Y dónde tiene al mono? —pregunté, resignado a lo peor.

—Ahí en el sótano. El conserje me deja guardar a *Jenny* en la habitación de la caldera. Los monos no soportan el frío: son animales tropicales. *Jenny* se me ha hecho vieja, necesito otro mono, pero —suspiró— ahora mismo no me lo puedo permitir.

Para entonces, era el señor Italia quien escrutaba a su hija, sopesando esperanzado la misma posibilidad que a mí me daba pavor. Pues bien, ¡yo no pensaba quitarle a su hija! «Ahora mismo no me lo puedo permitir», pensé para mis adentros con cierta grosería mientras me encaminaba con Maria hacia el parque.

—Somos clavaditos, Don —me dijo ella apoyando su fragante cabeza en mi hombro y cogiéndome del brazo con ambas manos—: los dos queremos escapar de casa.

—¿Por qué será que las familias espantosas son la razón a la que más se recurre para fundar una nueva?

—Creo que ésa es una cuestión *intransdecente*.

Era evidente que Maria y las demás chicas del vecindario con las que salía habrían constituido una vía de escape hacia un provincialismo aún peor que aquel cuyas cadenas yo bregaba por romper. Para entonces, un principio selectivo obraba en mí tan profundamente que casi cualquier reflexión sobre el futuro venía acompañada de una imagen de mundanidad y sofisticación. Las chicas como Maria no estaban a la altura de mis expectativas. Tampoco yo lo estaba, pero algún día lo estaría, siempre y cuando lograra sortear ciertos enredos que pudieran frenar, quizá para siempre, mi correcta evolución.

Las fantasías sobre lo que podía sucederme si conseguía evitar esos enredos colmaban mi imaginación como una advertencia incesante. Me detenía ante los escaparates de las numerosas tiendas de muebles de bórax dispersas por el barrio y contemplaba los «moviliarios de salón» y «conjuntos de cosina» que anunciaban hundido en la más abisal de las depresiones, evocando, a partir de los diseños de las mesas y las sillas, dispuestas sin un ápice de originalidad, vidas interminables de trivialidad marital. Algunos de mis amigos, algo mayores que yo, ya habían empezado a comprar esa clase de muebles, en anticipación de aquella vida. Esas visiones eran para mí un vislumbre del infierno, el anuncio de una perdición intelectual y espiritual en cuyos lodazales concomitantes de pago en cómodos plazos y préstamos a veinte años tenía que evitar poner el pie como fuera. Decidí terminar con Maria de inmediato.

—¿No quieres hacer lo correcto? —me dijo.

—No puedo.

—¿Por qué no?

—Por motivos religiosos: nuestros distintos credos nos impiden casarnos.

—¿Pero no decías que te habías rebelado contra todo eso?

—Sí, pero mataría a mi madre del disgusto. Además, no sería justo pedirte que esperaras todo lo que tendrías que esperar. Quiero ir a la universidad el año que viene, si me la puedo pagar.

Estábamos sentados en un banco del parque por respeto a sus deseos de rehuir la complicidad de los matorrales hasta que «llegáramos a un acuerdo». Estaba muy cerca de ser hermosa, era honrada, más sonriente que risueña y no se dejaba llevar por la tontería de muchas de sus coetáneas. Distaba mucho de ser frívola y su desenvoltura sexual era la expresión de una naturaleza afectuosa y espontánea: en ningún caso cabía tildarla de chica «fácil» o «calenturienta». La silueta familiar del agente O'Malley pasó de largo con la porra danzando en torno a su correa y momentos después tuvimos que separarnos un poco porque se acercaba otra pareja.

—Vamos allí, para poder hablar —dije con voz ronca, tirando de ella hacia la sombra de los matorrales.

Las visiones de las tiendas de muebles de bórax se esfumaron cuando vi que me seguía sin ofrecer más resistencia que un leve suspiro de protesta. Nos sentamos sobre mi gabardina extendida en un estrecho calvero entre los matorrales y el terraplén del ferrocarril. Más que un abuso calculado, mi conducta, como la suya, era la de quien cae en la tentación, porque en ningún momento llegué a creer su cuento de que yo era su primer amante (aunque ella sí era la mía). Me habló de su padre, que estaba dispuesto a dejarnos hacer uso del salón siempre que llegáramos a aquel «acuerdo».

—Es tu cuerpo, puedes hacer con él lo que te plazca —le dije, forzándola a estirarse de nuevo entre susurros de protesta.

Cuando volvió a incorporarse de golpe, supe que lo que la había asustado se encontraba detrás de mí. A través de las ramas, apartadas con un frufrú, brillaba una enorme estrella sobre la que alcanzaba a atisbarse la cara de pan del agente O'Malley, contraída en una expresión de perturbación oficial.

—¿Alguien puede decirme qué está pasando aquí? —Y mientras nos poníamos apresuradamente en pie agregó, con un sentido del humor perfeccionado por años de práctica en aquellas lides—: ¿O debería decir, más bien: quién se está propasando aquí?

Tratamos de argumentar que habíamos buscado la intimidad de las sombras con el único objeto de toquetearnos, pero toquetearse también estaba prohibido en el rincón que habíamos ido a escoger, y por un momento pensamos que nos llevaría a la comisaría para ficharnos por atentar contra la moral pública. Estábamos muertos de miedo. Con voz sorda descargué sobre O'Malley un torrente de súplicas, rogándole que pensara, no ya en nosotros, sino en nuestros pobres padres.

—Mi madre se morirá del disgusto —le dije.

—Y mi padre me matará a mí —dijo Maria retorciendo las manos y estallando en sollozos. Unos pocos transeúntes se habían detenido en el sendero que había junto a los matorrales donde se representaba la escena—. Si no fuera tan estricto no tendríamos que estar aquí. Déjenos marchar y le juro por la tumba de mi madre que no volveremos a venir.

Ya fuera porque su corazón irlandés se había enternecido ante la mención de la difunta madre de la chica o porque hubiera sublimado ya su deseo de desempeñar un papel más autoritario que el de deambular por los caminos, O'Malley acabó por transigir. Seguía agitando su porra en el aire mientras huíamos hacia la salida del parque, cual dos juveniles Adán y Eva expulsados del paraíso municipal por uno de los ángeles menores y menos pomposos a disposición del Padre eterno. «Por esta vez lo dejaremos en una advertencia —nos dijo con su fortísimo acento irlandés—, la próxima me acompañáis a la comisaría.»

La cantidad y variedad de acentos y dicciones a los que me vi sometido durante la infancia me parece hoy extraordinaria, aunque no eran en absoluto infrecuentes en aquel tiempo y aquel barrio de Chicago. Más allá del horizonte holandés del hogar se extendía la vasta y extravagante mezcolanza de grupos de origen europeo que componían nuestro Distrito Dieciocho. Aún hoy, después de pasar más de un cuarto de siglo expuesto a influencias sociales más cultas, el inglés correcto me sigue sonando un poco raro y la perfección fonética del londinense ilustrado me resulta absolutamente estrafalaria: el colmo de la extranjería.

El problema de Maria acabó por resolverse gracias al terrible episodio del parque. No volvimos nunca más y, puesto que el porche trasero o el salón de los Italia tampoco eran muy propicios para esa clase de intimidades, nuestra relación fue dejando de exigir aquel «acuerdo» y de torturar nuestros espíritus. Por lo demás, se había abierto entre los dos, como les sucediera también a Adán y Eva, una brecha de perpetua vergüenza. Tuvimos un par de citas más para ir al cine, donde los guardianes de la moral eran los acomodadores, que paseaban el haz de sus linternas entre las parejas abrazadas, y luego Maria comenzó a salir con un chico que parecía más «serio». Nuestra relación estaba ya absolutamente olvidada cuando comencé mis estudios universitarios, costeados con el dinero que había ganado en verano repartiendo listines telefónicos y vendiendo aspiradores de puerta en puerta y complementado con la contribución de mi padre, más generosa de lo que cabía esperar hasta hacía bien poco, pues acababa de vender su empresa de reparto de hielo para pasarse a otro negocio más lucrativo. De hecho, era el negocio con el que las familias más pudientes —o, cuando menos, más esnobs— de nuestra comunidad habían amasado sus fortunas: la recogida de basuras.

4

Hasta mi segundo año de carrera no logré poner un pie en las inmediaciones de la América más sofisticada, y para entonces ya había tenido una buena dosis del nuevo estatus profesional de mi familia, lo que había fortalecido mi voluntad hasta un extremo casi inimaginable. A lo largo del verano, además de los sábados durante el año académico, tenía que ayudar a mi padre con el camión de la basura. Y fue en una de nuestras rondas cuando ocurrió uno de esos incidentes sin mayores consecuencias externas que, sin embargo, sirven para ilustrar cierta incandescencia espiritual y, en mi caso, el anhelo de boato y despilfarro egipcio que me caracterizaba.

Nuestras recogidas eran, por supuesto, de carácter comercial —prestábamos servicio a restaurantes y colmados cuyos residuos excedían la cantidad que podían recoger los basureros municipales— y solíamos realizarlas en el exclusivo distrito de Hyde Park, que entonces más que nunca simbolizaba la elegancia, realzado como estaba por el gran parque universitario de Midway. Los meros nombres de los locales que nos contrataban —Coq d'Or, Luigi's, Balalaika— resonaban en mi alma como el tañido de un gong. Cuántas veces no me habré detenido en las cocinas, mientras sacaba cubos y contenedores, para echar un vistazo a las lejanas puertas tras las cuales, al anochecer, se representarían las escenas con que yo soñaba extasiado una y otra vez: caballeros y damas de gran distinción charlando entre las copas de cristal y los manteles de lino de las mesas, que se sucedían por el comedor como islas en un mar de glamour. Un mundo elegante y desenvuelto del que yo formaría parte a su debido tiempo, no me cabía duda.

No es difícil imaginar, pues, con qué resentimiento me enfrentaba a los cubos de inmundicias que me correspondía recoger. La manipulación y el levantamiento de aquellos cubos para vaciarlos en los laterales del camión precisaban una técnica que no se adquiría de la noche a la mañana, y los remilgos estéticos de un aprendiz como yo hacían la tarea doblemente difícil y peligrosa. En aquella época no disponíamos de sistemas hidráulicos que pudieran elevar el contenedor a la altura de la boca trasera: el contenedor tenía que levantarse a pulso de modo que su centro de gravedad aterrizara justo sobre el borde del camión para poder luego vaciar su contenido. El menor error de cálculo daba lugar a desastres de diversa gravedad: si el cubo se alzaba demasiado se caía dentro del camión, de donde luego había que sacarlo; si no llegaba a la altura suficiente podía venirse abajo vaciando su contenido en plena calle o sobre el basurero de turno. Más de un aprendiz cometía aquel error de cálculo y acababa cubierto de posos de café y engalanado con mondas de fruta.

Lo que más temía al principio era que, al acercarnos al campus, alguien me reconociera, pero no tardé en darme cuenta, con una relativa sensación de consuelo, de que nadie se fija jamás en un basurero. En todo caso, si a uno de mis compañeros de clase le hubiera dado por mirarme le habría sido imposible reconocerme en aquella figura con guantes de lona de payaso y salacot (el gorro con que nos protegíamos de los errores de cálculo). Y aunque me hubiera reconocido, no habría creído lo que veían sus ojos. Además, solíamos pasar cerca de la universidad hacia el mediodía, a una hora en que, más que preocuparme, sólo podía pensar en comer. Fue un sábado de septiembre a mediodía cuando ocurrió el incidente que quería relatar.

Acababa de sonar el silbato que anunciaba la pausa del almuerzo, ritual que había que llevar a cabo tan lejos del camión como fuera posible. Habíamos terminado de recoger la basura en Luigi's, cuyo jardín trasero estaba separado de los patios circundantes por una celosía orlada de farolillos japoneses (a esas alturas del verano ya estaban algo gastados, pero

44

aún resplandecían mecidos por la brisa). Mi padre salió a la calle en busca de algún árbol bajo el que abrir su fiambrera; yo, después de echar un vistazo y asegurarme de que no había moros en la costa, me metí disimuladamente en el jardín con la mía. Luigi's abría sólo para la cena, por lo que el jardín estaba desierto y las mesas sin manteles. Me senté a la más apartada y abrí la fiambrera.

Mientras mordisqueaba el bocadillo y sorbía la leche fría del termo llegaron a mis oídos unos acordes de piano procedentes de una casa vecina. Reconocí uno de los estudios de Chopin, interpretado con un mérito que me sentí capaz de apreciar. Me dio cierto placer pensar que podía ser la única persona al alcance de aquella música para quien sus matices no pasarían desapercibidos. Cuando acabé de comer guardé la fiambrera en la cabina del camión y me fui a dar una vuelta.

Pasé junto a mi padre, que dormitaba bajo un olmo, la cara cubierta con un pañuelo para protegerse de las moscas a las que atraíamos como un imán, y proseguí el paseo. Había doblado dos esquinas cuando volví a escuchar el sonido del piano. Me cayó encima de golpe, como el disparo de un aerosol. Era un sonido infinitamente melodioso y manaba de una casa georgiana de ladrillo recubierta de hiedra, bastante sobria, salvo por el estallido barroco del portal, coronado por dos volutas blancas como las alas de un cisne embravecido en defensa del romance. La melodía se me antojó un eco emitido en respuesta a aquel detalle arquitectónico por un aliado desconsolado, invisible pero cercano. La belleza de aquella música en la tarde estival y la sensación creciente de que el intérprete había encontrado en mí al más propicio de los oyentes —una crítica a nuestra época— me llenó de una embriaguez tal que me puse a trepar temerariamente hasta la ventana de la que salía. Y ahí, parcialmente oculto por una hilera de abetos, eché una mirada cautelosa al interior de la casa.

La estancia era un derroche perfectamente conjuntado de sillas tapizadas de terciopelo rojo y paisajes con marcos dora-

45

dos, jarrones de Sèvres y cortinas de damasco entre las que yo espiaba al pianista, un hombre rubio de mediana edad con el bigote recortado, ataviado con una americana blanca de lino, pero sin corbata. Veía su espalda en escorzo y sus manos, que brincaban por las teclas sin esfuerzo aparente, como hacen siempre las manos de los virtuosos. Las repeticiones ocasionales de algún pasaje indicaban que no ejecutaba aún la composición con la perfección digna de su talento. Enseguida comprobé que no era su único público: una mujer de su misma edad, ataviada con un vestido de seda, escuchaba sentada a su lado con el ceño fruncido y una expresión que al principio me pareció de enojo, pero que era de concentración crítica, como no tardé en advertir. Cuando acabó, ella lo miró y asintió gravemente, con un gesto que transmitía más admiración que un aplauso atronador. El hombre se puso en pie y fue a reunirse con su acompañante, cogiendo por el camino una caja de cerillas para encenderle a ella el cigarrillo que acababa de sacar de un paquete. Luego apagó la cerilla de un soplido, le dio un beso en la punta de la nariz y salió de la habitación.

¡Ésas eran precisamente la clase de cosas que yo quería hacer! Como ilustración del gran mundo, acentuada por el aire despreocupado del protagonista, la escena era difícilmente superable. Me estremeció de pies a cabeza. Preferiría no extenderme mucho sobre el tema de la mundanería, pero es inevitable si hay que presentarlo a una escala más o menos acorde a la importancia que tenía para aquel palurdo encaramado a la cornisa de una ventana. Para alguien criado en el calvinismo, la mundanería no es una entidad vaga, sino un pecado específico, y muy grave. El privilegio de la predestinación, el hecho de pertenecer a los Elegidos, conlleva el mandamiento de «salir de en medio de ellos y apartarse». Sólo a la luz de una larga observancia de este precepto en condiciones de inferioridad inmigrante puede entenderse cabalmente aquella ansia de invertir el mandamiento, de abandonar mi reclusión y convertirme en uno de «ellos». Descubrir el nombre en el buzón de la casa en la que había curioseado me resultó especialmente grato: Van Allstyne. Eso significaba que sus inquilinos eran holandeses y que la impía admiración que sentía por su modo de vida no implicaba ninguna deslealtad racial, sino únicamente religiosa: sólo empeñaba la mitad de mi patrimonio. Aquellos eran mis representantes, mis suplentes en la senda del mal hasta que estuviera preparado para adentrarme en ella yo mismo.

Las pausas durante la jornada laboral no eran siempre igual de placenteras. Un día, a media tarde, vi a mi padre abandonar el callejón trasero de un restaurante llamado Hi Hat (uno de aquellos locales «encopetados» que brotaban como setas desde la revocación de la Ley Seca) y dirigirse por un pasillo hacia la puerta principal.

—¿Adónde vas? —le pregunté.

—Vamos a tomar algo. Estoy muerto de sed.

A mi padre no acababa de entrarle en la cabeza que los establecimientos cuyos residuos nos dedicábamos a recoger no eran como esos a los que en otro tiempo surtía de hielo. Aquéllos eran *tabernas* en las que al repartidor de hielo no sólo se le permitía echar un trago, sino que de algún modo se le invitaba a entrar y gastarse un buen pellizco de sus beneficios; éstos eran *coctelerías* frecuentadas por la clase de gente entre la que yo quería hacerme un hueco en el futuro. Mi padre no acababa de apreciar la diferencia y entraba en aquellos locales refinados con paso decidido, seguro de que le recibirían con los brazos abiertos, aunque eran los efluvios que desprendía los que hacían que la gente se apartara y le dejara los mejores lugares en el bar.

—Un fontanero con su desatascador —pidió en la barra, adonde le seguí para saciar mi sed y también mi curiosidad.

El Hi Hat era un bar de postín al que se accedía bajando dos o tres escalones desde la calle, con interiores de cuero capitoné reflejados en una penumbra de espejos azules. En aquellos reflejos también distinguí vagamente a un grupo de

47

mirones trajeados y aún más curiosos que yo, que comenzaba a arrepentirme de haber venido.

—¿Un qué? —preguntó el barman.

—Un fontanero con su desatascador. Un chupito y una botella de cerveza. Un *boilermaker,*[16] para entendernos. Y al chico ponle una Coca-Cola —dijo mi padre sin molestarse siquiera en pedir algo de comer para disimular.

Los cinco minutos siguientes fueron para mí un auténtico vía crucis. Me bebí mi Coca-Cola con la cabeza baja, consciente en todo momento de las sonrisas que nos dedicaban los parroquianos, aquellos tipos trajeados que habían tenido la suerte de contemplar la miseria por un instante sin moverse de sus asientos. ¡Gente odiosa entre la que no tardaría en contarme! Se iban a enterar.

—¿Qué pasa? ¿Se te han acabado las Heineken? —le dijo mi padre al barman cuando le sirvió la rubia de la casa; yo deseé que me tragara la tierra.

Me bebí medio refresco de un trago y salí de allí a trompicones mientras mi padre se volvía democráticamente hacia una mujer con un abrigo de cachemira y se interesaba por el nombre del líquido rosáceo que bebía. Al amparo del camión, esperé muerto de vergüenza a que saliera mi padre, que reapareció en el callejón con aire risueño y despreocupado, secándose la boca con el dorso de la mano sin saber que acababa de saltarse hasta el último tabú de las convenciones sociales.

Mientras conducía hacia el vertedero se rió entre dientes y rememoró el incidente del bar sacudiendo la cabeza.

—Esa gente y sus bebidas estrambóticas. El buen hombre no sabía ni qué era un *boilermaker.* No lo había oído nombrar en su vida.

La carcajada que soltó no tenía ninguna malicia, más bien delataba una superioridad bonachona, el polo opuesto de mi

---

[16] Así suele denominarse popularmente a la combinación de un whisky y una cerveza, pedidos a la vez y consumidos por separado.

48

visión de aquella gente bien que constituía la piedra de toque con la que habría de medir mi éxito o mi fracaso.

Mi padre fue animándose a medida que nos acercábamos al vertedero. La carretera bajaba por una larga pendiente y pasaba por debajo del viaducto del ferrocarril. En aquel tramo le gustaba ganar velocidad para superar la cuesta que había al otro lado y tirar del cordel de la bocina mientras acelerábamos. El silbato funcionaba con los gases de escape del motor y emitía una serie de pitidos ensordecedores, mucho más efectivos para despejar el camino que una bocina convencional. «¡No te encabrites, bonita!», gritó mi padre al pasar zumbando bajo la vía del tren. Iluminaba su rostro una sonrisa que le daba un aire medio loco, pues le faltaba un incisivo: presagio de la demencia en que se sumiría muy pronto, aunque entonces resultara impensable. La vergüenza se me había pasado ya y me alegraba de ver a mi padre tan contento. Aunque fuera el polo opuesto de todas mis aspiraciones, me caía bien. Su euforia, de una especie indudablemente más primitiva que la que había sentido yo en la ventana de los Van Allystyne, daba fe de la increíble diversidad de la condición humana. «¡Se va derechita al establo!», le secundé extático sin dejar de pensar en la pieza de Chopin. Luego pasamos junto a una parada de tranvías y me regocijé al ver a los viajeros contemplar boquiabiertos cómo atravesábamos el cruce a toda velocidad con el camión descubierto y pitando como posesos, y luego, reflejado en los escaparates, el nombre invertido de Mid-City Cartage sobre un eslogan al que yo me había opuesto en vano: «Servicios higiénicos de higiene».

Llegamos al vertedero al caer la tarde. Consistía en un kilómetro o dos de fosas y promontorios que ardían intermitentemente junto a una autopista de las afueras. No se precisaba mucho aliento poético para ver en aquellas columnas de humo y aquellos fuegos morosos un lúgubre anticipo del infierno. Yo lo veía como la región de las sombras por la que vagaban eternamente los espíritus de aquellos que habían enterrado su talento en vida y no habían estado a la altura de sus posibilidades, cayendo en el pecado de la mala administración. Las gaviotas y otras aves carroñeras eran las arpías que revoloteaban sobre los residuos tóxicos, sus siluetas recortadas contra los fuegos fríos del poniente.

Era un largo crepúsculo invernal y habíamos llegado temprano, antes que ninguno de los camiones que se reunían regularmente en el vertedero al anochecer para depositar su carga.

—Descargamos aquí y a correr —dijo mi padre tomando la salida de la autopista como una exhalación, tan animado como al principio del trayecto.

Luego giró hacia la izquierda, frenó y dio marcha atrás en dirección a la fosa en la que descargábamos por aquellos días. El entusiasmo de mi padre me inquietaba un poco. Estábamos llenando una fosa de la que en otro tiempo se había extraído grava y, si los peligros de maniobrar a campo abierto eran considerables, no creo que haga falta explicitar los de avanzar marcha atrás hacia un barranco de inmundicias.

—Con cuidado —le dije tras apearme, al ver que frenaba en seco al filo del precipicio—. Estás al borde, papá. ¡Echa el freno de mano!

—¡Vamos, yegua! —gritó él al volante, en el mismo tono que hacía un momento.

—Asegúrate de que el freno está puesto antes de descargar.

Echó el freno de mano y estiró de la palanca que inclinaba el volquete para vaciar el inmundo producto de nuestra jornada.

El talud no era muy escarpado donde nos encontrábamos, pues el cráter tenía forma de platillo, más que de taza, y estaba además prácticamente lleno, pero aun así había que extremar la prudencia. Asistí angustiado a la maniobra hasta que la caja estuvo vacía y, al volver a la cabina, respiré aliviado cuando mi padre puso la primera y arrancó. No avanzamos ni medio metro antes de detenernos: una de las ruedas traseras se había atascado.

—Mierda —dijo mi padre pisando el acelerador, pero lo único que consiguió fue hundir más la rueda y poner la otra en el mismo apuro.

He descrito el borde del barranco como si fuera una línea precisa y localizable, pero era más bien difusa y se confundía con el terreno circundante, semioculto entre los desechos. Era allí, en aquellas orillas pantanosas, donde parecía que íbamos a hundirnos. Y podían ser tan traicioneras como una cuneta nevada. Mi padre trató de crear un movimiento de vaivén, como se suele hacer en la nieve, cambiando rápidamente de primera a marcha atrás, pero fue inútil. No teníamos tracción.

—Oye, papá —dije, para entonces asustado de verdad—, será mejor esperar a que alguien nos remolque. Echa el freno y apaga el motor. Llegará otro camión en cualquier momento.

Pero mi padre era, por temperamento, incapaz de esperar sentado. Y fue aquel rasgo de su carácter el que precipitó los acontecimientos. Esperó un minuto o dos con el motor en marcha y al ver que no llegaba nadie volvió a zarandear el cambio de marchas en busca de un punto de apoyo. Las ruedas traseras se iban hundiendo cada vez más. De pronto, el movimiento de vaivén del camión cesó y comenzamos a retroceder sin control. El camión se deslizaba cuesta abajo, centímetro a centímetro, hasta que las ruedas delanteras se hundieron también en el terreno blando y el morro se orientó amenazadoramente hacia el cielo. El camión, que iba escorando lentamente hacia el lado de mi padre, se inclinó de golpe aún más y la basura comenzó a entrar por la ventana como entra el agua por las escotillas de un barco que naufraga.

—¡Salta!

No esperé a oír aquel mandato para ponerlo en práctica. Mi puerta, casi perpendicular al suelo, se había convertido en la escotilla que había que abrir para salir de la cabina. Mi padre saltó tan cerca que aterrizó encima de mí y acabamos los dos hundidos de rodillas en la mugre, que parecía no tener fondo, a cuatro metros de la «orilla», como instintivamente cabía considerarla, en un punto donde la pendiente del barranco era bastante pronunciada. Como en las arenas movedizas, se suponía que la regla de oro era moverse lo menos posible, pero uno no se detenía a pensar en tales tecnicismos. Despavoridos, nos revolcamos y gateamos para ponernos a salvo, y así fuimos a dar con un repliegue más líquido que sólido en el que nos hundimos hasta el pecho. Años más tarde leería sobre la obra de teatro que Samuel Beckett, el autor de *Esperando a Godot*, le había prometido a su público, y cuya única acción debía consistir en un diálogo filosófico entre dos personajes hundidos hasta el cuello en cubos de basura. Ésa fue precisamente la situación en la que tuvo lugar el siguiente coloquio, salvo por el hecho de que los protagonistas no estaban sepultados en contenedores individuales, sino en un auténtico valle de inmundicias.

—¿Tú crees que saldremos de ésta?

—Hay que aguantar, papá. Esperar a que llegue ayuda.

—«Alzo los ojos a los montes, ¿de dónde vendrá el auxilio?» —declamó mi padre con un dramático cambio de actitud mientras oteaba el horizonte en busca de otros camiones. Estábamos tan hundidos que sólo alcanzábamos a divisar la parte superior de los vehículos, cuyos contornos se difuminaban a la luz del crepúsculo—. «Él salvará a Israel al clarear la mañana.»

—Palpa en torno a ver si haces pie, papá. Pero despacio.

Eso hicimos los dos, arrastrando un pie y luego el otro en un perímetro prudente. Nuestra esperanza residía en la gran cantidad de chatarra que suele mezclarse en los vertederos con otras materias más perecederas. Finalmente mi padre hizo pie en algo más firme, una caja o un cajón, al que se encaramó con cautela. La basura le llegaba ahora a las rodillas. Tras lanzar una exclamación de gratitud piadosa me tendió la mano.

—Creo que soportará nuestro peso, chico, pero ve con cuidado —dijo mientras yo vadeaba centímetro a centímetro los dos metros largos que me separaban de él.

No tuve que cruzarlos. A medio camino, mi propio pie topó contra un obstáculo y al cabo de un instante me hallaba erguido sobre una superficie metálica: el costado de una carriola o un pie de cama. Los dos teníamos ahora una plataforma desde la que presenciar el desenlace de la historia.

Hasta aquel momento habíamos tenido que hablar a gritos los dos (y mi padre, además, con Dios) para poder entendernos bajo el fragor del camión, cuyo motor seguía en marcha. Éste se apagó de pronto, asfixiado por los desechos, y el camión volcó por completo. Un vehículo panza arriba es una estampa desconcertante, más aún que uno desguazado. Las ruedas y el chasis al descubierto le confieren un aire de bestia monstruosa, pero indefensa, y es esa «indefensión», paradójicamente, lo que hace que por momentos parezca algo más que una máquina. Nuestro camión estuvo en aquella posición sólo unos segundos. Luego comenzó a girar y cayó dando tumbos por la pendiente junto a la avalancha que había provocado. A aquel desastre le sucedió uno aún peor: la caja sobre la que mi padre se tenía en pie fue engullida por el desprendimiento de tierra —o más bien de basura— y él desapareció con ella, cantando las alabanzas del Señor.

Yo miraba horrorizado desde mi precario pedestal. «¡Papá!», grité, sin mover ni un músculo, no fuera que el esfuerzo físico de la exclamación desplazara mi soporte y me lanzara de bruces en su estela. El camión se había detenido diez metros más abajo, de costado. En algún lugar entre el camión y mi punto de apoyo se encontraba mi padre. De vez en cuando una vibración difusa en algún punto intermedio parecía delatar su posición y por un instante creí ver una mano que se agitaba sobre los desperdicios en un gesto que podía ser un saludo o una despedida. Estaba a punto de llamarlo de nuevo cuando oí que llegaba un camión y dirigí mis chillidos y aspavientos frenéticos en aquella dirección. Mis gritos y mis señas no tenían ningún sentido, puesto que los ocupantes del camión no podían oírme ni verme, pero seguían dando marcha atrás en dirección a nosotros. Cuando volví a girarme hacia el barranco vi a mi padre emerger a cuatro metros de mí, entonando nuevamente sus plegarias, con media piel de melón en la cabeza a modo de boina. Le dije por señas que llegaba ayuda y los dos nos quedamos inmóviles con los ojos clavados en lo alto de la hondonada. El ayudante se apeó del camión para guiar al conductor. Nos vio, abrió dos ojos como platos y corrió de vuelta al vehículo en busca de una cuerda. Al cabo de unos minutos nos remolcaban hasta tierra firme.

Recuperar el camión era otra historia. Las cuadrillas de basureros siempre llevaban cuerdas y cadenas para salir de un aprieto, pero un camión jamás habría podido sacar a otro de tamaño agujero. Mi padre pasó varios días llamando a empresas de excavación y construcción que disponían de grúas y del equipamiento necesario, pero el presupuesto de una operación de rescate como la que les describía era tan prohibitivo que abandonó la idea y comenzó a sopesar la de dar el camión por perdido y averiguar si la «cobertura ampliada» de su póliza de seguro contra incendios podía reembolsarle su valor. No era el caso. Lo invadió entonces un pánico mucho más intenso que el que lo había asaltado en el vertedero. No paraba de dar vueltas por la casa mesándose los cabellos y alzando los ojos al cielo para quejarse, una y otra vez, de las omisiones de la Providencia.

Al final, la solución vino de una de esas grotescas ironías del destino que parecen excesivas para el delicado estómago del arte, pero que abundan en la realidad, como si la vida se complaciera en reírse de las convenciones estéticas, y fue tan sencilla que nos sentimos todos como unos idiotas por no haber caído antes en ella. Los intermitentes incendios del vertedero, en su curso errático, acabaron por alcanzar al camión y la gasolina del depósito y la grasa del motor hicieron el resto. Bastó que el perito de la agencia de seguros le echara un vistazo desde el borde de la fosa para extenderle a mi padre un cheque… por el valor total del vehículo.

Mi padre no tardó nada en comprarse otro camión: un Mack al que ya le había echado el ojo, más robusto y moderno que su predecesor y, por supuesto, nuevo. Le dieron las llaves durante mis vacaciones de Navidad y lo acompañé en su trayecto inaugural. Nunca lo había visto de tan buen humor. El mundo volvía a tener sentido y, en lo que toca a Dios, sus caminos seguían siendo inescrutables, etcétera. Me dio un billete de diez dólares como regalo de Navidad para que pudiera comprarme unos libros que quería, y decidió no reparar en gastos a la hora de comprarle un regalo a *moecke*. Al terminar la última recogida de Nochebuena se detuvo enfrente de un escaparate con un fabuloso despliegue de productos de perfumería.

—¿Qué hacemos aquí? —le pregunté.

—Vamos a comprarle a mamá un perfume. Y quiero el mejor, no cualquier porquería, así que ya estás viniendo a escogerlo conmigo. Creo que le va a gustar, hace tiempo que va soltándome indirectas.

Fue durante aquella época de cambios cuando di mis primeros pasos en aquel mundo al que mi entorno solía referirse sencillamente como «los americanos».

Archie Winkler, un compañero de clase de mi segundo año de carrera, me invitó a tomar una copa una tarde después de que yo le chivara una respuesta en un examen de biología. Su casa quedaba cerca de la universidad, no muy lejos de la de los Van Allstyne. Mientras Archie hurgaba en sus bolsillos en busca de la llave nos abrió la puerta un mayordomo con americana blanca, tan rubio y menudo como Archie. Él me lo presentó como Hewitt. A juzgar por la familiaridad con que se trataban, supuse que sería su nombre de pila. Como un trío de amigos, más que como dos hombres precedidos por un criado, nos dirigimos a un salón vasto y tenebroso al que se accedía por una corta escalera de peldaños alfombrados por los que arrastré las puntas de los pies para lustrarme un poco los zapatos, pues hasta el último momento no había advertido el lamentable estado en que se hallaban.

—Tu madre no deja de insinuarme que cincuenta invitados no son suficientes para la fiesta —dijo Hewitt caminando tranquilamente entre Archie y yo con las manos en los bolsillos.

—Tendrá que ceder —murmuró Archie hojeando la correspondencia que había recogido en el vestíbulo.

Al oír aquello sentí como si respirara un aire enrarecido, sensación que vino a acentuarse por el hecho de que todo aquel asunto se zanjaba a la sombra de un Manet. El lienzo poseía esa cualidad deslumbrante y casi aparatosa de las obras originales, que, por haber sido pintadas por un genio desaparecido, hacen que la experiencia estética del espectador se sobrecargue, haciéndolo admirar el fetiche más que la propia pintura. Eso fue lo que yo vi en aquel Manet al que, por otro lado, le faltaba muy poco para alterar por completo el equilibrio de la sala, cosa nada fácil en aquellos mil metros cuadrados de alfombras de Aubusson, bronces expuestos en hornacinas y sillas de palisandro tapizadas de brocado rosa.

—¿Le gusta? Lo encontré en Francia hace un par de años —dijo una voz tan grave que, al darme la vuelta, me sorprendió encontrar a una mujer a mi lado. Miró a su alrededor un momento antes de escrutarme a mí y presentarse, mientras Archie me llamaba desde una barra lejana—: Soy la señora Winkler.

Así fue como, en un suspiro, fui a topar con mi primer mayordomo, mi primer óleo original y mi primera coleccionista trotamundos (porque los lugares donde había adquirido cada objeto de la sala, que procedió a enumerarme, no dejaban mucho margen de duda sobre la escala a la que la señora Winkler desarrollaba su actividad). Era evidente que el señor Winkler estaba muerto: su señora no podía ocultar esos aires de propietaria definitiva que compensa a las mujeres al enviudar en la abundancia. Con sus prendas de tweed de las Hébridas, su bufanda persa y sus dientes de Dresde, parecía la mitad de una de esas parejas que sonríen junto a la barandilla de un barco en los anuncios que ilustran la vejez dorada de quienes han invertido con tino; sólo que en este caso el inversor había sido recortado de la foto o se había caído por la borda.

—¿Ha estado alguna vez en el extranjero? —me preguntó, para mi sorpresa.

—No, pero mis padres pasaron muchos años en Europa —dije, y recordé a mi padre vomitando en su camarote de tercera y a mi madre ordenando sus piedras del Zuiderzee.

Fue una de esas rachas que azotan el brezal de la memoria y con las que los hados se aseguran de que pagamos nuestra cuota a plazos, amargándonos la vida cuando más alegre se presenta.

Archie venía hacia nosotros con unos martinis, cantando una canción de letra a la vez revolucionaria y obscena. Su madre sonrió: era su visto bueno al invitado que había traído a casa. Creo que su aprobación se debía a que me había tomado por el vástago de una vieja familia de holandeses neoyorquinos, un error del que por el momento me pareció prudente no sacarla. Me preguntó si conocía a alguno de los Roosevelt y después de charlar un poco a este tenor sobre sus viejas amistades, se excusó y desapareció en los fondos insondables de la mansión, no sin antes expresar su deseo de que asistiera a la recepción que iba a dar el sábado.

—¡Por supuesto que vendrá, *mater*! —gritó Archie desde uno de los rincones más remotos de la sala, donde se inclinaba sobre un teléfono para invitar a otros amigos, por mucho que se hubiera mostrado de acuerdo con Hewitt en que la lista de invitados de su madre era ya excesiva.

Me arrellané en un sillón a paladear mi buena suerte: había ido a clavar el pico en un excelente filón.

—Es la clásica encerrona de *mater* —decía Archie al teléfono, mientras se sacudía unas cenizas de cigarrillo—, pero los Dreiser van a venir, y puede que aparezca Fabian. Venid y fundíos en la multitud.

57

¡De eso se trataba! El acento urbano, la cháchara ingeniosa, la indiferencia por las respuestas al otro lado de la línea, que le suministraba a la conversación el deje preciso de esnobismo: todo aquello se ajustaba punto por punto a lo que yo tenía en mente. Lo único que veía de Archie era su espalda, sacudida por la risa con que celebraba las noticias de algún compañero que, por lo visto, era aficionado a echar café en su cuenco de cereales. Pero aquél era prácticamente el único signo exterior de regocijo que Archie se permitía: no había ninguna alegría en su rostro, que delataba, como mucho, un punto de delectación sardónica en la contemplación de la raza humana.

Cuando Archie terminó de hacer sus llamadas charlamos durante una hora sobre los trabajos de la facultad y otros asuntos académicos. Cuando me puse en pie para marcharme, me acompañó hasta la puerta. Y allí, mientras la abría, me dijo en voz baja:

—Oye, ¿podrías prestarme diez pavos hasta la semana que viene? Voy un poco pelado, y si *mater*... En fin, ¿sería mucha molestia?

Cómo iba a ser molestia, no faltaba más... Ni lo era entonces ni lo sería al cabo de unos días, cuando en vistas de que el panorama financiero no acababa de despejarse me sableó otros veinte. Para entonces ya había catado la espléndida hospitalidad de su casa en la *soirée* del sábado, pero había algo más que gratitud en mi buena disposición. Parecía ser parte habitual del lote de cualquier familia rica americana tener un hijo tarambana, un jovencito «calavera» metido hasta el cuello en deudas de juego que ocultaba con esmero a su madre. Era parte del estereotipo.

Pero cuando a final de curso vi que Archie me había gorreado casi doscientos pavos y no había muchas esperanzas de saldar la deuda, el embeleso que me causaba la vida de sociedad comenzó a decaer, al tiempo que se agriaban mis sentimientos hacia Archie. Mi familia pasaba entonces por un bache, debido en buena parte a las nuevas dolencias de mi padre y al desfile de varios especialistas en neurología, cada cual más desconcertado que el precedente, así que un día decidí pedirle cuentas a mi amigo. En una de las fiestas que daba su madre en el jardín me lo llevé a un aparte y le pregunté a bocajarro cuándo pensaba devolverme el dinero. Me miró sorprendido, como si hubiera en aquella escena entre el anfitrión moroso y el invitado acreedor algún tipo de incongruencia o una contravención de la etiqueta. Y es posible que la hubiera, pero el curso había terminado y yo volvía a pasar toda la jornada recogiendo basura, lo que me recordaba a diario lo duro que había trabajado por cada uno de aquellos dólares. Había además otro detalle que me hizo perder los estribos: un día, mientras conducía el camión, había visto a Archie salir de un restaurante al frente de una alegre tropilla, repartiendo billetes entre sirvientes que se inclinaban a su paso. Aquello excedía los límites permisibles a un niñato «calavera» y me prometí recuperar mi dinero por las buenas o por las malas.

Su madre —persuadida aún, para su tranquilidad, de que yo procedía de una familia del Este con unos principios de crianza tan sólidos que podía permitirse contravenir la costumbre y enviar a su hijo a estudiar al Oeste— me invitó a la recepción que daban anualmente en el jardín el 4 de julio sin hacer el menor caso a Archie, que tan desilusionado estaba conmigo. Tomé la muda resolución de asistir, consciente de que era la última oportunidad que tendría de acorralarle antes del semestre de otoño, pues Archie había hablado de continuar sus estudios en Dartmouth, amenaza que acabaría por cumplir. Poco después del anochecer se me presentó la ocasión y crucé el jardín para sentarme a su lado en un banco de piedra donde se había quedado momentáneamente a solas.

—Mira —le dije—, necesito el dinero y lo necesito ya.

Archie se levantó fingiendo que lo había sorprendido en mitad de una conversación por señas con otro de los invitados, en este caso una chica llamada Nellie Winters, que se acercaba hacia nosotros entre hondas de tul. Después de las presentaciones de rigor, busqué un macizo de rododendros tras el que parapetarme a pensar y desde allí oí a Archie decirle a la chica: «Este tío es un plasta». De pronto comprendí que aquella expresión caracterizaba a los Winkler mejor que ninguna otra. Desde el día en que, sobrecogido, pisé su casa por vez primera había podido frecuentar a suficiente gente de verdadera clase —un profesor con el que tomaba el té de vez en cuando o un compañero con el que bebía alguna copa y cuya familia financiaba la orquesta sinfónica local— para saber que ellos eran un burdo sucedáneo. En los círculos realmente selectos nadie decía «plasta», ni «mater» ni otras expresiones de pacotilla. Pero la escala de la sensibilidad se asciende peldaño a peldaño y hay que pasar por escalafones donde se usan palabras como «inodoro» o «brunch» antes de llegar a otros desde los que esos términos se revelan como la lacra semántica de la gente de una categoría inferior y resultan impensables.

Permanecí oculto un momento para recobrar los ánimos y pensar cómo proceder. Al fondo, en la entrada, divisé al policía que en su tiempo libre se encargaba de solventar los problemas de aparcamiento que generaban las fiestas de los Winkler, otra prueba más de su grosera prodigalidad. La visión de aquel agente no contribuyó en absoluto a calmar mis ánimos sulfurados, pues recordé haber visto a Archie deslizarle, en una ocasión parecida, varios billetes de la cartera que yo había contribuido a abastecer. Bullendo de rabia entre los matorrales —desde donde saqué el brazo para pescar una copa de una bandeja que pasaba, para consternación del camarero— sopesé la posibilidad de airear mis quejas ante la mismísima *mater*, pero descarté la idea. La señora Winkler me había contado una vez que en uno de sus viajes por el Caribe había visto a un campesino azotar a un burro con un gallo. No era cuestión de azotar ahora a la madre con el hijo. Tampoco es que la señora gozara del respeto que le había tenido en un principio, ni mucho menos: acechando tras la refinada anfitriona podía distinguir ahora a la arpía, incluso al dragón.

Bastaba echar un vistazo a la cena que se sirvió aquella noche.

A Dolly Winkler, que fuera en su día una reputada belleza, le gustaba seguir codeándose con algunas de sus sucesoras, a las que sin embargo envidiaba y puede que incluso aborreciera por el mero hecho de ser jóvenes. Le encantaba poner en evidencia a la nueva hornada y utilizarla como ejemplo del menguante *élan* de una generación que carecía del porte y la elegancia que habían caracterizado a la suya. El menú de aquella noche había sido sádicamente escogido para probar que tenía razón: era una auténtica carrera de obstáculos con la que desafiaba a las jóvenes usurpadoras de su antiguo protagonismo a demostrar su estilo, si es que tenían alguno. De primero se sirvieron alcachofas hervidas, cuyas hojas pringosas había que arrancar una por una para untarlas en mantequilla derretida y descarnarlas con los dientes. Una vez retirados los restos llegó el pollo frito, acompañado de una mazorca de maíz. La poca compostura que les quedaba a las comensales se esfumó entre las mazorcas chorreantes y los granos que explotaban como proyectiles en la noche estival. La mantequilla corría por las mejillas de las mujeres, amparadas por servilletas que se habían convertido en un riesgo para su aseo. Pero no había tregua: de postre sirvieron sandía en grandes rodajas y las pepitas fueron amontonándose sobre el césped alrededor de aquellas jóvenes y grasientas beldades como las negras semillas del odio de Dolly Winkler. Entretanto, la buena mujer jugueteaba con un filete de carne blanca y picaba una uva o dos de un centro de mesa rebosante de fruta fresca.

Y fue de las semillas negras de mi propio odio, regadas con abundante alcohol, de donde brotó el plan que concebí al instante para recuperar el dinero que me debían: se lo robaría.

Archie me había invitado alguna vez a subir a su habitación para esperarle con una copa mientras él se duchaba, y sabía dónde guardaba la cartera. Cuando, como aquella noche, no la llevaba encima —como pude comprobar echándole un vistazo a su americana de lino—, solía dejarla sobre la cómoda. Recordé además que aquella misma noche había tenido que correr a casa antes de pagar al policía de la entrada. Después de cenar, con una confianza tal vez reforzada por el vino de mesa que había despachado, me uní a la comitiva de invitados que se acercaban a la casa para ir a alguno de sus numerosos lavabos. Subí directamente al segundo piso y me apoyé despreocupadamente en la pared del pasillo, como si esperara el turno para entrar en un baño ocupado por dos chicas que reían a carcajadas y se salpicaban con agua del grifo. Tras asegurarme de que no había más gente, y como no oía a nadie más subir las escaleras, me acerqué de puntillas hasta la puerta de la habitación de Archie, que estaba abierta.

Conocía la distribución de aquel cuarto a la perfección. Había una lámpara encendida y la billetera estaba encima de la cómoda, bien a la vista. Hubiera preferido menos iluminación para llevar a cabo mi tarea, pero entonces se me ocurrió que podía entrar en su cuarto tranquilamente para ir al lavabo contiguo, como el invitado habitual que se siente allí como en su casa. Era la coartada perfecta si me descubrían al entrar o al salir. Después de mirar de nuevo a un lado y otro para asegurarme de que no había nadie, caminé hasta la cómoda, cogí la cartera y la abrí. Estaba de suerte: dentro había un fajo considerable; vi varios billetes de diez y al menos uno de veinte antes de metérmelo en el bolsillo. Debían ser sesenta o setenta dólares, lo que aún suponía un saldo de más de cien dólares de deuda, una suma que no volvería a ver a menos que complementara el hurto con algún objeto de valor que pudiera empeñar. Sobre la cómoda había también un reloj de pulsera y una pitillera de oro, ¿por qué no habría de llevármelos, como un moderno Raffles,[17] para saldar el resto de la deuda de mi anfi-

---

[17] A. J. Raffles: personaje creado en 1899 por Ernest Willam Hornung, cuñado de sir Arthur Conan Doyle. Raffles, antítesis de Sherlock Holmes, es un caballero ladrón de la era victoriana que roba a las clases más pudientes para conservar su estatus social.

trión? ¿Tenía derecho a robar algo que seguramente poseía un valor sentimental, aunque no me faltara autoridad moral? Tales eran las preguntas que se me agolpaban en la cabeza mientras el corazón me brincaba en el pecho y se me tensaba la garganta. Al oír voces procedentes de la escalera, di media vuelta y me dirigí hacia la puerta. En el umbral, cerrándome el paso, me topé con la figura de Hewitt.

—¿Deseaba el señor?

—Supongo que a Archie no le importará que haya usado su baño.

—¿Qué hacía junto a la cómoda?

—Me arreglaba.

Mientras gruñía aquella inanidad pensé que me iba a estallar la cabeza. Me sentía igual que un globo a punto de reventar.

—¿Qué lleva ahí? —dijo Hewitt, mirándome al bolsillo, donde mi mano apresaba aún los billetes.

—Sólo le he robado lo que es mío.

—Así que estaba robando.

—Mira, Hewitt. El tipo me debe dos… doscien…

De lograr escapar de Hewitt, me preguntaba si el resto de componentes de aquella fantasía desaparecería por arte de magia, si mis piernas se avendrían a posponer su metamorfosis en caucho hasta que lograra ganar la calle.

—¿Tú qué hubieras…? Es decir, en mi pellejo…

Las palabras se me escurrían garganta abajo como una disolución acuosa. Hewitt se volvió hacia la escalera, de donde llegaba la voz del propio Archie, bromeando alegremente con sus invitados.

—¡Archie! —lo llamó.

—¿Sí? —dijo Archie, asomando la cabeza desde el rellano.

—¿Puedes subir un momento, por favor?

Nos quedamos plantados en nuestras respectivas posiciones mientras Archie se acercaba con ceño inquisitivo. Hewitt aguardó a que otra pareja de risueñas damas se encerrara en el lavabo para hablar:

—He encontrado al señor Wanderhope junto a tu cómoda. Deberías echarle un vistazo a tu cartera.

Alcé la mano para detener a Archie.

—Me he tomado la libertad de agenciarme el dinero que me debes, o más bien los intereses —dije, recuperando el habla súbitamente al verle la cara al verdadero responsable de aquel desaguisado.

Archie rió por la nariz, sacudiendo la cabeza. Como el sinvergüenza que era, se abstenía de despreciar al prójimo por asuntos puramente morales. De hecho, la vileza ajena parecía proporcionarle cierta satisfacción, pues reducía comparativamente su propia bajeza.

—Menuda pieza estás hecho, Wanderhope…

—No eres tú el más indicado para dar lecciones.

—¿Quiere que llame a la policía? —Era la primera vez que oía a Hewitt tratar de usted a su patrón; quizá la gravedad de la ocasión había agitado algún vestigio de dignidad en su interior—. Hay un agente en el portal, ya lo sabe.

—El guardia urbano, sí.

—No —protesté.

—¿Por qué no?

Había una chispa de picardía en sus ojos. Me pareció que, más que sopesar la idea de llamar a la policía, quería atormentarme con la amenaza de hacerlo.

—¿Quieres montar un escándalo? —dije en el tono más amenazante que pude—. Porque si es así, yo empiezo a largar: la pasta que me debes y los sablazos que das… Dando fiestas como ésta mientras el resto se las ve y se las desea para pagar las facturas del médico…

En mis ruegos de acreedor le había insinuado ya a Archie cuál era mi situación económica, y debió de ser el recuerdo de aquel detalle, además de la amenaza de denunciar públicamente sus malos hábitos, lo que lo hizo desistir. Al fin y al cabo, un artículo en el *Tribune* sobre una alegre fiesta en Hyde Park que había acabado convertida en un altercado barriobajero no parecía el desenlace más deseable para el asunto. Tal vez me imaginara echando a correr entre la multitud jaleado por sus fútiles gritos de «¡Al ladrón!».

—Venga, largo de aquí —dijo—, y no vuelvas a poner un pie en esta casa.

—Descuida.

Mientras bajaba por la escalera, un destello feroz de rebelión —de rebelión campesina, quizá— me impulsó a decir la última palabra por encima del hombro, tras detenerme en el rellano:

—Espero que hayas aprendido la lección. Tú y todas tus... Este barrio... y estas casas... son dignas de admiración, ¡hasta que uno ve lo que ocurre dentro!

Dicho esto, me fui. Lo hice a buen paso, pero sin ceder al pánico. Al llegar a la calle giré bruscamente y enfilé al trote hacia la parada del tranvía que solía tomar en aquel barrio. Hice el transbordo acostumbrado en Halsted Street, me bajé en la 73 y crucé las tres calles que había hasta mi casa.

Mi madre esperaba apostada junto a la ventana.

5

Mi primer asalto al baluarte de la gente bien había fracasado, pero el reconocimiento de aquella derrota no me hizo capitular ni contemplar la retirada como algo más que una maniobra provisional. Simplemente había ido a escalar la muralla equivocada de un mundo fortificado de arriba abajo. Sólo necesitaba un momento para lamerme las heridas, elegir un nuevo objetivo y volver a lanzarme al ataque.

Entretanto iba tomando forma una suerte de intermedio en compañía de otra feligresa de la Iglesia Holandesa Reformada. Se llamaba Greta Wigbaldy y era sobrina del difunto socio de mi padre. Rubia como la mantequilla que habría tenido que batir si sus padres se hubieran quedado en Holanda, estaba lo bastante distanciada de nuestro entorno como para verme como yo mismo me veía: un peregrino inverso que trataba de hacer progresos *lejos* de la Ciudad de Dios, y poseía tal fogosidad que la palabra «seducción» se quedaría corta al definir su contribución a los placeres que buscábamos, harto como estaba de los parques públicos, en otro de los atractivos más característicos de Chicago: sus kilométricas playas. Había sitios en los que bastaba con besarse para sentirse embriagado por el paisaje de la costa: los altísimos bloques de apartamentos bajo cuyas ventanas rompían las olas, los hoteles babilónicos con nombres como Windermere o Chatham, cuyas luces henchían el corazón. Un collarete de lunas iluminaba uno de los paseos marítimos, el Michigan Boulevard, que se extendía hacia el norte y llegaba hasta los barrios residenciales de Evanston y Winnetka, donde aguardaba mi futura y definitiva mansión.

—Estás siempre a años luz de aquí —me dijo Greta una noche.

66

Nos habíamos alejado de las rocas y de los coches ocupados por sombras abrazadas, y paseábamos por la playa, desierta salvo por otra pareja que deambulaba con los cuellos de los abrigos alzados contra el frío de octubre. Pasamos junto a un embarcadero, con su cautivador murmullo de aguas chapaleando contra pilones podridos, y llegamos a una caseta de playa cuyas puertas probé a abrir en vano. Nos quedamos con las manos en los bolsillos junto a un póster despegado. Me pareció una litografía de dos figuras desnudas fundidas en un abrazo priápico hasta que leí el texto que la acompañaba y vi que era una ilustración de la resucitación por boca a boca de un bañista rescatado.

De regreso, mientras caminábamos penosamente por la arena, nos topamos con dos nuevos miembros de nuestra congregación, que bajaban por las rocas de un peñasco cargados de mantas incriminatorias. Eran Pearl Hoffman y Jack Dinkema. La tímida tentativa de Pearl de evitar el encuentro fue abortada por Jack, que la soltó del brazo y se acercó a saludarnos efusivamente… por motivos fáciles de deducir. Jack no tenía coche y tenía que llevarse a sus citas en tranvía a aquellos descampados del amor. El trayecto de vuelta en coche que vio en mí fue sin duda lo que lo llevó a proponernos, con genuino afecto, ir a tomar con ellos un refrigerio de madrugada. Conocía una panadería que abría toda la noche y servía unas rosquillas tan frescas que se alojaban en el estómago como un bolo indigerible hasta la mañana siguiente, así que subimos todos a mi coche y fuimos para allá.

Eso de «mi coche» tampoco es muy exacto, porque el Oldsmobile que conducía era de los Wigbaldy. El padre de Greta tenía una inmobiliaria que iba viento en popa. Era un hombre expansivo, el vivo ejemplo de la *gemoedelijkheid* holandesa,[18] y a mí me daba cierto reparo aprovecharme de su generosidad con fines a los que difícilmente habría dado su conformi-

___
[18] «Afabilidad.»

dad. Pero Greta hacía caso omiso de mis escrúpulos, que tendían a exasperarla. «¿A quién le importa cómo llegamos hasta allí? No veo que tengas mucho cargo de conciencia por todo lo que hacemos en la salita, ¿por qué iba a ser aquello abusar de su hospitalidad y esto no?» Ése fue uno de los muchos ejemplos que me dio del sentido eminentemente práctico de la moral que tienen las mujeres en asuntos «del corazón» en cuanto se han comprometido. Otro fue la solución al siempre enojoso problema de las citas que me propuso a continuación y que me dejó sin habla, como me dejaba sin habla su forma de hacer el amor.

Wigbaldy había empezado construyendo casitas de una planta en solares vacíos, pero hacía poco había conseguido financiación para urbanizar diez hectáreas con una treintena de «hogares» mucho más caros que habrían de distribuirse con estudiada rusticidad a lo largo de las calles sinuosas de la Loma Verde, como dio en llamar a la urbanización, aunque no se viera por ninguna parte una elevación del terreno que justificara el nombre. La casa piloto se terminó a principios de primavera, se amuebló inmediatamente y abrió sus puertas al público un sábado por la mañana. El desfile de visitantes que atrajeron los anuncios publicados en las secciones de inmobiliaria de los periódicos se prolongó un día entero y fue un buenísimo augurio para el proyecto. Wigbaldy lo celebró invitándonos a todos a una cena que acabó a altas horas de la noche, para desespero de los jóvenes amantes. Greta me proponía ahora su solución demencial al problema.

—Vamos a la casa piloto.

—¿Estás loca?

—Lo que estoy es harta de playas y rocas, y de la dichosa sala de estar —replicó en un tono que era de descontento o neurosis emocional, más que de auténtica alegría: empañaba su exuberante belleza un punto de tristeza que se le dibujaba en las comisuras de la boca, combadas en ese mohín tan común en las mujeres—. Mi padre aún se acuerda de lo que hacía él de joven, en su tierra, pero no me extrañaría que mi madre fingiera acostarse y bajara luego a fisgonear. Me pone de los nervios. Estoy cansada de marear la perdiz, quiero irme a la cama contigo.

—¿En la casa piloto?

—¿Qué problema hay? De noche está cerrada y en la urbanización no hay ni un alma. Ni siquiera hay un guardián. Y no me vengas con que es abusar de la hospitalidad de mi padre, porque la casa ya no es suya: la ha comprado una familia que no se muda hasta el verano. No pienso desaprovecharla. Está completamente amueblada, incluido el dormitorio. La cama está hecha, con embozo y todo.

Mi maestra no lo era sólo en las artes de la casuística, sino también en las de la logística. Se las arregló para sustraer una llave del estudio de su padre y, después de hacer una copia, devolvió a su escritorio la original. Compró además un juego de sábanas y fundas de almohada a rayas verde menta, idénticas a las de la cama de la casa piloto, que obviamente se tendría que hacer después de usarla. Siempre que hubiera posibilidad de alternar la ropa de cama de nuestro nido de amor, no tenía la menor duda de que Greta tendría siempre un juego limpio y planchado cuando volviéramos a colarnos.

Cruzamos a pie los dos kilómetros que había entre su casa y la parcela, pues Wigbaldy había dejado caer que podía necesitar el Oldsmobile aquella noche. Tampoco hubiera aceptado el ofrecimiento: por muy desmoralizado que estuviera, amén de enardecido ante la perspectiva de pasar una hora con su hija entre mis brazos, la idea de utilizar su coche para corromper su paraíso burgués me resultaba demasiado pérfida. Yo llevaba las sábanas en un paquete que me había dado y que supuestamente contenía los libros que debía llevarle a un amigo enfermo. Echamos un último vistazo a la calle habitada por la que habíamos subido antes de pasar entre los pilares de la verja de la Loma Verde, bajo una placa que rezaba «El Sueño Americano», para enfilar luego por Willow Lane hacia nuestra guarida.

69

Nos colamos en la casa provistos de una linterna que apagamos en cuanto nos sentimos a salvo en el dormitorio. Nos desvestimos a oscuras y con prisas, esparciendo la ropa por el suelo.

El entusiasmo de Greta durante esa hora anhelada no fue ninguna sorpresa para mí, que lo había experimentado ya en circunstancias menos propicias. Al acabar nos quedamos tendidos en la cama un buen rato. No tanto como hubiéramos deseado, sin embargo. El tráfico distante de la calle no nos incomodaba, era sólo el mundanal ruido que invadía con dulzura nuestro ensueño, pero en un momento dado el motor de un coche fue deshilvanándose del zumbido general hasta que comprendimos que alguien había entrado en la urbanización.

—Estará de paso —murmuró Greta, apretando contra mí uno de sus muslos—. Entran y salen a todas horas.

Cuando el coche se detuvo delante de la casa piloto comencé a sospechar el motivo por el que su padre quería usar su Oldsmobile aquella noche. El motor se apagó y, trémulos de terror, reconocimos la voz del señor Wigbaldy mientras conducía a unos clientes a la puerta. Las palabras y las risas se confundían con los pasos hasta que oímos el ruido de la llave en la cerradura.

—Dios —susurró Greta—. ¿Qué hacemos? Ay, Dios…

Mi lengua no acababa de encontrar ninguna de las múltiples posiciones propicias para el habla. Tampoco es que tuviera ninguna sugerencia constructiva que aportar. Nos sentamos los dos muy tiesos, paralizados. Luego saltamos de la cama y comenzamos a buscar a tientas nuestra ropa, hasta que la luz del pasillo nos devolvió a la cama. Allí, boca arriba bajo las sábanas, tratamos de embutirnos las prendas que habíamos podido recoger: yo acabé vistiendo una prenda interior de Greta y ella una mía. Sobreponiéndome al pánico, traté de despejar una mínima porción de mi cabeza para evaluar la situación y, sobre todo, calcular el tiempo del que disponíamos para arreglarnos un poco. Eso dependía de la ruta que escogiera Wigbaldy para mostrarles la casa a sus clientes. Podía pasar primero por el comedor y la cocina, lo que nos daría tiempo a vestirnos y puede que a escabullirnos. Familiarizado como estaba con sus estrategias, me temía sin embargo que empezara por los dormitorios para acabar la visita en el «clímax» de la cocina, equipada con los electrodomésticos que tanto impresionaban a las señoras. Confirmó mis sospechas la voz de una mujer en el pasillo contiguo:

—Mira el papel de pared, Art. Qué original, ¿verdad?

Al parecer, la visita iba a empezar con el verdadero clímax.

Estaban ya a escasos centímetros de la puerta abierta. Con la poca cordura que me quedaba, discurrí que la sorpresa sería tan perturbadora para ellos como para nosotros y que, al reparar en que la cama estaba ocupada, lo más probable era que se batieran precipitadamente en retirada, dándonos al menos un respiro para vestirnos. Y si ocultábamos los rostros tal vez pudiéramos evitar que nos reconocieran.

—No te muevas —le susurré a Greta, que seguía contorsionándose, y tiré de la sábana hasta que nos cubrió por completo.

—Y este de aquí es el dormitorio principal, señora Walton —era la voz de la señora Wigbaldy, que buscaba a tientas el interruptor—. Fíjese en…

Una luz espectral cayó sobre nuestras cabezas, mientras tirábamos de la sábana tendidos boca abajo. El grupo se detuvo y se oyó un grito ahogado colectivo.

—*God verdam…*[19] —dijo Wigbaldy tras lo que un escritor de novelas románticas describiría como «un instante interminable»—. *Wat is me dit?*[20]

El hombre tiró un poco de la sábana, lo suficiente para responder a la pregunta. El descubrimiento ganó en dramatismo con el grito de su señora, que para identificar a los intrusos contó a buen seguro con la ayuda de las familiares prendas fe-

[19] «Maldita sea.»   [20] «Pero ¿esto qué es?»

meninas esparcidas por la moqueta. También Greta había comenzado a soltar chillidos de horror y lamento, amortiguados por la almohada en la que había hundido el rostro. Me giré y le di un nuevo tirón a la sábana para ocultar nuestras cabezas.

—¡Váyanse, hagan el favor! —dije—. Ya lo discutiremos luego.

Oí al señor Wigbaldy encauzar a sus clientes potenciales hacia la cocina, pero su mujer se acercó un paso más. Era una mujer chaparra, con una cadera extraordinariamente ancha que se estrechaba de forma abrupta hacia los hombros: su silueta no distaba mucho de la de una copa de coñac. Se inclinó sobre la cama y, a través de las sábanas, me chilló al oído una sola palabra:

—¡Mojigato!

Aquella buena mujer, americanizada a medias en el mejor de los casos, utilizaba un sinfín de términos imprecisos: éste es el primer ejemplo que me viene a las mientes. Sabía únicamente que era un epíteto relacionado con el sexo y suponía que aludía al abuso salaz del mismo, incapaz de imaginar un sistema de valores en el que la actitud opuesta pudiera considerarse un defecto. Me lanzó luego una ristra de improperios que sólo se interrumpió cuando el señor Wigbaldy, habiéndose deshecho ya de sus huéspedes, regresó para encontrar a su mujer presa de un ataque de histeria. Excluida de la escena a la fuerza, la señora aún tuvo tiempo de gritarme que era un canalla, un mal bicho y un «furcio» y que ya podía irme preparando porque iba a convertirme en su yerno tan pronto como la ley lo permitiera, ya estaba bien de tanta tontería.

Así fue como se materializó el espectro que me perseguía desde el día en que me paré a contemplar los escaparates de muebles de bórax, con el tormento añadido de que a aquel mobiliario de comedor y dormitorio que tanto había mortificado mi espíritu habría de sumarle los muros que lo contenían. Porque ahora —tras una charla más sobria con el mucho más realista señor Wigbaldy— se hablaba de que Greta y yo nos mudáramos a una de las «viviendas» de la Loma Verde, cuya entrada pensaban pagarnos como regalo de bodas. «De mi señora y mío», dijo Wigbaldy con abrumadora buena voluntad.

La semana siguiente transcurrió en el mismísimo infierno. Esta vez no tenía a mano ninguna excusa religiosa para darle puerta a la chica, pues compartíamos un mismo credo o, para ser exactos, un desinterés parecido por el mismo credo. Pero lo peor eran aquellas casas de ensueño y lo que representaban, en términos de una cultura cada vez más estandarizada por la que ella seguramente sentía cierto apego, pues era su padre quien las construía. Veía extenderse ante mí cincuenta años de estupefacción más monótonos que las llanuras de Illinois, con su tedio durante las comidas y sus niños para perpetuar la farsa. Cuál no sería mi sorpresa al oír su respuesta cuando una noche, en el Oldsmobile aparcado de nuevo frente al rompeolas, le hice una pregunta motivada por el perfil enfurruñado que veía desde hacía un buen rato.

—¿Qué te pasa, Greta? ¿No quieres seguir adelante con la boda?

—No es la boda, es tener que mudarnos a una de esas casas horrendas. —Calló, encorvada hacia delante y con la barbilla sobre el puño a la manera de *El Pensador*; yo la miré esperando a que prosiguiera—. Ya sé que a ti te gusta el lujo y la seguridad, Don, pero… —y exhaló la conclusión como un suspiro de angustia—: *¡una urbanización!*

—Pero cariño, ¿quieres decir que…?

—¡No las soporto! ¡Antes me mudaría a una tienda de campaña!

Me estremecí en mi asiento, tirándome del pelo de pura alegría. Llevaba tantos meses concentrado en desvestir a la chica en descampados varios que ni siquiera se me había ocurrido la posibilidad de conocerla. La conspiración monopolizaba nuestros pensamientos.

—¿Me estás diciendo que también odias esas casas, con sus asquerosas barras de desayuno?

—Sólo de pensar en ellas me deprimo. Yo quiero una *casa*. No tiene por que estar en Evanston o Winnetka, ni siquiera en el North Side, pero ha de ser un sitio donde podamos seguir siendo nosotros mismos. Donde podamos...

Apenas le prestaba atención. El miedo a caer en la trampa del matrimonio me había ofuscado por completo y ni siquiera había reparado en el alma de la muchacha que luchaba a mi lado por no caer en ella. Era uno de esos apocalipsis en miniatura que de pronto le abren a uno los ojos. En lugar de verme a mí mismo a un extremo de la mesa, ajeno a todo lo que me rodeaba, incluida la otra comensal, me encontraba de pronto vinculado a mi mujer en grato compañerismo, contemplando el resto de la habitación y buena parte de lo que había más allá de las ventanas. ¡Cómo íbamos a ridiculizar aquel panorama! Lo bien que íbamos a pasarlo riéndonos del mundo hasta que encontráramos algo mejor.

—Mira, si a ti también te dan grima las urbanizaciones, lo mejor será casarnos cuanto antes y mudarnos a una de ellas —dije tomando su mano—. En alguna parte hay que empezar, y ahora mismo es la manera más sencilla: la única que nos podemos costear. No hay por qué enorgullecerse de esa mierda de casa. Además, ¿quién nos obliga a quedarnos allí toda la vida?

Greta se encogió un momento en su asiento y, cuando habló, lo hizo con su aspereza característica.

—Y el matrimonio me da pavor, para serte franca.

Me acerqué a ella y la rodeé con el brazo.

—Greta, cariño, jamás hubiera soñado que tuviéramos tanto en común.

74

6

El descubrimiento de un vínculo que me unía a Greta más allá del físico me predispuso parcialmente a casarme, aunque sin acallar del todo mi angustia por el cambio de estado civil. La agitación resultante podría compararse a la que produce una de esas batidoras eléctricas con dos cuchillas diseñadas para girar en direcciones opuestas, y mi cerebro era el cuenco de masa que aquel mecanismo revolvía simultáneamente en sentidos contrarios. Hasta que el más reciente de los dos impulsos se apagó, el alivio de ver matizadas mis aprensiones iniciales remitió y sólo quedó la aprensión en sí: como si un juego de cuchillas hubiese dejado de rotar, quedando en marcha un único remolino. El miedo volvió a adueñarse de mí y, maldiciendo mi suerte, comencé a preguntarme qué podía hacer para salir de aquel lío. Fue entonces cuando la salvación me llegó por una vía del todo insospechada. Aunque tal vez no lo fuera tanto, pues respondía a un factor del que ya he dado debida cuenta: mi endeble salud.

El continuo trasnochar y, como se decía entonces, la «vida disipada» que llevaba habían hecho mella en una constitución que nunca se había distinguido por su fortaleza. En los meses húmedos de finales de primavera pillé un buen catarro, acompañado de una sensación de irremisible fatiga. El malestar se prolongó lo suficiente como para que me viera obligado a solicitar los servicios de aquel curandero sospechoso, mi viejo amigo el doctor Berkenbosch.

—No es una «boronquitis» —dictaminó la noche que me citó en su consulta para comunicarme los resultados de la radiografía que me había mandado hacer—, la «lección» es pulmonar. —Se aclaró la garganta estentóreamente, como si hubiera de arrancar las palabras de lo más profundo de su propia caja torácica—. Está en el vértice de un pulmón, para ser exactos. Vamos, que la cosa acaba de empezar y tiene muy poca gravedad. ¿Qué, te dejo más tranquilo? *Och ja*, muchacho, cada cual ha de soportar la cruz que el Señor le ha dado. «Razones no vinimos a inquirir. Vinimos a acatar y a mor...». —Calló de pronto, desechando la rima de Tennyson con la que había ido a topar y comenzó a arrojar a la papelera parte de su correspondencia, como si tratara así de insuflarme ánimos—. Y el Señor también nos ha dado los medios para detectarlas a tiempo, gracias a Dios. Esto no es nada, de verdad, puede que en el fondo sea para bien. Una simple advertencia, para que te lo tomes con calma. Para que descanses.

—¿Cuánto tiempo? —pregunté tratando de ocultar la alegría que me producía aquel diagnóstico.

El doctor se encogió de hombros.

—Eso es impredecible. Un año, quizá. Puede que ocho meses, o dieciséis. Vamos, vamos...

Me levanté y fui hacia la ventana. Fijé la vista en los terrados cubiertos de alquitrán y sembrados de chimeneas para disimular mis sentimientos y saborear aquel golpe de suerte. El doctor se acercó y me puso una mano en el hombro.

—No te derrumbes.

—No, no.

—Tus niveles de hemoglobina no están nada mal y eso significa que podemos confiar en tu fortaleza para vencer la enfermedad. Estos pequeños tubérculos, que así los llaman, siempre aparecen en el ápex. Y como sólo tienes una de esas manchas en un pulmón, no hay que... Ven.

Me arrastró hasta la pared donde había colgado la radiografía ante un panel luminoso y me señaló una mancha que apenas logré distinguir de las sombras adyacentes.

—Aquí es donde los «boronquios» se unen con la «diatriba». Y esto de aquí es la «lección» pulmonar. Una lección muy leve, dentro de lo que cabe, te lo digo yo. Reposo, aire fresco y dentro de un año estarás como nuevo. El clima también ayuda. Yo que tú haría las maletas y me iría una temporada a Colorado. La congregación tiene allí un sanatorio de primera.

—¿¡Colorado!?

—Vamos, vamos…

La perspectiva de escapar de los Wigbaldy y poner miles de kilómetros de tierra de por medio me ayudó mucho a encajar el «golpe», y lo hice con un alarde de gallardía y temple que inspiró valiosas lecciones vitales a los que me rodeaban. Entre ellos se contaban por supuesto los Wigbaldy, a quienes les di la noticia *en famille*, para ahorrarnos a Greta y a mí el mal trago de una revelación en privado. La compañía ayudó a quitarle hierro al asunto, dispersando de algún modo la consternación que siguió a mi noticia, anunciada con gallarda despreocupación:

—Veréis, parece que tengo el fuelle carcomido. No es nada grave, pero voy a tener que respirar aire puro una buena temporada, ya os imagináis a qué me refiero.

—¿Cuánto tiempo?

—No se sabe. Estas cosas pueden tardar años en curarse. Y tampoco es que haya garantías de… Así las cosas, creo que no tengo ningun derecho a esperar que Greta… —dije, tosiendo discretamente—. Vamos, vamos, señora Wigbaldy…

—Te llamé furcio una vez. Me equivocaba.

—No tiene importancia. Está olvidado.

No fui yo el único para quien aquel contratiempo tuvo su lado bueno. Aún mayores y más inesperados fueron los dividendos que arrojó sobre mi extraño y complicado padre, cuya fe resultó definitivamente apuntalada de la siguiente manera:

La iglesia administraba ahora su propio hospital, que no era una institución de beneficencia para cualquier fulano con tuberculosis, por lo que las solicitudes de admisión al irrisorio precio de seis dólares semanales para miembros respetados de la congregación, menos de una tercera parte del precio que pagaban los pacientes externos, se revisaba con gran detenimiento. Puesto que mi padre era quien pagaba las fac-

77

turas, fue su vinculación a la iglesia la que se sometió al examen pertinente… y el veredicto no fue precisamente favorable. De hecho, mi padre se postulaba por entonces como un firme candidato a la excomunión, tras un nuevo repunte de escepticismo estimulado por la lectura de los panfletos ateos de Robert Ingersoll. Lo último que les había espetado a los miembros de la delegación parroquial que enviaron en un intento desesperado de salvar su alma fue: «¡No os molestéis en echarme! ¡Abandono!». En tales circunstancias, mi padre no podía optar a la tarifa simbólica a menos que su alma experimentara un cambio repentino y radical. Y las pruebas de aquel cambio estaban al caer.

La escena tribal que se representó aquel día estuvo aún más cargada de histeria que la que sucedió a las afirmaciones de Louie sobre la naturaleza y el contenido del vientre de mi tía. Mi padre retorció a discreción su pañuelo y trasegó un buen número de whiskys mientras su hermano Jake aporreaba la mesa y decía:

—¿Ves adónde conduce dudar de la palabra de Dios? ¡Pagarás un precio exorbitante!

—Y tendremos que ayudaros a pagarlo —se lamentó su esposa, que nunca dejaba de debatirse entre el interés personal y la lealtad familiar—, con lo pobres que somos.

—Acabaremos todos en el hospicio, os lo digo yo —gimió mi madre retorciéndose las manos.

Desde mi rebujo de sábanas frías oía el bullicio distante, que fue menguando a medida que la reprimenda daba paso al reproche para alcanzar de nuevo una nota triunfal cuando mi padre anunció su histórica decisión de abrazar a Cristo. Luego cantaron el himno «Volverá con sus gavillas» y entraron todos en tropel a mi habitación para contarme, con los rostros radiantes de alegría, que mi padre había logrado escapar de las garras de Satán. Un pecador más se había plegado a la voluntad divina en tiempos de adversidad (adversidad de la que yo era víctima, por cierto, aunque eso fuera un tecnicismo). Papá pensaba acudir al día siguiente al consistorio para anunciar la transfiguración de su alma, la fortaleza de su fe y su gratitud hacia Dios por salvarle de un destino peor que la muerte. El líder de la congregación certificó la conversión y todo el mundo se arrodilló para rezar. «¿No nos acompañas?», me preguntó el tío Jake visiblemente aliviado por haberse librado del infierno que los habría chamuscado también a ellos, como había insinuado su mujer. Le respondí que, tendido boca arriba como estaba, me encontraba en una posición aún más postrada que la suya y tanto más propicia a la plegaria.

Cuando terminaron alcé una mano en señal de cansancio. No tenía ninguna intención de interrumpir el renacer religioso que se verificaba a los pies de mi cama ni la vida social que llevaba aparejada, pero tenía que guardar reposo absoluto por prescripción médica, y lo necesitaba especialmente antes del largo viaje que me esperaba. Suavicé el comentario con un chiste, «Ya sabéis que ahora a mí no hay quien me tosa», acompañado de una sonrisa lánguida. ¡Ah, con qué carcajadas y abrazos lo celebraron y me lo agradecieron! Allí estaban todos para despedirme cuando subí al Burlington Zephyr, tren del que me apeé en Denver al día siguiente, con el espíritu reanimado por las largas horas de calma y traqueteo. Una camioneta del sanatorio me recogió; cruzamos la ciudad hasta llegar a las afueras y bajar en el hospital, donde, tras pasar por el despacho de admisión, oí como se cerraban tras de mí las puertas y vi aparecer a un enfermero.

—Por aquí —dijo cogiendo mi equipaje, y me condujo a las profundidades clínicas de las que procedía.

Fue entonces cuando me asaltó la sospecha de que podía estar enfermo.

7

Mi aprensión creció considerablemente al comprobar el alcance de los cuidados a los que me sometían. Una enfermera de mediana edad me condujo a la enfermería y me acostó en una cama de la que me ordenó que no me moviera. Me dio un termómetro, que allí llamaban afectuosamente el «palitroque», y un historial en el que debía anotar cuatro veces al día (por la mañana, al mediodía, a media tarde y por la noche) mi temperatura y pulso cardiaco. Luego se fue y regresó con varios recipientes en los que alojar una serie de muestras —no entraré en detalles— y me extrajo allí mismo y sin más dilación la primera de ellas, la de sangre, mientras yo miraba despreocupadamente las copas de los árboles por la ventana.

—Le traeremos las comidas a su habitación. El médico pasará a visitarle mañana o pasado o el otro —etcétera, etcétera—. Entretanto, repito: guarde cama.

Así fue como se evaporó mi concepción de un sanatorio como el lugar donde uno se sentaba en un banco a tomar el sol y filosofar o se entregaba a pasiones temerarias en la sala de música, como en *La montaña mágica*. Me incorporé en la cama y miré por la ventana. Detrás de las coníferas se extendía un paseo enlosado de piedra por el que asomaban dos vejetes que conversaban acaloradamente y sacudían la cabeza con ese ademán exagerado y familiar en el que reconocí la pantomima de una discusión teológica. Me derrumbé otra vez sobre la almohada dejando escapar un largo lamento.

El techo, advertí entonces, estaba cuajado de pensamientos inspiradores dirigidos al paciente de turno. Como averiguaría más adelante, aquellos adagios no respondían al concepto de interiorismo del hospital, sino a la voluntad de un antiguo interno que veía en los techos las mismas posibilidades que tenían las paredes para los privilegiados que disfrutaban de una vida vertical. Los lemas que suelen proclamar las paredes debían colgarse, pues, del techo para que su sabiduría pudiera ser asimilada en decúbito supino. Todas aquellas grandes verdades habían sido pegadas con cola al enlucido. En su mayor parte procedían de los Evangelios y las epístolas de San Pablo, por lo que no estaban desprovistas de cierta calidad literaria, pero otras debían de ser creaciones del propio muralista entintadas chapuceramente en unos rectángulos que parecían pecheras de cartón. Una de ellas rezaba «¿Boca arriba, amigo? No hay mejor modo de contemplar el Cielo» y otra «Postrado el cuerpo, debe enderezarse el alma».

Me di la vuelta hasta quedar tendido boca abajo, con el vago temor de encontrar otras máximas pegadas al suelo, reservadas para los momentos de auténtica desesperación. Pensé abatido en el hogar, en la universidad, en Greta… Con el rabillo del ojo hice inventario de la mesita de noche. Sobre un paño de lino yacía una Biblia, el palitroque y un pequeño reloj que marcaba las cinco y cuarto. Con gran entusiasmo me metí el termómetro en la boca: hora de anotar la temperatura de la tarde.

Pasé los cinco minutos que me habían dicho que mantuviera el termómetro bajo la lengua contemplando la silueta lejana de las Rocosas, que veía aquel día por primera vez. Traté de adivinar cuáles eran los picos más famosos entre los que cubrían las nieves perpetuas. En uno de ellos distinguí una cruz blanca. ¿Sería aquella la montaña que inspiró el poema de Longfellow? «En el lejano Oeste hay un monte que, desafiando al sol en sus hondas quebradas, ostenta en la ladera una cruz de nieve. Así es la cruz que llevo yo desde hace tantos años en mi pecho, bla bla bla, inmutable desde el día en que ella murió.» Mientras trataba de reconstruir el verso y constataba la incapacidad de aquella cordillera para conmoverme estéticamente, la puerta se abrió de un puntapié y entró con la cena una joven enfermera con cara de gorrioncillo amigable.

—¡Vaya! —dijo con ese aire socarrón reservado a los niños y a los dolientes—. ¿Admirando las vistas?

Dejó la bandeja sobre la mesa y exhaló un enérgico suspiro que le sacudió los hombros.

—Sí —mascullé sacándome el termómetro—. No acabo de ver cuál es el monte McKinley.

—El McKinley está en Alaska. Te refieres al pico Pikes. —Se inclinó sobre la cama y me lo señaló—. Ahí lo tienes, es el más alto.

La arrojé sobre la cama, le arranqué la ropa de espaldas y la violé... en mi fuero interno. Cuando se marchó consulté el termómetro y advertí que el esfuerzo me había perlado la frente de sudor. La columna de mercurio marcaba 37 grados. Normal. Registré ávidamente la primera entrada en la ficha que me habían facilitado.

Después de cenar leí un capítulo o dos del Eclesiastés y escuché la radio equipada con auriculares que había junto a la cama. A las ocho mi temperatura era la misma. Caí en un sueño profundo del que desperté convencido de que había estado fuera de combate una hora o dos. La habitación seguía a oscuras, pero algo me indujo a mirar por la ventana. Por encima de las tinieblas que se cernían aún sobre la tierra, los picos nevados se habían teñido de un rojo escarlata con los primeros rayos del sol naciente.

La primera enfermera reapareció por la mañana para informarme de que el doctor pasaría a verme a las once en punto; entretanto podía sentarme unos minutos en la butaca y leer el periódico que me había traído.

Mi habitación se encontraba en un extremo del ala de internos y tenía junto a la cama una ventana perpendicular al saliente principal del edificio. El sol entraba de lleno por aquella ventana y giré la butaca para sentarme, desnudo de cintura para arriba, con las cortinas de cretona abiertas y el bastidor de guillotina subido. Mientras me tostaba deliciosamente al sol, llamaron discretamente a la puerta, que volvió a abrirse. Se asomó a la habitación un hombre de rostro avejentado con una expresión de eventual cordialidad que al instante dio paso al disgusto.

—¿Se ha vuelto loco? —exclamó precipitándose a cerrar la persiana—. ¿Quién le ha dado permiso para sentarse al sol de esa manera, con el pecho al aire?

—Nadie. Yo, verá… Se estaba tan bien con…

—¿Con vida? Pues si quiere seguir así prescinda de tomar el sol hasta que le den permiso. Para la mayoría de tísicos el sol es lo peor que hay: puede traer complicaciones y reagravar antiguas lesiones.

—Lo siento. Yo pensaba que el sol, ya sabe…

—Error común. No lo tome a menos que se lo prescriban explícitamente, ¿entendido? Le voy a hacer una revisión esta mañana y ya veremos si entra o no en el club del bronceado. Soy su médico, el doctor Simpson.

Me tendió una mano con la piel flácida como un guante, que permaneció inmóvil mientras los dos asistíamos impacientes a la maniobra de mi propia mano, que trataba de salir de la manga enredada del pijama. Llevaba un traje de pata de gallo tan perfectamente cepillado, una camisa tan limpia y unos zapatos tan relucientes que era instintivo concluir que su dueño era meticuloso y, sin duda alguna, presumido. Una sonrisa irónica enmarcaba unos dientes demasiado blancos para ser los suyos y hallaba su eco en dos ojos hundidos y castaños que parecían capaces de burlarse de cualquier cosa, salvo de sí mismo. Me preguntó si aquella era mi primera vez en el Oeste y se marchó corriendo antes de que pudiera contestar, como si encontrara intrínsecamente cargantes las impresiones de los forasteros.

Media hora más tarde, en pijama y bata, me acerqué arrastrando los pies hasta su consulta, que se encontraba a medio camino entre el ala de internos y la de ambulatorios. Para entonces sabía ya que Simpson era un antiguo tísico por derecho propio, de procedencia escocesa presbiteriana, y que prefería ser él quien hiciera las bromas.

Al entrar a la consulta lo encontré de pie junto al escritorio estudiando un electrocardiograma. Así, sosteniendo la caótica guirnalda del gráfico, parecía un agente de bolsa sorprendido hojeando la cinta de la teleimpresora. Terminó su examen del diagrama y volvió a dejarlo sobre la mesa con una sonrisa enigmática.

La revisión fue breve. Después de una radiografía que me sacó la enfermera auxiliar, el doctor me aplicó el fluoroscopio y me auscultó el pecho tras pedirme primero que tosiera tapándome la boca con la mano y luego que repitiera monótonamente «noventa y nueve» mientras la campana del estetoscopio husmeaba en mis costillas. Dejó el estetoscopio sobre la mesa y me indicó que podía volver a ponerme el pijama.

—Se oye la música, ciertamente, pero no creo que sea aún el kirie eleisón. Los pocos *râles* que tiene se encuentran en el extremo de un ápex. Muy poca actividad. Prácticamente nula.

—¿Cuánto tiempo…?

El doctor me interrumpió con un gesto de la mano.

—Le ruego que no haga esa pregunta.

Siguió un discurso breve y sin duda ensayado en el que venía a decir que cuanto más tiempo llevaba ejerciendo la medicina menos capaz se veía de predecir cuándo podría volver a casa cualquiera de sus pacientes, si es que volvía; que había visto entrar por esa puerta a personas con lesiones apenas perceptibles que seguían en tratamiento después de seis años, mientras que otras con cráteres que podían haber alojado bolas de billar se habían ido en otros tantos meses; que además de los cuidados prescritos de reposo, alimentación y aire fresco había un factor imponderable que era, sencillamente, la disposición mental de cada cual. Era evidente que había bebido, y mucho, en las fuentes recién descubiertas de la medicina psicosomática.

—Al principio creía que una buena disposición mental era media batalla ganada, luego pensé que sería el setenta y cinco por ciento; hoy no sé si considerarla más bien un noven-

ta y cinco. O un noventa y ocho con seis,[21] vaya usted a saber.
—La risa irónica disimulaba una insinuación perversa: si el
paciente era quien determinaba la duración de una enfermedad, ¿no sería él mismo quien había querido contraerla?—.
Tengo a un montón de pacientes que han llegado aquí huyen-
do, me pregunto de qué. Ya verá cómo acaba usted jugando a
reconocerlos.

—No iba a preguntarle cuándo podría volver a casa —men-
tí—. Sólo quería saber cuándo me cambian a la «ambula».

—Veo que aprende rápido la jerga. —Agitó una mano con
aire displicente—. Cualquier día… ¿Qué le parece si se queda una semana más en el ala de internos? Creo que para entonces habrá sitio en la de ambulatorios. Hay un paciente que
debe volver a guardar cama —agregó con un brillo sardónico
en los ojos que no había que confundir con picardía.

Cuando se puso en pie para estrecharme la mano no pude
resistir hacerle otra pregunta:

—No hay muchos enfermos que vuelvan por aquí, ¿verdad?
Eugene O'Neill se curó, y Gide, y ¿no es cierto que Maugham
una vez…?

—Descuide. De ésos tenemos también unos cuantos; ya
oirá el jaleo que arman las máquinas de escribir en la ambula.
—Me miró alarmado y añadió—: No me diga que ha traído
una… —Le aseguré que a ese respecto no debía preocuparse—. Me alegro. En ese caso, tiene que venir a cenar a casa
algún día. Mi señora y yo solemos recibir los jueves por la noche y es siempre una alegría encontrar a alguien que no piensa leernos el primer acto de esto o lo otro. De hecho, hacemos
colección de esta clase de hallazgos: *jóvenes-que-no-escriben.*
A usted lo encontré yo, no lo olvide. Yo lo vi primero.

Fue así como aquel círculo de almas gemelas con el que soñaba, aquella cortesía que tanto tiempo había anhelado y ya

[21] La broma alude a la temperatura normal del cuerpo humano expresada en grados Fahrenheit, equivalente a 37 grados centígrados.

había perdido una vez, se me presentaron donde menos lo esperaba: en el seno de mi propia Iglesia. Lo que había planeado tomar al asalto había caído en mis manos con la naturalidad con la que cae un fruto del árbol.

Cuando llegué a la casa del buen doctor, una construcción normanda con entramados de madera emplazada dentro del recinto del sanatorio, ya estaban allí la mayoría de invitados que componían el grupo de Elegidos a los que los Simpson —también ávidos de trato social en aquel desabrido páramo— agasajaban en sus «jueves». Todos alzaron la vista con curiosidad y puede que con cierta alarma al ver entrar antes de hora a aquel joven escuálido con un abrigo de tweed que le sentaba bien y una pipa fría en el bolsillo que de ninguna manera pensaba encender en presencia del doctor. La señora Simpson, una mujer rellenita y efusiva que se me antojó el polo opuesto de su marido, me guió amablemente poniéndome una mano en la espalda en la ronda de presentaciones.

El primer invitado era un hombre corpulento oriundo de Ámsterdam llamado Carl Horswissel, que lucía una chaqueta Norfolk y una corbata de lazo. Lo había visto pasear por el jardín desde mi ventana. Hablaba con un fuerte acento holandés y decían que era un importador de cacao arruinado. El más intelectual de todos, con diferencia, era Leslie Foyle, heredero de una familia de caciques mineros de Colorado que podía pagar sin despeinarse las tarifas que se les exigían a los protestantes episcopales, un esnob rematado con un aire de distante languidez favorecido por su estado pulmonar, calificado oficialmente de «tuberculosis de tercer grado moderadamente avanzada». Al ver las uñas azules que remataban sus dedos mustios acudía a la mente una denominación más arcaica de la enfermedad: «Consunción». A su lado tenía a una pareja locuaz, los Twitty, que no eran pacientes del sanatorio, sino vecinos de los Simpson. Me sorprendió comprobar que padecían discordancias domésticas y no tenían ningún reparo en airearlas. De hecho, dedicaban buena parte de aquellas veladas a ventilar sus problemas, de cuya complejidad tendían a vanagloriarse. Habían tratado de salvar su matrimonio cruzando el Palatinado en bicicleta, y la crónica de aquella travesía primaveral monopolizó gran parte de ese primer jueves. Pero antes fui yo quien tuvo que someterse a su evaluación como el candidato a una asociación estudiantil del que se tiene aún poca y preciosa información.

—Este muchacho, Wanderhope, está tan levemente enfermo —comentó el doctor Simpson en su vena más socarrona mientras me servía un jerez— que es prácticamente un impostor. Apenas le pude localizar un *râle*, así que voy a probar con él una teoría que tengo aún en pañales: breves dosis de ejercicio agotador, para ver si la extenuación del paciente tiene algún poder curativo. ¡Ya está bien de pasar el día en la cama mirando las musarañas!

—Vamos, Horswissel —dijo Foyle—, ¿no se da cuenta de que es una simple obsesión mamilar?

Horswissel, que no tenía la menor idea de lo que le decían, se retorcía de placer al saberse el blanco de un dardo tan erudito. Más tarde averigüé que se había colado de milagro entre los Elegidos y que algunos de ellos consideraban su admisión un terrible error.

—Tiene que haber una forma mejor de ejercitar los pulmones, y podría ser la de dejar al paciente sin aliento —dijo el doctor tendiéndome la copa—. Estamos abriendo nuevas vías de investigación para usted.

—Mientras no conduzcan al cementerio —gimoteé en broma.

El mejor público lo encontré en el último miembro del corrillo, un joven rechoncho llamado Bontekoe, que aspiraba a ser el payaso oficial. La mayor parte de sus contribuciones eran juegos de palabras y después de proferir cada uno de sus dobles sentidos levantaba un brazo para protegerse del golpe imaginario, dejándose caer en su silla en admisión de culpabilidad. Era de Detroit y «cursaba» su segundo año en el sanatorio. Junto a Foyle, era uno de los sospechosos de haber abusado de la hospitalidad de los Simpson leyéndoles pasajes de sus obras. Bontekoe apuntó que el doctor Simpson tenía tantas teorías «en pañales» que tal vez debería pedir el traslado a una clínica de maternidad. Luego se hundió en las profundidades de su sillón.

En insuperable contraste con mi vida social entre los Elegidos —que me toleraban como miembro en pruebas, cuando menos— se encontraba la relación que entablé con mi compañero de habitación de ambula.

Era un aborigen de Kansas llamado Hank Roos. Sus dos colosales metros de altura parecían encarnar una representación alegórica de la virilidad rústica a la que el escultor, a causa de su muerte prematura tal vez, o de la pérdida de interés por el tema, no le había dado los toques finales. Su bello rostro cincelado a medias estaba coronado por una mata brillante de pelo castaño que él pasaba horas peinando frente al tocador, doblando las rodillas para mantener su cabeza dentro del marco del espejo. Costaba creer que aquel hombre pudiera padecer enfermedad alguna y su mera presencia en el sanatorio invalidaba definitivamente la teoría de la dolencia voluntaria del doctor Simpson, pues saltaba a la vista que sólo tenía una idea en mente: salir de allí y retomar la vida de Don Juan que aquella reclusión había interrumpido. Llevaba ya ocho meses «a la sombra», como solía decir, y advertía que no podía soportar mucho más sin satisfacer sus necesidades sexuales aunque fuera por la vía criminal, si no había otros medios. Antes incluso de que terminara de deshacer mi equipaje me preguntó si sabía algo sobre la adulteración del rancho de los pacientes con nitrato de potasio o algún otro anafrodisiaco. Cuando reconocí mi más absoluta ignorancia sobre el particular me pidió que uniera fuerzas con él para llegar al fondo del asunto. Mientras cruzaba la habitación para guardar unas camisas en un cajón mascullé una respuesta evasiva, sin tener aún muy claro si aquellos recursos dietéticos le parecían deseables o intolerables en un contexto tan complicado como aquél. En el porche en el que dormíamos —en dos camas acopladas por los pies—, se pasaba horas relatándome algunas de las proezas eróticas que algún día volvería a realizar. Hasta que una noche, después de meterse de un brinco entre las sábanas, me dijo:

—Bueno, pero ahora hablemos de ti: ¿cuándo fue la última vez que te llevaste a una mujer a la cama?

No me dolió en absoluto recordarlo. Le hablé de Greta y de su familia sin revelar sus nombres, para proteger su intimidad, algo que él desde luego no se había molestado en hacer con sus amiguitas pueblerinas.

—Su padre era promotor inmobiliario —susurré en la oscuridad, pues los porches estaban separados por tabiques de madera y podía oír la respiración alerta de Horswissel a treinta centímetros escasos de mi cabeza. Su Montaigne ya había sonado al caer al suelo como un tercer zapato—. Estábamos muy enamorados —dije avergonzándome de los clichés con los que me esforzaba por adaptar mi odisea a la comprensión de mi oyente y, al mismo tiempo, divorciarme en espíritu de su guión más bien manido—, pero nos costaba encontrar el momento para estar juntos. Sabíamos que teníamos derecho a nuestra porción de felicidad, pero no había manera. ¿Y sabes qué pasó? Pues que su padre construyó una urbanización con una casa piloto y una noche nos colamos. Completamente amueblada, oye.

—¿Os fuisteis a la cama?

—Vaya si nos fuimos a la cama.

—Lo quiero saber todo con pelos y señales. No te dejes ni una coma.

No hacía falta que insistiera. En mi avidez por complacerle, y actuando como un típico camarada dispuesto a revelar «con toda franqueza» los entresijos de su vida amorosa, verdadera o no, sentí que por fin comprendía la técnica y los motivos recurrentes de los presuntos «realistas honestos» de la literatura, honestos hasta en sus embustes.

—Su padre estaba hecho una furia —susurré cuando llegué al momento en que nos descubrían—. Si un par de tipos no lo llegan a sacar por la fuerza, te juro que me mata. Su mujer no paraba de gritar. Una histérica. Trató de romperme la cabeza con el taburete del tocador —improvisé sobre la marcha—. Pero valió la pena, chico, ¡la hora que pasamos antes de que nos trincaran…! —dije esperando crear con aquellos extraños altibajos del discurso un personaje que me fuera «ajeno» y al que pudiera atribuirle este vergonzoso silencio dramático, del que me declaro culpable.

—Cuenta, cuenta —dijo Hoos—. ¿Cómo era ella?

—¡Pero hombre!

—Qué más te da, si no voy a conocerla nunca. ¿Cómo tenía la delantera?

Hablar de Greta en aquellos términos me parecía completamente fuera de lugar, pero me sentía en deuda con Hoos por lo que me había contado, y como al fin y al cabo tenía que poner de mi parte en aquel juego, me embarqué en un extático elogio aplicable a cualquier mujer hermosa, echando mano de la clase de visiones y fantasías que de un modo u otro nos atormentaban a diario. «Imagina unos lirios silvestres —le dije—, unos lirios en un montículo de nieve recién caída…» Hoos se tapó los ojos con un brazo, como si quisiera protegerlos de una luz cegadora o un dolor insoportable. Al mismo tiempo se oyó un sonoro crujido procedente de la cama de Horswissel, que evidentemente se había puesto a cuatro patas para pegar la oreja a la mampara.

Callé, avergonzado. Pero había comenzado ya a verme como Hoos se veía a sí mismo: como el prisionero de unos ardores que el tiempo y la progresiva mejoría no harían sino acentuar. Quizá la tuberculosis había sido un error. Tenía que haber un mejor modo de huir de la realidad. Fue en aquella tesitura que tomé contacto con el tercer vértice de la vida triangular que durante aquellos meses de otoño e invierno llevé en el sanatorio.

En el comedor, que era comunitario pero segregado, vi una noche un nuevo rostro del lado de las mujeres: una chica esbelta con el cabello rubio recogido en una coleta esperaba cabizbaja a que llegara hasta ella su ración del rancho. Atenta a la cháchara de las mujeres que se iban pasando los cuencos, sonreía cuando convenía, pero sin apartar la vista de su plato vacío. Tenía las manos sobre el regazo y se mordía compulsivamente el interior de las mejillas. Le pregunté quién era a Horswissel, que se sentaba a mi derecha, y me dijo que debía de ser la chica que acababa de llegar del ala de internos, donde había pasado un año o más. Le habían practicado un neumotórax, operación consistente en inyectar aire en la cavidad de la pleura para inmovilizar el pulmón. Se rumoreaba que era tímida y bastante devota. En su rostro pálido relucían dos rosas que la enfermedad le había pintado en las mejillas. Su melena rubia me hizo anticipar que sus ojos serían azules, pero cuando se volvió —y lo hizo una sola vez, sintiendo tal vez que la observaban—, fue una mirada ocre clara, del color de la miel derretida, la que se cruzó con la mía. La superficie de mi corazón se partió por la mitad como el hielo de un estanque. La chica agitó la cabeza un momento para apartarse del cuello un mechón de cabello dorado.

Apenas reparé en la cena. En cuanto terminé, salí pitando hacia el salón principal y la vi marcharse por el pasillo hacia la sección de las mujeres, en compañía de una solterona tristemente célebre por las reuniones que organizaba en su habitación, en las cuales se entonaban himnos cuando los demás pacientes querían leer o dormir, situación que tenía mosqueado incluso al capellán. Me quedé merodeando un rato por el sendero de gravilla que había junto a los porches de las mujeres, escuchando el torrente de voces femeninas que se desparramaba a través de una ventana abierta:

Hay un precioso manantial
del que mana la sangre de Emmanuel,

que purifica de su mal
al pecador que se sumerge en él.

Regresé a mi habitación invadido de melancolía y un tanto atribulado, y a la mañana siguiente mi estado de ánimo era el mismo. Durante el desayuno no vi a la chica y el único progreso que hice fue averiguar que se llamaba Rena Baker. Se presentó al almuerzo, tras el que desapareció de nuevo de mi vista, entre una marea de compañeras, camino de la sección de las mujeres. La frustración que me produjo fue leve, porque para entonces había concebido un plan. Aquella tarde acudí a la capilla de buena gana.

El capellán del sanatorio era un vejete encantador, de gran sensibilidad y erudición, cuyos concisos sermones podían suscitar cualquier emoción salvo el tedio. Aquel día, sin embargo, nos tocó un sustituto, un párroco visitante con tanto rollo que a la hora en que el viejo Wenzel solía dejarnos marchar bajo el sol estival aún no había terminado la invocación central. En medio de ésta me volví para mirar de soslayo al doctor Simpson. Tenía el aspecto de un hombre que dormita, más que de uno que reza, y en sus labios lucía su sonrisa habitual, como si moliera, en el molino del sueño, una ironía demasiado fina para la vigilia. Consciente de que Rena se sentaba justo detrás de él, le di al cuello un cuarto de vuelta más. Su cabeza, tocada con una austera cofia, miraba al suelo. La levantó en aquel preciso instante y abrió los ojos… para cerrarlos de nuevo.

Después de la bendición salí tan rápido como pude entre el lento rebaño de feligreses. Desde los escalones de la capilla la vi caminar hacia el edificio principal, sola. La alcancé en el sendero de gravilla.

—¿Qué te ha parecido el sermón?

Sorprendida, juntó las palmas negras de dos manos enguantadas y se echó a reír. Tenía una risa leve y sorda que expresaba la mayor reserva y, al mismo tiempo, la más curiosa intimidad.

—La verdad, cuando alguien se pasa cuarenta y cinco minutos perorando sobre el valor del silencio y la meditación…

Me puse a caminar a su lado mientras discutíamos el texto que había escogido el párroco, el pasaje del primer libro de los Reyes en que Elías no halla a Dios en el sonido del viento, el terremoto o el fuego, sino en un murmullo apacible. Coincidimos en que habíamos oído demasiados sermones sobre aquel versículo, pensado, justamente, para desbaratar las explicaciones demasiado prolijas y complejas. Para entonces habíamos llegado al edificio principal. En la puerta oímos el ruido de las tazas de té procedente del salón y nos detuvimos un instante.

—¿Te apetece tomar el té conmigo?

Volvió a juntar las palmas de las manos, tensando los dedos como para ajustarse los guantes.

—Ay —dijo con aquella risa apenas sugerida—, se supone que debería darles guerra hasta la cena —en el argot local, «dar guerra a los microbios» o «darles guerra» equivalía a descansar—. Estoy aquí en periodo de prueba, ¿sabes?, y no quiero volver allá —dijo, describiendo un arco con el dedo y apuntando hacia la sección de internos—. En otra ocasión.

—Me llamo Don Wanderhope. Tu nombre ya lo sé.

Pasaron tres días hasta que volví a encontrarla a solas. Estaba sentada en el salón leyendo su correspondencia, entre la que se contaba un periódico religioso cuya faja estrujaba con una mano.

—Vaya, tú otra vez.

—La perseverancia de los santos. ¿Te apetece dar un paseo? Hace un día espléndido.

—Bueno, mientras sea corto… Voy a buscar mi abrigo.

Así fue como comenzó una relación que busqué con el corazón en la mano y las mejores intenciones, como suele decirse, y que, si acabó empañada por la tergiversación lógica de ese ser unidimensional que era Hoos, fue sólo por mi culpa.

Los rumores que el muy patán hizo circular sobre nuestros deambulares por el jardín y los campos circundantes al principio me molestaron, pero después me enfurecieron. Una noche, después de acompañar a Rena a su casa, como quien dice, entré en el salón reservado a los hombres y la conversación se interrumpió de forma tan abrupta que se podía deducir su contenido sin mucho margen de error. El entusiasmo con el que un enfermo cambió de tema fue lo bastante obvio para eliminar cualquier rastro de duda. Se trataba de un recién llegado, un tal Niebuhr, profesor de economía en una universidad del Medio Oeste, que pasaba allí su segunda convalecencia. Una vez parapetado en su materia docente le costaba apearse del tema y disertaba sobre salarios reales y reservas de oro con una pasión inútil, pues nadie entendía lo bastante de economía como para discrepar, por mucho que quisiera. Pero Niebuhr no interrumpía su arenga hasta que alguna afirmación vehemente se sublimaba en un ataque de tos, cuyos productos depositaba en una pequeña escupidera que siempre llevaba encima a tal efecto. Era una maravilla ver cómo aquel economista barajaba el consumo y la consunción, como se apresuró a observar Bontekoe antes de alzar un brazo sobre su cabeza para protegerse de los inexistentes capones.

Cuando sonó la campana y fuimos a nuestro cuarto a acostarnos, noté a Hoos algo cohibido. Se fue a la cama sin mediar palabra. A la noche siguiente me escabullí después de cenar para acudir a una cita con Rena detrás del garaje, donde nos colábamos de vez en cuando para sentarnos en la camioneta y hablar tranquilamente, yo al volante y ella a mi lado, apoyando la cabeza sobre mi hombro. Debíamos de parecer una pareja de enamorados dando un paseo en coche, o ensayando para cuando llegara el día venturoso en que pudiéramos darlo, a poder ser en un vehículo más romántico. Mientras recorría el pasillo oí el ruido sordo de unas pisadas detrás de mí y, al volverme, vi a Hoos entrando a toda prisa en el salón con una despreocupación forzada que era digna de ver. La siguiente vez fue él quien salió antes, para acechar desde vaya a saber qué escondite, porque para entonces no me cabía duda de que me espiaba… o nos espiaba. El misterio creció cuando Hoos se esfumó una noche que yo no había salido del edificio y volvió al cuarto de puntillas, con los zapatos en la mano, mucho después de que apagaran las luces. Cuando le pregunté dónde había estado se mostró evasivo y después me espetó: «Estoy loco de atar. Te lo advierto». Me lo dijo en tono acusatorio, como si yo fuera de algún modo el responsable de su trastorno.

El embrollo llegó a su apogeo una noche en la que no tenía ninguna cita con Rena y salí con el mero propósito de tenderle a Hoos una trampa y llegar al fondo de la historia. Logrado mi objetivo, como pude comprobar al oír sus pasos avanzando disimulados tras de mí, pasé junto a un macizo de abetos desde donde, sin que me viera, regresé; bordeé corriendo el depósito de agua del sanatorio, dando un amplio rodeo que me colocó a espaldas de mi perseguidor. Tenía todo el aspecto de un perro que ha perdido el rastro de su presa, pero no pude regodearme mucho tiempo en su desconcierto. Suponiendo sin duda que me había esfumado para acudir a una cita, se puso a mirar a través de los cristales sucios del garaje, protegiendo sus ojos de la luz. A continuación rodeó la caseta y pegó la oreja a la puerta cerrada, recobrando el aspecto de un perro sabueso. De modo que había estado espiándome. Y no sólo en el garaje, como no tardé en comprobar.

Fui a dar un paseo por el jardín para calmarme y templar mis nervios. Cuando la campana para apagar las luces estaba por sonar di una última vuelta junto al ala de las mujeres, con la esperanza de vislumbrar a Rena aunque fuera un momento u oír al menos una estrofa del oficio de vísperas, pero fue otra figura la que me detuvo en seco. Allí volvía a estar Hoos, echando una mirada furtiva a la habitación de Rena desde la baranda del porche.

Cuando se volvió me oculté en las sombras, evitando instintivamente el bochorno. Estaba agachado detrás de un matorral cuando sonó la campana y, una a una, las luces de las habitaciones se fueron apagando. Vacilé un momento, sin saber qué rumbo tomar. Me hervía la sangre, pero me resistía a montar una escena que lo hiciera todo aún más violento, especialmente en ese lugar y a esa hora. Espiar a un voyeur parece un pasatiempo más bien retorcido, y algo había de eso en aquella escaramuza nocturna. Entonces oí un crujido a mis espaldas y, al volverme, me encontré con un par de ojos con gafas que me observaban desde unos arbustos vecinos. Habría sido inútil pretender que Horswissel y yo no nos habíamos reconocido, así que, apartando el follaje, que me llegaba al pecho, me abrí camino entre la vegetación hasta llegar a su lado.

—Chsss —le dije tomándolo por el brazo y arrastrándolo fuera—. ¿Te ha visto alguien?

—Así que a esos jueguecitos te dedicas. Te lo debes de pasar en grande, mirando a las chicas —dijo dejando que lo condujera hasta el sendero sin oponer resistencia.

—Vamos, hombre, no digas tonterías —respondí—. Y por lo que más quieras deja que me ocupe yo de esto, ¿entendido? Ni una palabra a nadie.

—¡Por quién me tomas!

Fue imposible evitar que Hoos, asustado por nuestros ruidos, diera media vuelta y saliera corriendo entre los setos hasta darse de bruces con nosotros. Los tres comenzamos a intercambiar susurros furiosos, más caóticos si cabe por culpa de Horswissel, cuya mente enferma había malinterpretado mi petición de guardar silencio: pensaba que se trataba de que «nuestro jueguecito» quedara entre nosotros. Como estar ahí fuera a esa hora contravenía las normas, tuvimos que colarnos a oscuras en el pabellón de hombres como un trío de forajidos. Pero en cuanto me encontré a solas con Hoos en nuestro cuarto di rienda suelta a mi indignación.

—Mira, no soy ningún mojigato, pero si vas a dedicarte a esa clase de pasatiempos te agradecería que escogieras la ventana de otra chica. Y que no te acercaras al garaje.

—Se dice fácil —replicó—. ¿Cómo te parece a ti que me siento cuando os imagino retozando en esa camioneta?

—Escúchame bien, hijo de puta. Si fueras un buen mirón, que lo dudo, sabrías que lo único que hacemos en esa camioneta es charlar.

—No me vengas con cuentos. ¿Y por qué habrías de disculparte? ¡Quién pudiera salir de esta prisión de vez en cuando para darse el lote!

—¡Si no cierras tu sucia boca, te la cerraré yo!

—Ahora me dirás que es el amor de tu vida…

—Tú eso no lo entenderías.

—¿Así que te han cazado…? Estás enamorado hasta el tuétano, pobre.

Después de tan lamentable coloquio, mantenido a oscuras mientras nos quitábamos la ropa torpemente, me quedé tendido en la cama hirviendo de rabia durante una hora. ¿Podría pedir un cambio de compañero de cuarto? Por lo que sabía, la única habitación doble con una cama vacante era la de Horswissel, y su compañía no podía considerarse un progreso. A pesar de su pasado dorado y las supuestas lecturas que le habían permitido el ingreso en el club de los Elegidos, Horswissel seguía siendo a mis ojos un holandés zafio que se merecía una buena patada en el culo. A la mañana siguiente, después de meditar más serenamente sobre el asunto, el cambio de habitación me pareció contraproducente. Las naturalezas rudas como las de Hoos suelen ser sensibles, y el menor desliz por mi parte podía hacer de él, que para entonces era un mero incordio, un enemigo encarnizado. Foyle sabía mantenerlo a raya tratándolo con una grosería deliberada, como él mismo reconocía arguyendo que el vinagre repele a las moscas, pero su problema era muy distinto del mío. Quedaba, aun así, un resquicio de esperanza. A Hoos se le veía últimamente muy confiado en conseguir la «patada» tras la próxima revisión trimestral, para la que no quedaba más que un mes. Hasta entonces habría que hacer de tripas corazón.

97

Mi inquietud por el estado de salud de Hoos, sin embargo —o por el mío, si a eso vamos—, se desvaneció tras la súbita recaída de Rena.

Llevaba algún tiempo bastante desmejorada y un día, tras un período esperanzador de temperaturas normales, su fiebre se disparó hasta los 38 grados. Le cogían ataques de tos que la dejaban mareada y trémula y le salían unas manchas rojas en la piel que no presagiaban nada bueno. El médico la obligó a guardar cama, una noticia tan trágica para mí como para ella. A los hombres se les prohibía el acceso al pabellón de las mujeres, salvo en horas habituales de visita, y nuestros encuentros a esas horas estaban casi irremisiblemente condenados al fracaso debido a la presencia de otros visitantes o a la de su compañera de habitación, Cora Nyhoff.

Aquella mujer amaba a Dios en la misma medida en que odiaba a los hombres. Cada vez que yo aparecía ella se quedaba, sin más intención que la de «animar un poco a Rena», según decía, aunque lo que buscaba en realidad era frenar mis avances, que le parecían una amenaza al dominio que ejercía sobre la chica, dominio que yo encontraba un punto enfermizo. Las habían emparejado por ser ambas «religiosas», pero sin mucho tino, pues el fanatismo de Cora no se asemejaba en nada a la devoción de Rena. Aunque ella no quería reconocerlo, yo sospechaba que la vieja comenzaba a fastidiarla. De hecho, me preguntaba si su desapacible y constante presencia no tendría la culpa del vuelco en su salud. Eso mismo estaba por insinuarle al doctor Simpson cuando me enteré de que la habían trasladado de vuelta al pabellón de internos.

Allí podía visitarla con toda libertad y al menos tenía alguna posibilidad de entrar en su habitación sin toparme con Cora. Aunque debía guardar cama, Rena podía sentarse sobre el lecho para tomar el té que yo le llevaba u hojear su correspondencia o los periódicos y libros que yacían esparcidos a todas horas sobre su cama. Nunca cogía la taza por el asa: prefería calentarse las manos rodeando la porcelana con los dedos, y me miraba siempre cuando bebía, como si me evaluara constantemente. Hablábamos de poetas, de compositores, del Oeste, del sermón del último domingo (con el que su íntimo interés por la fe la obligaba a mostrarse crítica, al contrario que Cora, con su tediosa cháchara evangélica sobre las «bendiciones»). El culto divino se canalizaba hasta los pacientes internos a través de unos auriculares enchufados a una toma en la mesita de noche.

—Como si lo que Jesús hubiera querido decir —me dijo Rena un domingo por la noche, refiriéndose al sermón que había dado un seminarista en el oficio de vísperas sobre el precepto divino de no echar perlas a los cerdos— era que los cerdos harían caso omiso de las perlas, cuando la Escritura dice claramente: «no sea que las pisoteen, y se vuelvan y os despedacen». Es un error común, pero que lo cometa un estudiante de teología…

—Tú al menos podías quitarte los auriculares: yo tuve que quedarme ahí sentado y tragarme el sermón enterito.

—¿Eres ateo?

—Sí, pero no muy devoto —la tranquilicé, sonriendo—. Mi fe en el ateísmo se debilita por momentos.

—Creerás en un Dios, al menos…

—Visto que nada es seguro, todo es posible.

—Escurridizo como él solo. ¿Y el alma? ¿No te parece que tienes alma?

—No, pero me da que tú sí.

Con aquel interés canino por cualquier cosa que llamara su atención o suscitara su curiosidad, Rena podía cambiar de tema en cualquier instante. En ese momento divisó por la ventana a un paciente de mediana edad llamado Swigart, el único metodista de todo el sanatorio, que paseaba con un puro encendido entre los dientes. El mal que padecía no residía en los pulmones, al parecer. Según me dijo Rena, era un fumador compulsivo que había ido a nacer en el seno de una confesión que proscribía la nicotina, de modo que se sentía feliz allí, entre calvinistas holandeses que, por supuesto, fumaban como chimeneas.

—Está completamente repuesto, pero se niega a volver a casa —dijo entre risas—. Dicen que a los cuarenta años seguía fumando a escondidas detrás del granero. La historia es demasiado buena para ser cierta.

El objeto de aquellos rumores desapareció entre las lilas heladas dando satisfechas caladas a su puro y dejando tras de sí una nube gris.

—¿Rezas por mí? —me preguntó.

—Verás, para eso habría de creer que el destinatario de mis plegarias te ha metido aquí, y no veo quién podría haberte hecho algo parecido.

—No sé si te entiendo.

—Lo que digo es que pedirle que te cure a ti, a mí o a cualquiera implicaría la existencia de un ser que nos hace todas estas canalladas arbitrariamente. La plegaria se convierte entonces en una súplica a ese ser maligno para despertar su compasión, para que deje de ensañarse. La mera idea me da repelús. Prefiero pensar que somos víctimas del azar antes que dignificar a un ser de esa clase identificándolo con la Providencia.

—Se supone que todo eso nos lo merecemos —dijo Rena hurgando en una caja de galletas caseras que me había enviado mi madre y yo le había regalado.

—Tú no.

—Soy una pecadora.

—Vamos, deja de darte aires. Empiezas a sonar como Cora.

—¿Qué harías tú en su lugar? En el lugar de Dios, digo.

—Acabaría de una vez con toda esta teología.

Me acerqué a la cama para coger una galleta, pero me encontré con su mano, la cogí y me la llevé a los labios.

—Si al menos pudiéramos besarnos —dijo apretando mis dedos contra su mejilla.

Bajo su pijama de seda entreví un pecho firme y ladeado

que me moría por acariciar. Me disponía a sentarme en la cama cuando unos pasos en el corredor me mandaron ignominiosamente de vuelta a mi silla. Mientras mordisqueaba una galleta en forma de estrella oí la voz de Cora, que saludaba a una enfermera en el pasillo. Me invadió la ira al ver que Rena apartaba la mirada, alisaba el cubrecama y se arreglaba el vestido, pero cuando la sonriente visita entró no sólo me puse en pie, sino que le cedí mi asiento. Me fui de inmediato: en aquellas circunstancias no había alternativa.

Pese a todo, la semana siguiente pasamos una tarde maravillosa.

Estábamos los dos mirando casualmente por la ventana, al anochecer, cuando de pronto se puso a nevar y el mundo comenzó a teñirse de blanco. Enormes copos descendían como plumas en el aire quieto del crepúsculo, tejiendo un velo del blanco más absoluto. Todo fue perdiendo su contorno; las montañas desaparecieron y un vacío indiferente engulló los árboles y las casas ante nuestros ojos hipnotizados. Permanecimos en silencio. La habitación se sumió lentamente en las sombras y el manto monocromo del exterior fue adquiriendo aquí y allá reflejos dorados, a medida que las luces brotaban de todas las ventanas salvo de la nuestra. Estábamos suspendidos en un trance, en una eternidad de molicie. Pero por místico que pudiera ser aquel rapto, despertaba también deseos que habíamos mantenido demasiado tiempo a raya. No había ya error posible. Cuando me acerqué, ella apartó los labios con el mismo ademán amable y compungido con el que había confinado siempre mis besos a su mejilla, pero mi mano se aventuró por primera vez bajo su cuello. Al toparme allí con la suya pensé por un momento que iba a reprenderme, hasta que vi que sus propios dedos se afanaban en desabotonarse la blusa del pijama. Al estirarse dejó al descubierto dos pechos pequeños, blancos como la nieve. Me lancé sobre ellos y le oí gemir mi nombre contra la almohada. Bajo el deambular de mi mano su delgada figura se arqueó en una convulsión que no dejaba lugar a la duda.

—Al menos ya no tendré que preguntarme cuándo perderé la virginidad.

—Sabes que te quiero.

—¿Verdad que es maravilloso? Es también una locura, pero no hace falta hablar de eso.

—La locura es todo lo demás. Esto no.

—Sí. Ay, Dios, ahí llega el carrito de la cena.

Dos días después, cuando fui a verla, la habitación estaba vacía. Las sábanas de la cama habían desaparecido y las cortinas se bamboleaban junto a la ventana abierta. Encontré a la superintendente de enfermería junto al armario de la ropa blanca, al final del pasillo. Supuse que al verme aparecer se habría apresurado a volver al trabajo. Mantuvo la vista fija en las toallas y la ropa de cama mientras respondía a mis preguntas:

—¿Sabe dónde está Rena Baker?

—No ha vuelto aún del quirófano.

—¿Del quirófano? ¿Para qué?

—Le están extirpando unas costillas.

Era el último recurso, reservado a los pacientes para los que un neumotórax u otros remedios parecidos no habían dado resultado: la atelectasia pulmonar. Rena no me había contado que tuviera prevista una operación de aquel tipo, ni siquiera que contemplara la posibilidad. Tampoco me dijo que de niña había padecido fiebre reumática y que tenía el corazón maltrecho. Eso lo averigüé por medio de Cora Nyhoff, a la que fui a ver corriendo con la esperanza de obtener más información.

Durante la cena no pude probar bocado. Por una ironía del destino, la supervisora del comedor me pidió que bendijera la mesa, cosa que hice como todo el mundo, ciñéndome a los lugares comunes. Luego corrí al ala de internos. Rena aún no había vuelto del quirófano. Me puse las botas y un abrigo y salí al jardín. La habitación de Rena estaba a oscuras. A través de las ventanas del hospital, más allá de la enfermería, no se veía nada más que algún espectro vestido de blanco que pasaba flotando entre los resquicios de las cortinas.

Apretándome la bufanda, deambulé por los jardines del sanatorio con las manos enguantadas en los bolsillos. Hacía un frío glacial y la nieve que pisaba era dura como el acero. Las estrellas titilaban en la noche clara. Brincando por las roderas del sendero distinguí las constelaciones que me había mostrado Rena en nuestros paseos nocturnos; como buena chica de campo, había puesto remedio a mi urbano desconocimiento del cielo para que pudiera seguir su avance mitológico desde mi cama del porche en mis noches en vela. Orión, Casiopea... No había cristianos en aquel congreso pagano. Los voyeurs no habían salido esa noche. Se podía ver a alguno apostado en su ventana, mirando. Yo también volví adentro. Después de rondar media hora en torno a una partida de ajedrez en el salón y pasar unos minutos en mi habitación, volví a abrigarme y salí nuevamente. Me aproximaba al hospital cuando un mensajero atravesó la puerta del edificio y cruzó a trompicones la nieve hasta la casa del médico. El doctor Simpson permaneció un momento de pie en el umbral, con la luz de la entrada a su espalda, asintiendo y sacudiendo luego la cabeza. Entonces el enviado se fue y el doctor regresó a su casa y no volvió a aparecer. Las luces de los dormitorios fueron apagándose una tras otra. No había oído la campana. De todas formas, llegaba tarde. Me eché a andar para entrar en calor, llegué hasta la casa del médico y regresé al hospital. Me detuve ante la puerta trasera, indeciso, alcé la mano para pulsar el timbre y volví a bajarla, falto de coraje. Caminé de nuevo hacia la casa del doctor, sin propósito definido. Un pájaro alzó de pronto el vuelo desde los matorrales que bordeaban el arroyo, a mis espaldas, se posó en un árbol y quedó en silencio. Otro ruido atrajo mi atención hacia la verja de entrada. Bajo el arco pasó un vehículo negro que rodó por la nieve helada hasta parar detrás del hospital y un carroñero con un sombrero de fieltro se apeó y entró en el edificio armado de un cesto de mimbre.

Las estrellas flotaban en un mar de lágrimas. A esa hora no se veían las Rocosas, pero me sabía de memoria el contorno de la montaña con la cruz de nieve en su ladera. Se oyó el grito de un animal en la espesura, junto al arroyo helado, donde la naturaleza se mantenía también en equilibrio. «No matarás»: se decía que aquélla era la ley del ser que había creado un universo en el que una cosa se comía a la otra. ¿Cómo hacían los creyentes para no ver el tremendo orificio que aquel solo pensamiento producía en su andamiaje? El amor perfecto no acababa de abolir el miedo, pero la rabia sí mitigaba el dolor, casi por completo.

Di una vuelta hacia el otro lado, donde las ruedas chirriantes del coche podían oírse, pero no verse. La que me había dado calor estaba tan muerta como la luna. Sus pequeños torrentes de sangre se habían aquietado, los pechos que había besado estaban fríos como la piedra.

El doctor Simpson debía de estar mirando por la ventana, o alguien le habría avisado por teléfono de la presencia de un intruso, porque su puerta se abrió de golpe y oí a mis espaldas el crujido de unos pasos en la nieve. Se había puesto un abrigo y su rostro, cubierto a medias con bufanda arrollada de mala manera, hervía de cólera.

—¿Qué demonios está haciendo aquí fuera?

—Dejar que la luna reabra antiguas lesiones.

—¡Por el amor de Dios! Pero ¿qué clase de Rosetti de tercera fila se cree que es…? ¡Vuelva a la cama ahora mismo! ¡Es una orden! Hace una hora que han apagado las luces. ¿Qué demonios cree que es esto, un club de campo?

—Lo siento.

Dio un paso más para verme de cerca.

—¿Qué le pasa?

—Rena ha muerto, ¿verdad?

—Se fue sin dolor. El cirujano me ha asegurado que no sufrió. —Vaciló un momento, mirando hacia la casa—. Venga, aquí fuera vamos a congelarnos.

El salón estaba vacío. Avivó las ascuas del hogar y sirvió dos copas de brandy.

—Le falló el corazón. Inesperadamente, porque sabíamos que había padecido fiebre reumática y lo vigilábamos de cerca. Con el corazón nunca se sabe: se ríe de los cardiogramas buenos y de los malos. Me he encontrado con corazones femeninos tan caprichosos como los que cantan los poetas. En fin, puede que haya sido una bendición, porque estaba prácticamente desahuciada. Dudo mucho que la operación hubiera servido de nada. Podría haber sido un tercer acto infame.

—La objetividad de la ciencia no deja de sorprenderme —dije caminando desesperado de un lado a otro—. ¿Cómo pueden…? Yo tenía un hermano que… Supongo que a estas alturas no creerá ya que hay un Dios que gobierna el universo.

—¿De verdad cree que puede venir a darme lecciones? Yo tenía un hijo al que vi morir de leucemia. Tenía siete años. Stevie, se llamaba. Un niño como esos que cabalgan sobre delfines en las fuentes de los parques. Un niño delfín. Un fauno. Lo vi consumirse hasta la muerte.

—¿Y qué hizo? ¿Entonar el «Ven, tú, fuente de toda bendición, afina mi corazón para cantar tus alabanzas»?

—Adelante, chico, desahóguese. Yo soy un viejo y ya he derramado mis lágrimas.

Se acercó al hogar y volvió a atizar los rescoldos. Luego caminó hasta la ventana, donde exhaló una especie de bufido ante la noche negra que se colaba entre las cortinas de damasco. Volvió calladamente a su sillón, en el que se dejó caer de nuevo. Vi que llevaba pantuflas.

—Lo que sí he de decirle es que me cargan un poco los pacientes de opereta que nos llegan últimamente. Con su *Liebestod*, sus andanzas nocturnas y sus pamplinas. Hace unos años tuve a un romántico que salía a pasear a la luz de la luna con la cabeza descubierta. Ya se imagina dónde acabó. Wagner, Chopin… —Interrumpió su discurso improvisado, juzgándolo ocioso, y después de echarle un sonoro trago a su copa de brandy, lanzó un gruñido de disculpa—. La muerte es la cosa más ordinaria del universo. ¿Por qué le importaba tanto esa chica?

—Estaba enamorado de ella.

Se contorsionó como si lo hubieran amarrado a la silla para después ejecutarlo.

—Vaya por Dios.

—Supongo que no querrá saber de estas relaciones más de lo necesario, pero son cosas que pasan. ¡Qué le vamos a hacer!

—¿Y dónde diablos se veían?

—En el garaje, en la camioneta.

Sorbió de su copa con recelo, como si temiera una emboscada emocional en cualquier momento. Estábamos los dos cara a cara, a ambos lados del fuego. Deduje que al menos me había librado de la acusación de romanticismo al admitir que estaba enamorado. Ahora iba a tener que vérselas con el realismo.

—¿La besó? —preguntó, y en sus labios apareció su vieja sonrisa irónica.

—Por supuesto.

—Puede que algún día se arrepienta. Si es que vive para contarlo —agregó escudándose en su humor macabro.

—Doctor Simpson —le dije, dejando la copa sobre la mesa—, ¿usted cree en Dios?

Alzó los ojos casi imperceptiblemente, como para rogar al cielo que le ahorrara al menos aquella murga. Me llevó unos cuantos años comprender su actitud y entender mi metedura de pata. La pregunta le molestaba como le molesta a cualquiera que haya cavilado mucho sobre ella. Las personas superficiales o atolondradas tienen siempre una respuesta a mano, pero quien se atreve a mirar de frente a la vida en toda su complejidad adquiere con el tiempo una perspectiva llena de contradicciones en un equilibrio tan delicado que lo horroriza verse obligado a expresarse mediante generalizaciones anodinas. La presunción —el ultraje— de intentar englobar esta danza de átomos en una definición única puede dar la apariencia de aburrimiento a ese hastío de la vejez ante las preguntas grandilocuentes de la juventud. El doctor Simpson parecía, en efecto, aburrido cuando apretó los dientes y apartó la mirada.

—Ah, sobre esta clase de cosas la opinión de uno es tan válida como la del resto —dijo—. Uno cree lo que tiene que creer para conjurar la idea de que todo se reduce a un cuento contado por un idiota. Sabría usted, por supuesto, que corría ciertos riesgos al tratar con esa chica.

—Valieron la pena —repliqué con amargura.

Apuré mi brandy y dejé descansar al buen doctor. Arreciaba el viento del norte y corrí por el sendero del parterre, entre los árboles, hacia los jardines sombríos del hospital, donde el invierno asfixiaba en su puño férreo las primeras flores de mayo.

8

El mundo, como se habrá advertido, está repleto de cosas que no bastan para colmarnos de felicidad; pero los problemas, que también son muchos, son lo bastante diversos como para que una cosa nos distraiga de la otra. Apenas había enjugado mis lágrimas por Rena cuando comenzaron a llegarme cartas de casa que me informaban, al principio con indirectas preocupantes y luego de un modo inequívoco, de que mi padre estaba perdiendo la razón.

Los primeros síntomas habían llegado con el agravamiento de su insomnio, que colmaba la paciencia de mi madre cada vez que mi padre le aseguraba, durante el desayuno, que la noche pasada había echado una o dos cabezadas. Los desvelos resultaban aún más exasperantes debido a su evocación compulsiva del pasado: despertaba a mi madre en plena noche para preguntarle por el nombre de un casero que habían tenido una vez o de un carnicero al que solían ir hacía tiempo. La sacaba de la cama para que se enfrascara con él en un mapa de carreteras buscando un pueblo que habían visitado años antes, aunque sólo hubieran parado a almorzar. Se devanaba literalmente los sesos, como atestiguaban sus frecuentes migrañas y los ruidos que oía en su cabeza. La fatiga y la progresiva histeria de mi madre se traducían en ruegos y protestas que mi padre recibía primero con vehemencia y luego con amenazas violentas. Una vez lo encontró en la cocina a las tres de la mañana matando cucarachas con su sujetador. A todo lo anterior había que añadirle lo que sucedía en su ruta diaria. Había comenzado a recoger basura en un lugar y dejarla en el siguiente. Yo había soñado muchas veces con hacer algo parecido, a modo de protesta apasionada contra el ordenamiento del mundo, pero, ya fueran improvisadas o deliberadas, las travesuras de mi padre no fueron exactamente del gusto de sus clientes ni le sentaron demasiado bien al negocio. Las cancelaciones comenzaban a llover, mientras él seguía llevando a cabo sus peculiares «entregas». Fue aquel giro de los acontecimientos el que propició la carta que me envió el doctor Berkenbosch.

Nuestro viejo médico de cabecera se empeñaba en mantenerse al día de las tendencias contemporáneas de la medicina, como certificaba su misiva, en la que me daba a entender que los tormentos que mi padre infligía al prójimo eran consecuencia directa de la culpa que arrastraba por sus pecados. Por científico que fuera el diagnóstico —¿quién habría podido soñar con una síntesis más perfecta de Freud y Calvino?—, a mí no me acababa de convencer. Pero el tono era de consternación, apremiante incluso, y su desesperado «¿No estarás por casualidad lo bastante repuesto ya como para volver a casa y ocuparte de tu padre?» bastó para ponerme en marcha. Abandoné el sanatorio sin pedirle permiso al doctor Simpson ni esperar a la siguiente revisión trimestral, para la que faltaban dos semanas. Simplemente hice las maletas y me fui.

En el trayecto de regreso en el Burlington Zephyr contemplé el paisaje que se deslizaba por la ventana y traté de recordar tiempos más felices. Pensé en el día en que mi padre nos llevó a todos a la heladería; en el olor fresco y cremoso característico de aquel lugar, tan distinto y, sin embargo, tan curiosamente similar al de las tabernas a las que, en horas de peor memoria, me enviaban a buscarlo y traerlo a casa. Louie y yo habíamos discutido a menudo sobre aquellos dos olores y concluimos que la similitud se debía probablemente a algún componente del serrín que esparcían por el suelo de ambas especies de paraíso. A veces encontraba a mi padre refugiado en algún antro de comida mexicana y me invitaba a un plato de chili con carne antes de volver. Era su plato preferido y a veces se traía a casa un kilo para acompañarlo con cerveza. Mi recuerdo más vívido, y puede que el más tierno, era el de una noche en que se desplomó y acabó con la cara hundida en un plato de chili con carne.

Debían de ser las diez y estaba sentado a la mesa, bastante peor que de costumbre a causa de los numerosos whiskys que habían precedido a la cerveza y el plato que tenía delante, la una fría y el otro caliente. Estaba aturdido y parecía de hecho a punto de dormirse sobre la cena. Era desesperante ver cómo se le cerraban los ojos y se le inclinaba la cabeza, llegando cada vez un centímetro más cerca del plato antes de volver en sí. Compadecido, aparté la vista. Si le quitaba el plato de chili se golpearía la cabeza contra la mesa; si lo tocaba me arrearía un manotazo a ciegas, como hacía siempre que lo despertaban cuando se hallaba en aquel estado. Puede que me hiciera daño y tuviera que arrepentirse luego. Para compensar sus borracheras y sus dudas religiosas, mi padre era el doble de estricto a la hora de negarnos los placeres prohibidos por la Iglesia, por lo que el cine nos estaba absolutamente vedado; pero yo había visto las suficientes escenas a través de las salidas de incendio y las puertas de los vestíbulos de los cines para saber que lo que tenía delante era un clásico del corto de suspense: el hombre que se balancea cada vez más peligrosamente sobre una columna de cajas o se escora poco a poco hacia el borde del precipicio. La cabeza obnubilada de mi padre se acercaba cada vez más al plato, meta predestinada en la que terminó por aterrizar con un *plaf* que salpicó la mesa de frijoles y salsa. El impacto hizo que el despertar fuera repentino y definitivo. Resucitado de golpe, se incorporó y se ventiló el chili en un abrir y cerrar de ojos después de darle buen uso a su eterno pañuelo. Pero el incidente satisfizo plenamente la definición intelectual de lo grotesco como combinación de lo trágico y lo cómico.

No recuerdo si aquello sucedió o no en uno de sus períodos de profunda devoción, por lo que tampoco sé si mi padre bendijo aquella cena recompuesta a duras penas. En casa, las plegarias en la mesa se extendían de un modo que sólo suele verse entre los fieles de confesiones más tibias, pues la bendición no se limitaba a la comida, sino que incluía a la propia Iglesia, sus misiones y los pueblos paganos a las que aquellas se dirigían, así como a una amplia variedad de asuntos laicos. Durante los periodos de fervor religioso de mi padre, en los que superaba con creces al párroco más prolijo, llegaba a pedir a Dios que guiara por el buen camino al presidente y a su gabinete, a las legislaturas estatal y federal y a los diplomáticos involucrados en las diversas misiones resaltadas por la prensa, todo esto mientras la comida se enfriaba en los platos. No recuerdo haber comido un solo rosbif o pollo calientes durante aquellas temporadas en que mi padre recobraba su fe. Una vez me atreví a sugerir que la comida esperara en el horno a que bendijéramos la mesa, o que, si la tradición mandaba que permaneciéramos alrededor de la comida mientras la encomendábamos a la gracia divina, lo hiciéramos delante de los fogones. Me gané una sonora colleja por la impertinencia.

El día después del episodio del chili con carne le pedí a mi padre medio dólar para ir a la bolera y él se negó en redondo, lleno de remordimientos por la trompa que había cogido la víspera. Éramos una familia feliz, consagrada a nuestro mutuo bienestar y fortalecida en la fe y no iba a permitir que su prole cayera en la tentación y gastara pecaminosamente el dinero en frivolidades y ejercicios corporales que «para poco son provechosos», como decía san Pablo. Si algo era mi padre, era concienzudo; la superficialidad era lo último que podía reprochársele. Se tomaba al pie de la letra el precepto de que la religión debe englobar todas las facetas de la vida; nunca nos traía a casa ninguna fruslería y si en Navidad se acordaba de regalarnos algo procuraba que no valiera gran cosa. En cuanto a sus amigos, jamás les compraba nada, aduciendo que el consumismo indiscriminado no era manera de celebrar el nacimiento del Señor. Esta costumbre de hurgar en el significado primigenio de las cosas incluía la noche de Halloween, en que nos recogíamos para rezar en conmemoración de los orígenes de la Reforma en vez de andar derrochando el dinero en máscaras y disfraces. Mi padre negaba categóricamente que su conversión tuviera una raíz económica, atribuyéndola más bien a la intervención directa de la Providencia, que tan a menudo nos había salvado milagrosamente. Prueba de ello era la explosión de un garaje a la hora precisa en la que mi padre solía pasar por ahí con su camión el día justo en que iba con retraso. «Si llego un cuarto de hora antes hubiera volado en pedazos —decía—, ha sido obra de Dios.»

En todo aquello pensaba en mi butaca y más tarde en la litera del tren, y seguía pensando en ello cuando subí con mi equipaje hasta el apartamento del segundo piso donde vivíamos con el olor familiar del vestíbulo sujeto a mis tripas como un reptil.

Mi padre me esperaba en lo alto de la escalera, listo para ofrecerme un anticipo de la naturaleza y el alcance de sus padecimientos. Llevaba dos pantuflas dispares y un abrigo a modo de albornoz bajo el que asomaba únicamente un jersey negro de cuello de cisne.

—Tienes muy mal aspecto —le dije para complacerle, pero también para contener la marea de sus explicaciones, aunque fuera provisionalmente.

Después de saludarle y darle un beso a mi madre nos acomodamos en nuestra vieja y fría sala de estar. Mi padre cruzó las piernas, se quedó mirando el calefactor eléctrico que resplandecía en el suelo y comenzó a darme cuenta de sus múltiples preocupaciones.

—Falta el noventa por ciento del universo —dijo después de enumerarme otras molestias que me resultaban más familiares, y a las que no presté más atención que la que suele prestarse a las quejas que uno lleva oyendo durante años como a un viejo disco de fonógrafo que suena una y otra vez.

Pero al escuchar aquel comentario, completamente inédito, agucé el oído y miré a mi madre.

Aquella misma tarde pude confirmar que lo que acababa de decirme no era producto de su imaginación, sino un hecho científico comprobado que había avivado el fuego de su fantasía. En el mismo periódico en el que él lo había leído encontré un reportaje sobre una convención de astrónomos donde se había presentado un artículo que afirmaba que la fuerza gravitacional total necesaria para dar cuenta del movimiento de los cuerpos celestes precisa de entre nueve y diez veces más materia cósmica de la que se conoce. Así pues, conforme a los cálculos humanos *falta* un noventa por ciento del universo, que se disemina por el espacio o existe en formas dispersas que escapan a nuestra comprensión.

—También nosotros podemos diseminarnos hasta dejar de existir —dijo mi padre más tarde, abundando en la materia.

Al ver que era un temor compartido por tantos científicos acreditados me quedé algo más tranquilo, pero mi padre tenía sus propias teorías:

—A lo mejor es el infierno… eso que no acaban de localizar. Alejado de Dios, en las tinieblas siderales. ¡Luz negra! ¡Antimateria! Está por todas partes. ¡Vamos todos camino de ella! —luego, volviendo a temas más personales, agregó—: Lo único que me impide suicidarme es mi voluntad de vivir.

Aquel concepto se lo debía al doctor Berkenbosch, que, como ya he dicho, había ido aprendiendo al menos la terminología de aquella profesión que, cada vez con más frecuencia, confundía con la suya. Eso era digno de encomio. Lo lamentable es que se tratara de mera terminología, que, para colmo, blandía a diestro y siniestro con tanta imprecisión como la de su propio gremio. Manejaba cuatro conceptos en boga sobre el impulso autodestructivo, que, según decía, existía en todas las personas bajo la forma de una «tendencia ostensible», que en su idiolecto venía a significar una tendencia oculta o en potencia que la mayoría de nosotros manteníamos a raya. Una vez me explicó el sentido de «funcional» en estos términos: «Equivale a decir "mental"; es algo que se origina en la mente y no en el cuerpo. Pero su significado se amplía rápidamente: ahora dicen por ahí que la arquitectura moderna es funcional. Una locura, vamos».

La tarea de sembrar la confusión en dos frentes mantenía al doctor Berkenbosch el doble de ocupado que en los tiempos en que se centraba en la medicina, con lo que me correspondió a mí la ingrata tarea de encontrar un sanatorio que estuviera cerca y no tuviera un coste prohibitivo para ingresar a mi padre una temporada en observación. El doctor me dio el nombre de unos cuantos y yo fui estudiando sus pros y contras en los ratos libres que me dejaba otra tarea no menos ingrata ni urgente: relevar por completo a mi padre y reparar sus desaguisados en la ruta de recogida de basura, que seguía siendo nuestro único medio de subsistencia. Al final me decidí por un centro psiquiátrico ubicado a las afueras de la ciudad, a ocho kilómetros de casa.

Si la elección fue un error no creo que se me pueda achacar. La búsqueda de un sitio de estas características es siempre desesperada y su examen, por tanto, superficial. Son todos establecimientos limpios, ajardinados, sometidos a inspección estatal. En el caso de Hilltop Haven, sin embargo, las inspecciones que realizaban las autoridades debían de ser tan someras como mi vistazo preliminar. Unos días después de su «admisión» (ese bello eufemismo institucional con el que se alude a reclusiones forzosas que a veces requieren asistencia policial) tuve una charla acerca de su estado con el director médico del centro. Durante nuestra conversación, que en esencia giró en torno a su negativa a pronunciarse sobre el caso en tan poco tiempo por considerar que sería irresponsable, el médico tuvo que atender una urgencia y salió del despacho un momento, que yo aproveché para echar un vistazo a alguno de los historiales que tenía sobre la mesa. En uno de ellos, tras el epígrafe «Diagnóstico» había anotado «Desquiciado». En otro de los informes que pude hojear apresuradamente reparé en el siguiente comentario sobre una paciente: «Está más rezongona que nunca». Más tarde vi en el pasillo a dos camilleros hablando de una nueva incorporación que no podía ser otra que la de mi padre. Uno de ellos levantó una mano y ejecutó un movimiento circular con el índice a la altura de la sien que resultó muy elocuente.

Saqué a mi padre inmediatamente de aquel lugar (entretanto había averiguado que los niños del vecindario lo conocían como el Planeta Majareta) y lo llevé a una institución administrada por nuestra Iglesia. En un principio la había descartado porque estaba en Míchigan, demasiado lejos para las visitas frecuentes, o más bien diarias, que mi madre estaba empeñada en hacerle. Pero resultó la mejor decisión posible. No sólo era un centro bien gestionado por un equipo de psiquiatras competentes (como suele ocurrir en las instituciones eclesiásticas) sino que, según supimos, las visitas familiares constantes no redundaban en beneficio del paciente, al menos en las fases iniciales de su internamiento. Así que aquel día mi madre y yo salimos del sanatorio algo aliviados, aunque llorosos, y tomamos la carretera principal para regresar a lo que quedaba de nuestro hogar.

La realidad no parece ofrecer mucho respaldo a la noción popular de que el sufrimiento endulza el carácter. Lo que nos endulza el carácter es la felicidad, no el dolor; o el placer, tal vez, más aún que la felicidad. Esta cumbre del sentimentalismo se inscribe entre otros bulos, como el de que la sabiduría viene con los años. Los viejos no tienen nada que decirnos; en todo caso, somos nosotros, más bien, los que solemos pasar el día gritándoles al oído.

Estas observaciones, un tanto cínicas, podrían parecer enraizadas en mi propio egoísmo, pues son el prólogo a la admisión de que el sufrimiento no endulzó en absoluto mi carácter y de que, en general, hice caso omiso de los consejos de mis padres sobre el rumbo que debía tomar mi vida a aquellas alturas. Sólo puedo justificarme alegando que seguía siendo joven. Así, no tardé en olvidar a Rena para retomar mi búsqueda de las chicas allí donde la había dejado. Honestamente, no podría decir que su muerte o la desintegración psíquica de mi padre me «enseñaran» nada ni me confirieran ningún tipo de serenidad: para eso tendría que esperar a sufrir un dolor mucho más devastador, que aún quedaba lejos.

Las tribulaciones en las que entonces me debatía no lo eran tanto, puesto que me dispensaban de la obligación de cortejar con el matrimonio en mente. Ninguna chica podía esperar razonablemente que un hombre que tenía que afrontar tantos gastos pudiera sumarles los de una esposa y una familia. Mis padres «tenían prioridad». Además, a esas alturas tenía la ventaja de una herencia genética contaminada, uno de los principales factores de desaliento para las cazadoras de marido. De las relaciones íntimas que tuve entonces —durante las cuales iba «desembolsando» estos inconvenientes poco a poco, conforme a mis necesidades— pude disfrutar con total libertad, como siempre me había gustado, sin la amenaza de compromisos más formales. Y a las aspirantes que superaban la criba de estas consideraciones siempre podía sacarles el as que guardaba en la manga: «Soy basurero». Por supuesto, este dato lo reservaba para cuando era absolutamente necesario, y su revelación solía tener carácter terminal: si quería que florecieran nuevas relaciones debía esconder bien toda mi basura bajo la alfombra. Si era indispensable, también podía escudarme en un leve historial de tuberculosis, aunque las últimas radiografías revelaban que la enfermedad había remitido por completo, si es que había llegado a tener algo más que ese pequeño excedente del bacilo que todos hemos paseado en nuestros pulmones en uno u otro momento.

Había un entorno en el que estas circunstancias no suponían estigma alguno, pero en él no había necesidad de defenderse de los dogmas de la moral, puesto que jamás se invocaban. Me refiero al mundo de los intelectuales «de orientación marxista», surgidos en una época que pasaría a la historia como la Gran Depresión.

No regresé a la universidad, pero sí buscaba de vez en cuando la compañía de viejos amigos en el campus o sus alrededores, donde, como digo, los tiempos habían cambiado. La conciencia social se había convertido en un requisito indispensable para las más elementales pretensiones intelectuales o artísticas. Escritores y pintores marchaban al frente de manifestaciones exigiendo trabajo (no para ellos, claro, sino para el resto) y los estudiantes asistían a mítines políticos e incluso subían al estrado. En una calle perdida del South Side, no muy lejos del campus, vivía un grupo de artistas que mantenían estrechos vínculos con los del North Side, donde se encontraba el grueso de la bohemia de Chicago, cuyas raíces se remontaban a los tiempos de Ben Hecht y Maxwell Bodenheim y del viejo Dill Pickle Club.[22] El club ya había cerrado, pero Bughouse Square, la plaza en la que se congregaban los oradores rebeldes, seguía gozando de gran popularidad, y era allí donde nos reuníamos los sábados por la noche para expresar y promover la nueva iconoclasia nacional.

Por supuesto, en aquel ambiente mis orígenes inmigrantes y proletarios eran una medalla y mi trabajo de basurero hacía de mí un auténtico héroe. No sin razón, pues aparte de mí no había en aquel grupo nadie que hubiera trabajado honradamente un solo día de su vida. Todos sus miembros eran simpatizantes del partido comunista y más de uno estaba afiliado. Poco después de admitirme en el grupo alguien me preguntó

---

[22] Ben Hecht fue un guionista, dramaturgo, novelista y director de cine neoyorquino que pasó en Chicago su juventud y se hizo allí un nombre como periodista en la década de 1910. Maxwell Bodenheim, poeta y novelista estadounidense, también pasó su juventud en aquella ciudad, donde frecuentó los círculos literarios y trabó amistad con Ben Hecht. El Dill Pickle era un local bohemio de Chicago que, entre los años 1917 y 1935, funcionó como *speakeasy*, cabaret y teatro de variedades. Fue uno de los principales centros del llamado «Renacimiento de Chicago».

si «tenía el carné». La expresión me era desconocida y pensé ingenuamente que se refería al permiso de conducir para el camión de la basura. «Claro —dije—, si me pillan con ese mastodonte y sin carné de conducir se me cae el pelo.» Yo hablaba en serio, pero las risas con las que celebraron el comentario me convirtieron al instante en un bromista muy prometedor.

A menudo se organizaban veladas benéficas por buenas causas, como la revista *New Masses*, un cantante de folk recién salido de la cárcel o algún poeta indigente; por lo general consistían en fiestas en las que se cobraba una entrada y se ofrecía alguna clase de espectáculo: un concierto o una lectura del propio artista. Con una frecuencia inverosímil el artista en apuros era Maxwell Bodenheim, aunque en ninguna de las dos funciones a las que asistí para oír sus versos llegó a hacer acto de presencia, al menos en la sala. «Sigue fuera de combate», nos informó una chica al regresar de un dormitorio en el que acababa de entrar de puntillas para ver cómo se encontraba nuestro invitado de honor. Aun así, puse gustosamente mi dólar en la gorra : estaba viendo mundo.

El mundo se desplegaba, para un joven libre de compromisos en una época tan desquiciada, como una sucesión de romances más inconclusos de lo que habría podido soñar y tan poco satisfactorios como se podrá deducir. Estaba Lucia, la chica que pasaba la gorra, que vestía siempre de un negro implacable y que, con sus ojos y su pelo igualmente negros, conseguía un resultado monocromático que realzaba aún más, puede que a propósito, la exquisita blancura de su piel. Y estaba Peggy Shotzinoff, bailarina de una compañía de danza local. Su especialidad no era el ballet clásico, sino esa especie de calistenia ejecutada con vaqueros ajustados y pies descalzos, consagrada a problemas contemporáneos como la erosión del suelo o la instalación de líneas de alta tensión en valles en los que hasta entonces la gente vivía en paz. Y estaba… Pero para qué seguir con el recital de unas correrías que no eran ni mejores ni peores que las de cualquier otro chico: apenas una serie de entreactos en busca del verdadero drama. Si las menciono es sólo para apuntar que también pasé por las usuales escaramuzas del amor profano antes de servir en la milicia del amor sagrado.

Y lo digo en el sentido más amplio de la palabra, como debe ser, porque si aquellos años insensatos desembocaron en alguna clase de santidad, o hay alguna de la que pueda envanecerme, yo y cualquiera, no es de naturaleza carnal sino paterna. Pero no quiero adelantarme a mi propia historia. El siguiente paso es el matrimonio. Y encontré a la chica que se convertiría en mi mujer en el lugar más inesperado.

9

Fue un domingo por la tarde a finales de primavera. Había ido al sanatorio a visitar a mi padre, que al ver que el sol asomaba por fin entre las nubes se levantó del sillón en el que se había derrumbado y me propuso ir a dar una vuelta. Así que le ayudé a ponerse el abrigo y salimos a tomar el aire tras pedir permiso a un enfermero con un juego de llaves.

Me alegraba asistir a aquel cambio de humor de mi padre, pues llevaba meses sumido en la depresión y no había manera de hacer que se interesara por nada. Los jardines del sanatorio eran muy agradables, frescos a la sombra, pero lo bastante calurosos al sol bajo el que ahora caminábamos, y mientras discurríamos entre los lustrosos matorrales mi padre se puso de un humor aún más festivo, hasta el punto de saludar a algunos compinches que también habían salido a pasear con sus familiares.

Por desgracia, cuando la novedad del paseo se desvaneció mi padre reanudó las quejas y protestas que a menudo constituían las únicas pausas entre sus silencios. Brotaban en oleadas de tal modo familiares que no hacía falta prestar mucha atención: le dolía la cabeza, tenía las piernas «escocías» y la espalda lo estaba matando; arrastraba un catarro para el que no había remedio eficaz; el jarabe contra la tos lo hacía toser; tener que hurgar constantemente en su memoria en busca de nombres le resultaba insoportable. A mí la espalda también me estaba matando, a decir verdad, después de pasar dos noches en un motel cuyo fuerte no eran precisamente los colchones.

—Me bailan manchas frente a los ojos —dijo.

—Ya las veo —respondí, y la réplica no fue tan cruel como podría parecer.

Mientras cruzábamos el difuso camino que conducía al

edificio de las mujeres en busca de algún banco libre al sol, distinguí, no muy lejos, a una pareja de conocidos. Eran el señor y la señora Wigbaldy. No los había visto desde mi regreso de Colorado, dado que ya no iba a misa ni frecuentaba ningún otro círculo en que nuestras sendas pudieran cruzarse. El encuentro fue un poco incómodo. Mientras me preguntaban sobre mi padre —detalle al que correspondí con respuestas prolijas— los estudié de cerca intentando averiguar quién estaría visitando a quién. Aunque ambos habían envejecido un poco, ninguno presentaba indicios de padecer ningún trastorno. Mientras conversábamos, mi padre reparó en un paciente que había sido trasladado a otra sala hacía poco tiempo y corrió a saludarlo. Aproveché la ocasión para preguntarles:

—¿Qué les trae por aquí?

Los dos se volvieron a un tiempo y señalaron a una figura solitaria sentada en un banco. Tardé un momento en reconocer a Greta, o más bien en reconocer que la reconocía. Había perdido bastante peso. En su rostro distinguí la expresión de apatía que suele abundar en estos centros y que no debe confundirse con una depresión agresiva como la de mi padre. Llevaba una especie de vestido de andar por casa sobre el que se había echado un abrigo desabotonado. Tenía una mano sobre el regazo, con la palma hacia arriba. Entrecerró los ojos, cegada por el sol, mientras nos veía venir.

—Hola, Greta.

—Hola, Don —respondió con indiferencia, sin tenderme la mano ni mover un solo músculo, así que me senté en el banco a su lado, como hizo su madre. Su padre se quedó de pie a unos pasos de distancia.

—¿Cuánto tiempo hace que estás aquí?

—Un mes —respondió su madre lacónicamente.

La señora parecía dispuesta a contestar sin vacilaciones cualquier pregunta que pudiera hacerle a su hija, lo que resultaba inquietante.

—Necesitabas un poco de reposo, ¿no?

Greta asintió.

—Eso dicen —agregó sonriendo un poco—. ¿Cómo estás?

—Bien, muy bien. —Callé un momento y me quedé mirando, como atontado, a dos o tres palomas que paseaban ufanas por el sendero de gravilla—. ¿Cuánto tiempo vas a quedarte? ¿Tienes idea?

Su expresión ensimismada cambió entonces de forma abrupta y me habló en un susurro apresurado sin dejar de mirar en torno al banco.

—Pues depende. Si algún día dejan de... los hombres, digo. Podría escapar, pero ¿adónde quieres que vaya? Sería lo mismo en todas partes: los hombres nunca dejan de mirar. Siempre puedes sentir sus ojos recorriéndote la piel como un insecto.

Dirigió la mirada hacia la puerta del edificio de las mujeres, donde una enfermera uniformada de blanco le hacía gestos para que se acercara. Los Wigbaldy y yo la vimos alejarse en silencio hasta que la puerta de vidrio se cerró tras ellas. La señora Wigbaldy se volvió hacia mí. Volvíamos a estar los dos de pie.

—Ya ves en qué estado la dejaste. Estarás contento.

Su marido hizo un comentario vago, poco más que un carraspeo de disculpa, mientras se alejaba unos metros más por el sendero arrastrando los pies. Estaba completamente hundido.

—No tenía ni idea... —dije confuso, sacudiendo la cabeza—. ¿Me está diciendo que...?

La señora Wigbaldy asintió apretando los labios.

—No se recuperó de la experiencia. Aquello la mancilló, le ensució el alma. —La señora Wigbaldy me encaraba ahora sin ambages, retorciendo cada sílaba de cada palabra—. La ensuciaste por dentro con aquella iniciación...

—¿Y por qué no me escribió?

—Lo hizo alguna vez, pero para lo que sirvió...

—Yo no respondía a sus cartas habituales: habría sido injusto con ella. Pero de esto nadie me dijo nada.

—Esto es reciente —dijo su marido por encima del hombro.

—Y era demasiado orgullosa para eso. En fin, ahora ya sabes lo que puede pasarle a una chica cuando se lía con un... ¡furcio! —dicho esto la señora dio media vuelta y se encaminó con paso firme hacia el edificio.

El pobre Wigbaldy sacudió la cabeza como si lamentara tanto el delito como el escarmiento. Parecía estar palpando con la punta del zapato algo oculto entre el césped.

—No te lo tomes muy a pecho, chico. Ya se sabe que para estas cosas se precisan dos personas...

En su torpeza me parecía un símbolo de la raza humana eternamente burlada, de la decencia traicionada. Esta impresión no acababa de tener una justificación real, pues la condena pronunciada por su mujer había sido injusta y él lo sabía. De cualquier modo, con un alma tan poco predispuesta a la casuística, puede que en el fondo sintiera que me lo merecía. A menudo nos merecemos las injusticias que nos infligen; a fin de cuentas, también hacemos lo que nos viene en gana.

Como lo que necesitaba era información y no acusaciones histéricas, en cuanto mi padre volvió a su sala fui a ver al psiquiatra a cargo de Greta. El tipo no paraba de encogerse de hombros, no tanto porque desconociera las respuestas a mis preguntas como para alegar que el factor humano, tan constante y tan esquivo, hace que todo sea siempre único e impredecible. Se encogía de hombros y alzaba las dos manos como si mis preguntas fueran un «atraco» y yo quisiera robarle unas respuestas que de hecho no poseía:

—Tuvo un lío con un hombre y se ha quedado medio acongojada. Digamos que se siente mancillada. Si, mancillada. Sería precipitado hablar de «egos» y otros términos médicos; digamos más bien que la han herido en su amor propio. En su dignidad femenina.

—¿Se recuperará?

Sus «manos arriba» fueron esta vez de manual. Conforme al código de su profesión, declinó la respuesta directa.

—Lo que puedo decirle es que no creo que el mal esté muy

enquistado o haya de ser por fuerza algo permanente. Se trata de una espiral depresiva de la que podría salir si se dieran las circunstancias propicias o apareciera alguien para tirar de ella. Evidentemente, una relación satisfactoria sería más recomendable que cualquier medicamento que podamos recetarle.

Mis preguntas acabaron por infundirle el valor para interrogarme a su vez:

—¿Estuvo usted con ella?

—¿No será más bien la rigidez de su familia la que la ha asfixiado, antes que ese supuesto pecado? —pregunté sin darme por aludido.

—¿Qué quiere decir?

—¿No podría ser su madre la causa real del problema, al haberla educado en la culpa?

Aquella pregunta le pareció hasta tal punto un atraco que extendió los brazos soltando una carcajada.

—Eso son palabras mayores. Tenga en cuenta que Greta no lleva aquí más que unas semanas y ni siquiera conozco a su madre.

—Tómeselo con calma, no vaya usted a herniarse.

Puede que yo mismo le ahorrara molestias al doctor, porque acabé encontrándome con Greta los cuatro fines de semana consecutivos en que me acerqué a visitar a mi padre. Contaba, me parecía, con la discreta cooperación del señor Wigbaldy, que se aseguraba de que nuestras charlas en el jardín no se vieran obstaculizadas por la presencia de su esposa. Greta tenía cada vez mejor aspecto, las mejillas más sonrosadas y la mente más despierta. Volvía a ser la misma de antes, lo que habría que matizar diciendo que siempre había tenido una faceta meditabunda e incluso algo sombría. De hecho, lo primero que me había atraído de ella había sido aquella especie de perturbadora voluptuosidad. Acabé por pedirle que se casara conmigo.

Arrancó un diente de león del césped donde nos sentábamos y lo desintegró.

—No te sientas obligado.

—Nada de eso. También yo he de sentar cabeza. Y tú y yo no lo pasábamos nada mal.

—Nos encendíamos a la menor chispa, es verdad. Vale, Don: casémonos.

Tras darme su consentimiento estaba radiante, y yo también, a decir verdad, después de aquel periodo de mi vida que entonces me parecía desnortado e infructuoso. La decisión me produjo un alivio que iba más allá de la euforia moral de quien ve desaparecer del firmamento los nubarrones de la culpa. Greta, de nuevo en flor, abandonó el sanatorio un domingo por la tarde y regresó a Chicago en coche, a mi lado.

Mi madre murió poco después, y la compasión que Greta sentía por mí acabó de sacarla de su concha. El funeral, de hecho, fue su primera reaparición pública ante nuestra comunidad. Todas las emociones que nos atascaban y asfixiaban hasta entonces se liberaron de pronto, como un fuego que deja de echar humo y comienza a arder. Escogimos la fecha, sus amigas le organizaron varias despedidas y se enviaron las invitaciones.

Fue en medio de aquel torbellino de preparativos cuando me llegó al buzón una misteriosa nota anónima. Estaba escrita con tinta en un pedazo de papel de carta y decía: «¿Conoces su pasado?».

Cuando se me pasó el primer arrebato de furia, encontré que tenía su gracia. Si alguien había contribuido a ese pasado era yo, de modo que mi informador, quienquiera que fuese, había dirigido accidentalmente su advertencia al culpable y no al damnificado. Pero cuanto más pensaba en ello más me reconcomía el desconocimiento de los hechos por parte del autor —o autora— de la nota y mi desconocimiento de su identidad. Aquella incertidumbre me mortificó durante varios días. Además, había algo en su caligrafía que me resultaba curiosamente familiar. ¿De quién era aquella letra? ¿Dónde la había visto? Me moría de ganas de enseñársela a Greta, pero mi caballerosidad me vedaba aquel recurso. Una de aquellas noches el misterio se hizo aún mayor. Después de haberme cocido en mi propia salsa durante una semana, en la que Greta también se había mostrado algo nerviosa, me preguntó a bocajarro si me había llegado por correo un mensaje anónimo. Puesto que la pregunta me liberaba de la deferencia de ocultársela, le enseñé la nota.

—La escribí yo —dijo.

—¿Qué clase de juego es éste?

—No es ningún juego. Hay algo que tengo que contarte.

—Soy todo oídos.

Sirvió dos whiskys con soda bien cargados, una medida excepcional en su casa. Nos la podíamos permitir porque sus padres habían salido y no podían poner objeción al despilfarro de la botella medicinal de la familia. Pasamos aquel episodio tan poco festivo caminando de un lado a otro del salón con los vasos tintineando alegremente.

—Cuando te fuiste tuve una aventura —comenzó Greta—. A él no lo conoces. No pertenecía a la congregación. Era el jefe de la oficina donde trabajé una temporada. Me quedé embarazada, tuve que marcharme y... —En este punto se le quebró la voz, bajó la cabeza y los ojos se le llenaron de lágrimas; yo esperé callado a que se repusiera y continuara su relato—. No voy a decirte adónde fui, pero si lo hice fue porque el tipo se portó como un bellaco. Tuve que cruzar la frontera del estado y dejar al niño allí, en un hospicio, y... eso es todo, en fin. Él estaba casado. Aunque eso no le hubiera impedido ayudar con algo de dinero. Hay hombres muy canallas igual que hay mujeres muy idiotas. No sé qué es peor.

—¿Lo sabe alguien más? —pregunté con un hilo de voz que parecía desprenderse de una madeja de algodón densa pero inmaterial que hubiera ido a alojarse temporalmente en mi boca.

—¿Aquí, en Chicago? Nadie.

—¿Y qué hay del autor de esa nota?

—Aún no me crees, ¿verdad? Dame un minuto.

Se fue a su habitación, de donde me llegó, entre el tintineo de los cubitos de hielo, el ruido de un cajón que se abría. Volvió con la hoja de papel de carta de la que había arrancado un pedazo para escribir la nota. Puso ambos fragmentos sobre la mesa y los unió como si fueran las partes de un mapa del tesoro que poseían distintos piratas y que precisaran reunirse para describir su ubicación.

—¿Por qué no me lo dijiste sin tanto lío?

—No podía. Traté mil veces de armarme de valor, pero las palabras se me atragantaban. Ya sabes a qué me refiero. Necesitaba que me las arrancaran. Prefería que te lo insinuara algún metomentodo, con una nota anónima o algo parecido, para verme forzada a contártelo. Así que yo misma te la escribí y así me he quitado el peso de encima. Te parecerá una locura, pero ahora tengo la conciencia tranquila.

—¡No me digas! Debes de tener una conciencia muy fácil de tranquilizar.

—No empieces, por favor. Si quieres cancelar el compromiso, adelante. No te guardaré rencor.

—¡Claro, después de enviar las invitaciones! Sería un bonito detalle, ¿no? Quedaría como un canalla de la peor clase. No me puedo creer que hayas esperado hasta tenerme entre la espada y la pared para…

—¡Calla, por favor! —dijo con la voz quebrada de nuevo—. No te imaginas por lo que he pasado. Si te parece que he jugado sucio piensa que lo he hecho por pura desesperación, para conservarte a mi lado. Sólo ahora me doy cuenta de lo mucho que te he deseado. Y si lo que te preocupa es el compromiso, no te preocupes. Diré que lo he roto yo. En estos casos es lo que se suele hacer. Si crees que te han vendido una manzana podrida, digo…

—No es eso, y lo sabes. Tampoco vamos a exigirnos virginidad a estas alturas… Mi manzana tampoco está en muy buen estado. La aventura en sí es lo de menos.

—Entonces ¿no te importa?

—Pues claro que me importa. Tanto como a ti. La aventura no pasó de ser eso, una aventura. Podría pasarle a…

Fue entonces cuando perdí el hilo, al reparar en otro aspecto del asunto. La revelación debió de traslucirse en mi rostro, porque Greta me miró y dijo:

—¿Qué te pasa?

—En ese caso, no era yo el causante de tu crisis nerviosa. Era él.

—Sí.

—Pues fue muy sucio por parte de tus padres hacerme creer que yo era el malo de la película.

—Por eso tenía que decírtelo.

—Eso no los exime de culpa. ¿Qué excusa tenían para jugármela de esa manera?

—Están chapados a la antigua.

—¿Cómo?

—A su modo de ver, el culpable en última instancia eres tú. Porque fuiste tú quien abrió la veda.

—¡La veda, claro! —Me desplomé sobre una silla sintiéndome aplastado—. ¿Te parece que eso tiene alguna lógica? Porque preferiría que la tuviera, la verdad. Preferiría ser un canalla que tener dos canallas por suegros, así que vas a explicármelo un poco mejor. Justifícamelo.

—Es sencillísimo, si te pones en su lugar. Tú fuiste el primero. Me sedujiste o como quieras llamarlo. Todo lo demás fue casi una consecuencia lógica. El niño que tuve a consecuencia de una aventura que no habría tenido de no ser por ti bien podría ser hijo tuyo. Moralmente, es tu hijo —concluyó, adoptando un tono muy similar al que habría adoptado su madre en aquella recapitulación de haber hablado un inglés medianamente correcto.

—¿No te lo pueden devolver?

—No. Para eso ya es tarde. Ay, Don, no nos torturemos más por ello. Yo ya lo he pasado suficientemente mal, créeme.

Volvió a bajar la mirada. Había dejado su copa y estaba sentada a mi lado en el sofá, retorciéndose las manos sobre el regazo.

—¿Estás seguro de que quieres…?

—¿Después de lo que hemos tenido que pasar? Este mundo es absurdo, cariño. No le encuentro ni pies ni cabeza y dudo mucho que entre los dos se los podamos encontrar, pero por probar que no quede.

Permanecimos un momento en silencio a la luz mortecina del crepúsculo. No habíamos encendido ninguna lámpara. Mientras rumiaba lo que había pasado y seguía pasando, se me ocurrió que había otro aspecto del asunto digno de consideración. Superficialmente, Greta había vuelto a ser la misma, pero quién sabía lo que podía haber bajo esa máscara, qué escollos y algas enredadas se escondían en el fondo de ese mar en calma. Pensé que valía la pena airear mis temores.

—¿Tú crees que la gente debería casarse cuando tiene… antecedentes psiquiátricos?

Me rodeó con un brazo y me atrajo hacia ella.

—No seas tonto —dijo—. No voy a casarme con tu padre, sino contigo.

Vendí el negocio de recogida de basuras por cinco mil dólares a un anciano de la parroquia que poseía una flota de camiones, y con el dinero terminé el último año de carrera que me quedaba. No la acabé en la Universidad de Chicago, sino en una facultad del centro con tasas de matrícula más bajas y un buen departamento de administración de empresas. Wigbaldy me asesoró en la venta y me ofreció su apoyo financiero si lo necesitaba durante mi transición profesional. No dejaba de ser un detalle, aunque visto lo visto era lo menos que su familia podía hacer.

Tuvimos alguna riña por cuestiones religiosas que yo hubiera preferido dejar al margen, al menos preliminarmente. Para empezar, propuse que la ceremonia fuera civil. Greta replicó encendida que una boda sin servicio religioso era impensable. Acabé por ceder, sintiendo que su negativa no venía dictada por puntos de vista que pudieran oponerse a los míos, sino por sus padres, cuyos sentimientos no quería herir. Aun así, insistí en decidir cuál sería la formulación precisa de los votos. Quería darles un carácter progresista, sin caer en las anticuadas estupideces paulinas que exigían a la novia prometer «obediencia». En este punto me impuse con firmeza, como un marido empeñado en demostrar quién lleva los pantalones.

—¡De obediencia ni hablar! —exclamé arreándole un puñetazo a la mesa—. ¿Entendido?

—¿Es una orden?

—Sí.

—Pero no puedes a pedirle al reverendo Van Scoyen que se aparte del rito oficial.

—No, supongo que no.

El peligro de heredar una casa adosada lo sorteamos de milagro porque Wigbaldy acababa de vender la última «unidad» del último complejo habitacional y se disponía a emprender un viajecito para ventilarse los beneficios. De hecho, dos días después de la boda su esposa y él navegaban ya hacia Holanda, donde iban a pasar su «segunda luna de miel». La nuestra se redujo a un fin de semana en el Windermere, el hotel de Hyde Park cuyo nombre, como recordarán, siempre había evocado en mí la vida mundana que me había prometido a mí mismo y que había podido ver algo más de cerca en mi primera juventud, cuando coqueteaba por los roquedales del lago Míchigan y miraba las luces de la costa.

Aprovechamos al máximo nuestra corta estancia allí, cenando la primera noche faisán rustido con champagne en una mesa puesta junto a la ventana de nuestra habitación, con amplias y fabulosas vistas al sur. Greta insistió en pedir que nos trajeran una segunda botella después de que despachamos la primera y, mientras la bebíamos, hablamos de dónde nos apetecía buscar un apartamento. Íbamos a quedarnos tres meses en casa de sus padres mientras estuvieran de vacaciones y ése era el periodo que habíamos asignado a la búsqueda inmobiliaria. Los pisos de alquiler estaban muy disputados.

Con una copa en la mano, Greta rodeó la mesa y se arrodilló junto a mí.

—Viviremos al pie de la avenida del Jengibre, en una casa apuntalada con clavos de olor —dijo mientras me mordisqueaba el lóbulo de la oreja.

Me llevé un buen susto. Las piernas se me agarrotaron con una vieja aprensión, casi con horror, por debajo la mesa. Luego me eché a reír, reparando aliviado en que había bebido más de la cuenta.

10

Mediado nuestro segundo año de casados mi mujer experimentó una súbita conversión religiosa: abjuró de su antiguo credo y adoptó uno nuevo.

A quien no esté familiarizado con los rigores del adoctrinamiento ortodoxo podría parecerle un cambio baladí. En cualquier caso, la conversión delataba cierto *fervor*, más del que precisaba para seguir creyendo apáticamente en lo que le habían enseñado; era indicio de un venero de emociones lo bastante caudaloso para renunciar a una confesión cuyos dogmas le eran ajenos y abrazar otra cuyos principios compartía. Aunque no sería del todo exacto hablar de «principios», en plural, pues «sólo existe una fe, la fe en Jesucristo», como rezaba el eslogan del templo evangelista que dos veces cada domingo y una vez entre semana contribuía a llenar de bote en bote. Fue así como mi mujer puso fin a una servidumbre basada en «el hábito y la superstición», por emplear la expresión con que los *dominees* holandeses denigraban la adhesión a las formas externas de la religiosidad, e ingresó en una Iglesia contra la que aquellos mismos *dominees* dirigían críticas aún más vehementes; una Iglesia que, entre otras cosas, no comulgaba con el elemental principio cristiano de la condenación infantil.

La transformación de Greta pudo ser el producto emocional de nuestras fallidas tentativas de traer otro niño al mundo, ya fuera para condenarlo o para salvarlo. Ella estaba convencida de que su esterilidad era un castigo divino por haber abandonado a su primer hijo, un pecado del que en parte culpaba a aquella congregación esclavizante a la que había temido confesar su adulterio. La conversión se operó mientras yo le suplicaba que «me diera más tiempo», mi forma caballerosa particular de reconocer que la esterilidad es, la mitad de las veces, cosa del hombre. No protesté con demasiada energía y mis quejas no tardaron en disiparse, pues en el fondo no veía objeción para que un matrimonio discrepara en sus creencias religiosas, siempre que no tuviera hijos para los que aquel cisma pudiera ser traumático. Y nuestro matrimonio, como ya digo, no cumplía el requisito.

Si alguna diferencia teníamos entonces no atañía tanto a su conversión propiamente dicha como al incidente que la había motivado. Greta se culpaba obsesivamente, como si fuera un pecado imperdonable. Yo le decía que no se torturara de aquella manera por algo que había sido un mero desliz, haciendo gala de una tolerancia por la que ella me reprendía severamente al principio y de la que más tarde, a medida que crecía su devoción, me exigía que me arrepintiera: un extremo al que yo no estaba dispuesto a llegar.

—No sé cómo puedes disculparme por lo que hice —me decía—. A veces me pregunto si te queda algún principio.

En aquel tema nuestros puntos de vista eran irreconciliables. Un día pasó por casa el reverendo Tonkle, el evangelista del templo al que Greta le había confesado su culpa, para tratar de enmendar mis errores de percepción. Al ver que mi postura seguía siendo inflexible, el reverendo me preguntó si podía rezar por mi alma. No veía por qué habría de negarle tal cortesía a un invitado, así que acabamos los tres de rodillas alzando al cielo plegarias fervientes por mi salvación, para que mi alma de pedernal se ablandara al sol de la gracia divina y quienes Dios había unido en santo matrimonio pudieran compartir también una misma comunión cristiana. Nada de aquello alteró la situación en absoluto. Como un pecador impenitente, yo seguía empeñado en mostrar mi «connivencia con el suceso» de marras.

—Yo se lo perdono —insistí sin ceder ni un ápice.

—Ésa no es la cuestión, hijo mío —dijo el reverendo Tonkle—. La cuestión es si Dios te lo perdonará a ti, porque es en tu inmoralidad donde se encuentra el pecado.

—Pero era *un hombre casado*, Don —me reconvino Greta.

—Y tú estabas soltera, y tampoco se lo vas a reprochar. A lo mejor su vida matrimonial no lo satisfacía. A lo mejor estaba desesperado. En estos asuntos, cada caso particular impone su propia moral.

—¡Dios te perdone! —gimió ella consternada.

—Me perdone o no, sigo pensando lo mismo: *yo no te condeno.*

Aquella fue la gota que colmó el vaso tanto para ella como para el reverendo Tonkle. Los dos tiraron provisionalmente la toalla, no sin asegurarme que seguirían rezando por la salvación de mi alma.

La brecha abierta entre Greta y yo a raíz de aquellas discrepancias se hizo aún mayor cuando me negué a ir a misa regularmente. No debí de pisar el templo más que una o dos veces, y si lo hice fue para darle a ella una alegría y satisfacer mi propia curiosidad. Lo cierto es que, en términos de beatitud vocinglera, el servicio me pareció impecable. Si alguna lengua de fuego del pentecostés hubiera descendido sobre mí, como esperaba sin duda mi mujer, el reverendo Tonkle la habría apagado de inmediato con sus escupitajos demagógicos. Que eran muy eficaces, por lo demás, a juzgar por la cantidad de feligreses que se acercaban tímidamente al altar para «decidirse por Cristo». Yo siempre me abstuve.

Nada distancia más a dos personas que la hostilidad declarada de una hacia las creencias más profundas de la otra. Entre Greta y yo las cosas iban de mal en peor, pero el panorama se despejó tan repentinamente como se había ensombrecido. Un buen día, contra todo pronóstico, Greta descubrió que estaba embarazada y recordó que aún me amaba y me respetaba. Ni siquiera se lamentaba ya de mi «inmoralidad». Radiante de alegría, dejó de quejarse de que no la acompañara al templo y comenzó a espaciar sus propias visitas. Ya tenía un motivo para quedarse en casa.

Se sabe tan poco sobre el posible efecto de los factores externos, de por sí imponderables, que no me extrañaría nada que aquella insospechada fertilidad se debiera en parte a su reciente fervor religioso. Sea como fuere, prefería no mirarle el diente a aquel caballo regalado. La religión había tenido su utilidad para Greta, que, además, para entonces podía estar segura de que la mano de Dios no le había arrebatado su fertilidad en castigo por pasadas faltas. Los vientos de la inestabilidad humana conducen en ocasiones a inesperados remansos de calma. Los domingos almorzábamos queso, galletas y latas de sardinas en la cama y bebíamos chocolate que yo preparaba encantado. Me sentía absolutamente en paz. Una noche, después de atiborrarnos en la cama, palpé en su vientre maduro las patadas del bebé, como a ella le gustaba que hiciera, y me acordé de Louie y de mi tío discutiendo sobre el embarazo de mi tía. Aquella riña y la histeria subsiguiente, cuando pensamos que mi tía iba a dar a luz ahí mismo, regresaron a mi memoria de forma tan vívida que solté una carcajada.

—¿De qué te ríes? —preguntó Greta.

Al conocer la historia se desperezó enseguida.

—¿Quieres decir —dijo incorporándose en la cama y poniéndose una almohada en la espalda para estar más cómoda— que el embrión humano reproduce las eras de la evolución y que ahora mismo este bebé es un reptil o algo parecido?

Traté de escaparme por la tangente, pensando que había cometido un error garrafal al sacar a colación un tema que en su estado podía resultar explosivo. Traté de zafarme como pude, pero Greta insistió.

—Ni hablar. Ahora me lo explicas. Me pica la curiosidad.

Mi exposición fue entrecortada e imprecisa. Viendo que lo único que podía sacarme de aquel atolladero era algún documento científico medianamente sólido, saqué un viejo libro de texto de biología y dejé que leyera ella misma los pasajes pertinentes. Estuvo leyendo durante una hora sin mostrar el menor desconcierto ante la revelación.

—Vaya —dijo por fin, dejando el libro boca abajo en su barriga—. Todo esto es casi un milagro. Qué bonito.

—Al final, la Creación es la Creación, durase una semana o miles de millones de años.

Lejos de sentir que su fe «trastabillaba», Greta parecía entusiasmada por las maravillas que veía encarnadas en su nueva condición. A mí me producían el efecto contrario: yo daba gracias a Dios. Pero mi alivio había sido prematuro, porque al poco tiempo ya teníamos de nuevo en el umbral al reverendo Tonkle, blandiendo en su mano pálida una Biblia encuadernada en piel.

—Tengo entendido que a su señora la acucian las dudas —me dijo sin más preámbulos nada más colgar el sombrero en el recibidor: ¡qué recuerdos de infancia!—. Dudas que ha suscitado usted con algún comentario desafortunado. Los tropiezos son inevitables, pero ¡ay de aquel hombre por quien viene el tropiezo! Debilitar la fe del prójimo es un asunto muy grave.

—Su fe no es más débil, lo que pasa es que ha evolucionado. ¿No es cierto, querida? —le pregunté a Greta, que nos miraba desde el sofá de la sala de estar, cubierta con un edredón.

Ella asintió. Con aire apacible y de muy buen humor, siguió picando de un envase de fruta glaseada. Hacía unos días Tonkle le había preguntado a qué se debían sus ausencias en el templo y ella se lo había contado todo, pensando que le debía una explicación. Aun así, yo tenía la vaga sospecha de que aguardaba expectante aquella batalla campal entre el reverendo y yo. En todo caso, escuchaba ahora nuestra diatriba sin perder ripio. No vale la pena reproducirla aquí, ni siquiera de un modo sumario, pues fue un remedo más o menos literal de la que se entablara años atrás entre Louie y mi tío, la misma que dio comienzo a esta crónica. La mayoría de mis razones no eran más que un eco de las de Louie, y mientras repetía la argumentación final de mi hermano casi al pie de la letra —porque hay capítulos de la infancia que dejan una huella indeleble en la memoria— tuve la jubilosa sensación de que Louie vivía aún en mí.

—Si quiere creer en un Dios que ha creado un bípedo implume para luego dotarlo deliberadamente de vestigios de un pasado marino o cuadrúpedo que no fue el suyo con el único objeto de desconcertarnos, usted mismo. ¡No se prive!

—Rezaré por tu alma, hijo —dijo el reverendo.

—Haga lo que le parezca, pero no en mi casa.

—Ya basta, Don. Por favor.

—Me temo que tendremos que aparcar nuestra bonita discusión, reverendo. No quiero ocasionarle más molestias a mi mujer.

Por aquel entonces ya me había sacado el título y trabajaba en la filial de Chicago de una agencia publicitaria de la costa Este. Para cuando nació nuestra hija Carol me habían trasladado al cuartel general de Nueva York. En menos de nada Carol era una niña de tres años que comenzaba a corretear y, como yo había prosperado hasta donde lo permitía mi modesta agencia, hicimos lo que solían hacer los padres neoyorquinos y nos mudamos a Westchester.

La vida emocional de Greta era bastante convulsa. Su actitud hacia la niña alternaba entre los arrebatos de afecto asfixiante y los periodos de hastío y desinterés en los que no parecía muy consciente de su presencia, como tampoco lo era de la mía. Su estado de ánimo me recordaba entonces, de forma alarmante, al ensimismamiento en que la había encontrado aquel día en el banco del jardín de un sanatorio.

Un día, después de leer un artículo de un antropólogo diletante, Greta se quejó de que los barrios residenciales la asfixiaban. Al poco tiempo dimos una fiesta en casa con más invitados de los que cabían, durante la cual nos convidaron a tres fiestas parecidas los tres sábados siguientes. Greta, cuya afición al alcohol iba aumentando paulatinamente, bebió tanto en la última de estas reuniones que tuve que cargar con ella hasta casa y meterla en la cama. La señora Brodhag, nuestra asistenta, se asomó envuelta en una bata de lana; su cara redonda y puritana no contribuyó a quitarle hierro al asunto. El consabido suplicio de la mañana siguiente estuvo cuajado de acusaciones con las que mi mujer me dio a entender que, a fin de cuentas, la culpa era mía.

—¿Por qué?

—Porque me veías beber como una esponja y no hiciste nada para detenerme. De hecho, no dejabas de ir a *buscarme* más veneno. Sabías perfectamente que acabaría haciendo el ridículo. ¡La de animaladas que llegué a soltar!

—Tonterías. Una buena juerga de vez en cuando no le hace daño a nadie —le dije con la desenvoltura medrosa de quien se sabe en un aprieto del que no podrá sacarle ninguna estratagema barata de «cariz psicológico»—. Hay que desmelenarse un poco y dejar que corra el aire. Estás tan triste últimamente que pensé que te haría bien. Tómatelo con calma.

—Vamos, que ahora eres partidario del alcoholismo... —dijo entre dientes—. Tu permisividad no tiene límites, ¿verdad? —La resaca la ayudaba a desahogarse, por lo visto. Estaba tumbada boca abajo y hablaba sólo con un lado de la boca, pues el otro lo tenía aplastado contra la almohada. Se puso boca arriba, gimiendo ante un nuevo mareo propiciado por el cambio de postura—. Tu mujer, tu propia mujer, haciendo una escena. Es como para avergonzarse.

—Tendrías que haberte visto bailando sobre la mesa con la falda arremangada, cariño. Estabas irresistible.

Fui al baño y saqué la bolsa para el hielo de la estantería de la ropa blanca. La llené de cubitos en la cocina y volví al dormitorio para aplicársela en la frente. Me la arrebató con violencia para ponérsela ella misma, como debió de hacer Napoleón con la corona que le tendió el papa Pío el día de su coronación.

—¿No estás ni un poco avergonzado? —murmuró.

—Vale, tú ganas. No volveré a dejar que te emborraches en público.

—¿Prometido?

—Prometido.

—Te juro que a veces me pregunto si no me habré casado con un hombre indigno de mí.

Por mi parte, comenzaba a preguntarme si había llegado ya propiamente a la fase de la resaca o seguía borracha.

—De eso no te quepa duda —dije—. Pero ahora que sé lo que aguantas estaré más al quite. Vamos, descansa un poco. Tengo que llevar a Carol a casa de Louisa: su familia se ha comprado otro burro.[23]

Un verano, mientras Carol estaba de campamento, Greta tuvo una aventura con Mel Carter, un representante publicitario de la costa Este. Mel trabajaba en unos estudios cinematográficos y montaba cenas en su casa en las que se hablaba mucho de la revolución que estaba viviendo el cine. «En una película que estamos a punto de estrenar —dijo una vez— un personaje llama a otro "hijo de puta". Y no es un caso aislado: esto es algo histórico. Y es sólo el principio. Queda mucho por hacer». La moral de Mel estaba a la altura de su inteligencia, y cuando su fina antena percibió que Greta era una mujer insatisfecha la invitó a almorzar al centro y se le insinuó sin tapujos. Por aquel entonces Greta iba con relativa frecuencia a Nueva York con el pretexto de buscar trabajos de modelo a media jornada. No me enteré de lo que tenían entre manos hasta el otoño, pero cuando lo hice anuncié a los cuatro vientos que Greta era mi mujer y estaba dispuesto a ratificarlo a tiro limpio. Me acusaron de intolerante, retrógrado y anticuado, y Greta ejecutó la sentencia leyéndome un libro de Bertrand Russell —uno de nuestros pensadores contemporáneos más estimulantes, todo sea dicho— donde exponía su civilizado punto de vista sobre el matrimonio, una institución que a su entender debía considerarse permanente pero no excluyente. Me puso tan nervioso que le arrebaté el libro

[23] En español en el original.

y lo lancé a las llamas del hogar. La conducta de mi mujer, y sobre todo el frenesí con que la defendía, tendría que haberme persuadido de que se trataba de un problema de inestabilidad, más que de infidelidad. Por mi parte, tendría que haber sido más responsable, pero más que el orgullo herido tenía los nervios crispados. Sea como fuere, mi reacción sirvió para ahuyentar definitivamente a Mel Carter y acelerar, de paso, el errático declive de Greta. Al poco tiempo, en el clímax de una discusión especialmente enconada, se marchó de casa maldiciéndome a gritos. Con la sensación de haber sido transplantado a una pesadilla, corrí tras ella.

—¡Es todo tan horrible! —exclamó cuando la alcancé—. ¿Qué sentido tiene? ¿Para qué seguir luchando? ¿De qué nos va a servir?

—Tranquilízate. Eso nos lo preguntamos todos un día u otro: forma parte de la condición humana. Pero aquí estamos.

—¿Para qué?

Estábamos los dos parados en mitad de la acera, bajo los arces medio deshojados.

—Piensa en Carol —le dije.

—A Carol le iría mucho mejor sin mí, y tú lo sabes.

—Eso es escurrir el bulto. A ningún hijo podría irle mejor sin el amor de una madre.

—Eso es lo peor de todo —dijo—: para una niña el amor que realmente importa es el del padre, no el de la madre.

Aquellas estratagemas autocompasivas eran puro ausentismo emocional; las encontraba tan antideportivas que perdí los nervios:

—¡Sandeces! No pienso quedarme aquí a oír esta clase de imbecilidades.

Greta parecía desinflada, como solía suceder cuando la riña llegaba a su apogeo, y dejó que la acompañara de vuelta a casa como a un animal descarriado.

Mientras caminábamos bajo los árboles como un matrimonio de sainete le hablaba en voz baja para que no me oyeran los vecinos ni los peatones, aunque no dejaba de agarrarla del brazo con firmeza.

—Tenemos por delante un montón de cosas buenas, cosas por las que vale la pena vivir. Tienes que calmarte y hablar con alguien que te pueda ayudar, cuando lo encontremos —dije, y agregué con una sonrisa—: «Podrás gozar entonces de tu estío y no se jactará la muerte de ensombrecer tu camino».

—¿Cómo?

—Es el soneto dieciocho. Los leíamos juntos cuando estabas embarazada, ¿te acuerdas? Esta noche hacemos un buen fuego en el hogar y los releemos de cabo a rabo.

¡Shakespeare! Nos merecíamos algo mejor, estaba convencido.

Pero cuando pusimos la idea en práctica, ya no parecía tan oportuna. Leí en voz alta durante media hora o más mientras ella escuchaba inmóvil en su sillón, las mejillas bañadas por un reguero de lágrimas. Cuando me interrumpí y cerré el libro, Greta asintió y sonrió, y por uno de aquellos cambios de humor que evidencian hasta qué punto vivimos expuestos a las ventoleras del prójimo, pensé que la había encandilado.

La cogí de la mano y la arrastré al piso de arriba. Pasamos de puntillas junto a la puerta cerrada de la señora Brodhag, nos detuvimos en la habitación contigua el tiempo justo para arropar a Carol, que se había destapado, y devolver a la cama su peluche favorito, que había caído al suelo, y arribamos por fin al puerto de la alcoba. Siguieron prolongadas y placenteras travesuras durante las que Greta se tomó una pausa para mirar su cuerpo con ojo crítico y preguntarme si había ganado peso. ¿No me parecía que a estas alturas era una quimera el trabajito de modelo con el que pensaba costear los servicios de la señora Brodhag? Le dije que sí y que, en el fondo, daba gracias a Dios. Si a la gente le gustaban los espectros bidimensionales que aparecían en las portadas de *Vogue* y *Harper's Bazaar*, me parecía perfecto; yo, en lo que respectaba a mi mujer, prefería el ideal femenino de Rubens.

—¡Ay, cómo sois los holandeses! —dijo—. Para que una mujer os satisfaga en privado ha de ser una calamidad pública.

Luego se chupó el dedo y se lo llevó a la cadera, como hacen las amas de casa para comprobar la temperatura de la plancha.

Greta no quería ver a un psiquiatra. Cuando estaba bien no veía la necesidad y cuando estaba mal se resistía a la idea. Yo no podía evitar preguntarme cómo habían sorteado el problema sus padres. Quizá entonces fuera menos crítico y ella se mostrara más flexible. Pero se había vuelto impredecible: podía salir sin avisar y pasar horas y horas en los bares del barrio y sus alrededores. Una vez no volvió en toda la noche y la localicé en la habitación de un motel de carretera en la que sobraban los indicios de que había tenido compañía.

Cabría preguntarse qué efecto podía tener todo aquello en una niña.

La habitual ineptitud de los adultos a la hora de determinar si los niños sufren con las pruebas emocionales a los que los sometemos los equipara en cierto modo al glóbulo ocular del hombre, ese prodigio anatómico sobre el que los médicos no acaban de llegar a un consenso, afirmando unos que es la parte más sensible del cuerpo y otros que es la más resistente. No tengo la menor idea de la impresión que debimos de causarle a nuestra hija, que tenía cinco años cuando la crisis llegó a su apogeo y uno más cuando su madre cumplió su amenaza y abandonó este valle de lágrimas por su propia mano. Una noche, bien entrada la madrugada, después de rescatar de su ronda alcohólica a Greta, que se dejaba aliviar y apaciguar con un abrazo en la cocina, oí un ruido procedente de la puerta del comedor, abierta de par en par. Por la rendija de los goznes vi a Carol mirándonos con una sonrisa culpable mientras se maquillaba con un lápiz de labios escarlata. «¿Cómo es que no estás en la cama?», le pregunté. La escena nos devolvió momentáneamente la cordura y los tres acabamos riendo a carcajadas mientras nos tomábamos un chocolate caliente en la mesa de la cocina.

Carol tenía la encantadora costumbre de decir «Hola» cada vez que te veía por casa, aunque te acabara de saludar en otra habitación. Uno no se cansaba nunca de toparse con ella. ¿Qué más? Les decía siempre «de nada» a los dependientes cuando acababan de contar las monedas y le daban las gracias. Y cumplía al pie de la letra muchas otras normas de cortesía en las que la instruimos, como la de no señalar en público. Una vez me echó en cara que no predicara con el ejemplo cuando le señalé un artístico arreglo otoñal de calabazas y hojas de arce secas que adornaba el escaparate de la pastelería del señor Hawley; creí conveniente explicarle que la norma no valía cuando el gesto se dirigía a objetos naturales o inanimados. Es sorprendente cómo el amor paternal se encarna en la gracia que produce el hijo. La madre de Carol y yo tuvimos que salir entre risas de su habitación en la fiesta de su cuarto cumpleaños cuando la vimos acercarse a una amiga con un vestido rematado en un lazo gigantesco en la espalda y decirle: «Si te estás poniendo mala, ¿me puedo comer tus rodajas de naranja?». Al cabo de pocos años, Carol ya era capaz de encontrarles la gracia a los demás niños. Una vez me contó la historia de Merton Mills, un chico del vecindario. Merton les había prometido a sus padres que les regalaría por Navidad un pedestal para el teléfono que iba a construir en la clase de trabajos manuales. Al cabo de unas semanas le preguntaron cómo lo llevaba y les dijo que bien, aunque iba un poco lento. Cuando se acercaba la fecha les explicó que había tropezado con alguna dificultad, pero que lo tendría a tiempo; además de la construcción del objeto en sí, tenía que darle un buen acabado, con una capa de laca y adornos de calcomanía. Cuando llegaron por fin las Navidades y el pedestal para el teléfono seguía sin aparecer, finalmente les dijo que se veía obligado a defraudarlos. «Alguien me robó los materiales con los que iba a construirlo», se justificó.

«Qué haría yo —pensaba para mis adentros cuando miraba a Carol— si algo le pasa a esta criatura.» Al mirar atrás es normal descubrir que nuestras preocupaciones ocultaban momentos de clarividencia, pero las mías no eran sino el escalofrío pasajero que siente cualquier padre al ver a su tesoro dormir o alejarse en bicicleta por la calle. Esa clase de pensamientos sólo adquieren la categoría de premoniciones en retrospectiva, cuando nuestros miedos se hacen realidad. A un vecino nuestro las Parcas le arrebataron a un chico de nueve años al que me atrevería a describir como un ángel de cabello jacinto, y al cabo de un año seguía tan desconsolado que la vida en sociedad se le hacía intolerable. Cuando le recordé con severidad que tenía otros tres hijos se me echó encima con los puños apretados. «No hay en todo el mundo suficientes niños para aliviar el duelo por uno de ellos», me dijo. Poco sospechaba entonces que también yo acabaría poniendo el grito en el cielo de un modo aún más amargo. Dicho esto, supongo, como el narrador de *Nuestro pueblo*,[24] «que ya saben ustedes de qué va el tercer acto».

Tuvimos entonces, durante unos meses, un perro viejo que nos había dejado una familia que se mudaba a Florida. Carol lo adoraba y siempre salía en su defensa, afirmando que su mala conducta se debía a que era un animal «de medio pedigrí». Agitando de lado a lado cualquier pedazo de comida en el aire podía hacer que la bestia hipnotizada negara con la cabeza mientras le preguntaba: «¿Te cae bien mamá? ¿Te cae bien papá?». Luego movía el bocado de arriba abajo y le preguntaba: «¿Y yo? ¿Te caigo bien?». Aquel invierno cumplió seis años y adquirió tanta gracia y desenvoltura que, como dijo un amigo nuestro, uno se veía capaz de sostenerla en la palma de la mano seguro de que se mantendría en perfecto equilibrio. Pero llega la hora en que la vida, después de colmarnos de joyas sin pedir nada a cambio, comienza a chuparnos la sangre a cambio de bisutería. Y esa hora había llegado.

---

[24] Una obra de teatro de Thornton Wilder.

Un sábado de junio encontré a mi mujer desplomada al volante del coche con el motor en marcha en el garaje cerrado. Llevaba dos días bebiendo sin parar. Corrí a abrir la puerta, pero se atascó cuando rocé el tirador; una sola bocanada de aquel aire venenoso me hizo sentir que la cabeza me estallaba. Al final conseguí abrir y me fui volando al hospital más cercano. Llegamos a tiempo, por suerte, aunque fue una «suerte» dudosa. Después de pasar seis meses en un sanatorio, al cuidado de un psiquiatra obligado a aplicar sus cataplasmas polisílabos sobre una herida que no podía ver ni comprender mejor que cualquiera de sus semejantes, Greta regresó a casa y llevó a término el acto que se le había puesto entre ceja y ceja. Esta vez se aseguró de que el tránsito fuera rápido e inevitable.

Yo no sabía adónde mirar salvo a los ojos azules de mi hija, que sabían contener lo que pudiera estar pensando o sintiendo en un momento así: una habilidad característica de los ojos infantiles. Nadie ha logrado determinar si esa vacuidad es producto de la inocencia o de la astucia, porque nadie alcanza a recordar su propia infancia con tanta nitidez. Carol y yo paseábamos en crepúsculos de ensueño buscando violetas y margaritas en las márgenes de la carretera, cortando tallos para hender con ellos el aire estival, viendo a los gorriones posarse entre los carrizos grises y saludando a los vecinos por el camino. Una vez nos cruzamos con la señora Grundy. Alguna vez habíamos comentado que era de esas personas que siempre le preguntan a uno si hace lo que en efecto está haciendo: «¿Cortando el césped?», «¿Limpiando el coche?», «¿Haciendo la compra del fin de semana?». Entre susurros aventuramos el saludo que nos dirigiría esta vez: «¿Dando un paseo?». La predicción fue tan exacta que cuando se alejó lo bastante Carol sacudió la cabeza avergonzada y dijo:

—Me parece mal burlarme así de ella. Siempre nos trae regalos cuando nos ve jugando cerca de su casa.

Carol tenía su veta pícara, pero también sus límites: siempre se detenía antes de ofender a la gente con la que se sentía unida por un vínculo de lealtad. El día en que se molestó con aquel niño de su clase que le pegó a la profesora un chicle en el pelo y se justificó diciendo que «No hacía tanto daño como una chincheta» no lo hizo tanto por el *non sequitur* del testimonio, que le habría hecho gracia incluso a la víctima, como porque la profesora le caía mejor que su compañerito.

Un día la senté en mi regazo y le dije:

—Me gustaría que nos mudáramos a una casa más alejada del centro, ¿qué te parece?

La idea no le hacía mucha gracia, pero tampoco se opuso. Se hacía cargo de las ganas que tenía su padre de huir de la ciudad. La señora Brodhag se avino a acompañarnos después de averiguar que la nueva casa quedaba cerca de una parroquia congregacionalista. La maquinaria humana se venía abajo por doquier, me dijo, ya iba siendo hora de que todos adorásemos a nuestro Hacedor.

Al salir de la ciudad, siguiendo al camión de mudanzas, pasamos junto a la casa del hombre que había perdido a su hijo de pelo jacintino. Lo vi de pie en el jardín y, al pasar por delante, le dije adiós con la mano, pero no me vio. Estaba en medio del césped, mirando hacia arriba y tapándose la boca con la mano, como si le hubiera sorprendido algún detalle del cielo estival. Estuve tentado de parar el coche y volver para disculparme por haberle recordado que tenía otros tres hijos, pero por supuesto no lo hice. Después de adelantar al camión que transportaba nuestras pertenencias traté de fijar la vista en la calzada y abstenerme de contemplar el pasado que dejábamos atrás, hasta que salimos de la ciudad y enfilamos por la carretera comarcal hacia nuestro nuevo hogar, a veinte kilómetros de allí. Carol se durmió poco antes de llegar, abrazada a su muñeca favorita, circunstancia que la señora Brodhag aprovechó para abrazar a su vez a la niña con su brazo robusto y reanudar su sermón sobre la necesidad imperiosa de la fe.

11

Más que un acertijo teológico, soluble o no, el mundo se me presentaba entonces bajo la apariencia de un nuevo vecindario. Y yo no lo veía a través de mis ojos ni los de la señora Brodhag, sino de los de mi hija. La casa donde vivíamos era una construcción colonial con las vigas originales y los suelos casi tan inclinados como el jardín trasero por el que Carol ya retozaba al poco tiempo junto a Pidgie Harris, una amiga suya. Les gustaba rodar cuesta abajo por el césped recitando la jura de la bandera. Pidgie fue la primera invitada que se quedó a pasar la noche. Uno de los recuerdos más vívidos que me han quedado de aquella época es el de verlas practicar el «boca abajo», un juego de su propia invención. Cuando las mandaba a la cama y no tenían sueño, se colgaban de los bordes como murciélagos y se miraban por debajo del somier. Perdía la primera que se mareaba.

—¿No tenéis sueño, chicas?

—¿Qué hora es?

—Las nueve.

—No, aún no.

Aquella pareja saciaba por completo la sed que yo tenía de aparcar la lógica, una facultad envidiable de la infancia. Una noche, poco antes de que llegara el sábado en que les había prometido llevarlas al planetario, me sacaron a la fuerza de mi sillón para estudiar las estrellas. Cuando les pregunté por qué era tan urgente aquella lección de astronomía, me dijeron que era «para poder entender el planetario». El padre de Pidgie había vivido en Europa, Asia y Minnesota; su madre era medio republicana y no sé qué más. Pidgie estaba físicamente más dotada que Carol para un pasatiempo que ellas llamaban «la tetera» y que consistía en recitar, entre pantomimas, los siguientes versos:

Soy una tetera chaparrita y loca,
aquí tengo el asa [mano derecha al cinto]
y aquí tengo la boca [mano izquierda en alto];
si me calientas, me echo a silbar,
¡mis tripas ardientes te van a gustar!

El cuadro concluía con la criatura revolcándose de risa por el suelo o por la cama maltrecha.

Mi hija perdió a Pidgie donde la había encontrado: en la escuela. Al comenzar tercero de primaria la cambiaron de centro educativo, a raíz de una reclasificación de los distritos, y desapareció de nuestra órbita como si se hubiera mudado al extranjero. Había estado a punto de convencer a Carol para que se uniera a la Iglesia episcopal, donde «hay que hacer una reverencia antes de sentarse». La campaña de la oposición la lideraba la señora Brodhag, porque a mí me era del todo indiferente el lugar donde mi hija pasara las mañanas de los domingos. Como no quería pecar de intransigente, dejé que la señora Brodhag la matriculara en la escuela dominical congregacionalista. Del único año en que asistió a aquella escuela recuerdo sobre todo dos cosas. La primera fue una cena de Acción de Gracias amenizada por la señora Brodhag, a quien le encantaba bendecir la mesa. Después de hacerlo sacudió su servilleta y en un tono que aunaba la devoción cristiana y el entusiasmo didáctico de una monitora de *girl-scouts*, dijo:

—¡A ver! ¿Alguien puede decirme por qué habríamos de estarle agradecidos al Señor?

—Porque no somos los primeros colonizadores —respondió Carol sin vacilar.

La otra anécdota sucedió en mi ausencia, durante las Navidades. Al parecer, Carol provocó una pequeña crisis en su escuela dominical al empeñarse en incluir los ocho renos de Papá Noel en el pesebre. La maestra de la escuela acabó por ceder, aunque estoy convencido de que luego los quitó. Al enterarme de aquel incidente no pude evitar preguntarme, con una sonrisa, qué habrían pensado de aquella innovación los maestros de mi vieja escuela dominical de Chicago. Una propuesta así de «creativa» habría sido desechada de plano, sin duda, y el responsable se habría llevado probablemente un buen golpe en la cabeza con el cantoral.

Yo no me vi obligado a visitar la casa de Dios hasta la misa de gallo, cuando la clase de Carol cantó a coro el «Ve, dilo en las montañas». Los querubines, ataviados con sus blancas vestiduras ondulantes para celebrar la Natividad, llevando sus cruces de cristal o ascendiendo a los cielos entre nubes de gloria; el olor del templo (ese olor levemente acre y especioso común a todas las iglesias y que es, en un sentido casi literal, el «olor de santidad») que evocaba, aún más que los cánticos, las melodías perdidas de mi propia infancia; los ojos azules de mi hija, que se encontraron con los míos por un momento antes de volver a posarse con timidez y una pizca de culpa en el director del coro: todo aquello se mezclaba desordenadamente para hurgar en la llaga misma de mi nostalgia y despertar recuerdos de otras misas sin tantas flores y de lúgubres interrogatorios de catequesis; de tardes de domingo domésticas envueltas en el aroma del café y los cigarros que blandían tíos enzarzados en disputas eternas; de aquellas mujeres del Viejo Mundo, con sus gordos nudillos envueltos en pañuelos perfumados de colonia, escuchando respetuosamente mientras sus maridos se arrojaban a la cara versículos de las Escrituras. Recuerdos que, como las propias flores, después de permanecer ocultos durante años en los rincones de mi corazón, abrían de pronto sus pétalos y despedían su fragancia en aquel otro templo de Nueva Inglaterra, tan alejado geográfica y espiritualmente de la iglesia a cuya sombra había pasado mi niñez. «Es una pena que no tenga usted sensibilidad para estas cosas», me dijo la señora Brodhag mientras yo me retorcía en el banco, azotado por emociones de todos los colores. Di gracias a Dios cuando salí al crepúsculo invernal propulsado por un último y perturbador berrido del órgano y

149

sentí el aire frío en las mejillas y la cálida mano de mi hija sobre la mía.

Mucho más entretenidas resultaban nuestras tardes en la bolera. La señora Brodhag solía acompañarnos, si es que no éramos nosotros quienes la acompañábamos a ella, que era una defensora a ultranza del ejercicio físico. Fue ella, de hecho, quien nos descubrió aquella bolera de la West Highway donde fuimos a jugar casi cada viernes del año en que Carol cumplió once. Yo fomentaba la incorporación de la señora Brodhag a la familia, sintiendo que tenía que ofrecer a mi hija alguna clase de sucedáneo materno. A pesar del tiempo que había transcurrido, nada parecía indicar que fuera a encontrarle otra madre más oficial. La soledad parcial en la que yo veía pasar los años podía resultar dolorosa, pero no tanto como para cometer la temeridad de profundizar en las pocas relaciones que encontré en mi limitado círculo social. Cualquier compromiso habría acarreado complicaciones iguales o mayores que las mías. Además, Greta seguía siendo la depositaria de buena parte de mis sentimientos: era el precio que había que pagar por recordar nuestros momentos felices, que habían sido muchos y parecían tanto más intensos cuanto mayores fueran las contrariedades que los hubieran acompañado.

Las boleras tienen una cualidad maravillosamente tónica que va más allá del ejercicio físico. El retumbar continuo de los bolos es vigorizante. Hace fluir la sangre y despierta rincones aletargados del sistema nervioso; lo transporta a uno a otra dimensión. Zambullirse junto a los compañeros en un universo de puro deleite muscular, entre bolas rodantes y bolos derribados, y contribuir con los propios lanzamientos a esa orgía de estruendo, perritos calientes, cerveza, metal y madera reluciente: todo forma parte de la embriaguez de una bolera. Para mí, en cualquier caso, aquellos viernes eran el mejor modo de «olvidar», de purgarme de nervios y miserias y desembarazarme de los días de estancada melancolía, aburrimiento y pesar que los habían precedido.

Yo era un jugador pasable, la señora Brodhag era buena y Carol... Bueno, Carol jugaba en su propia liga. Al principio nos acompañaba sólo para mirar, pero a la larga eso le resultó imposible. En cualquier cosa veía un desafío: en el piano, la bicicleta, el coro, la danza, el patinaje sobre hielo... y también en aquellas bolas negras que veía lanzar a chicas no mucho mayores que ella, de catorce y hasta de doce años. ¿Por qué no había de probar una niña de diez, a punto de cumplir los once?

Cuando le llegaba el turno, el espectáculo era digno de verse. Apenas podía con la bola, aunque fuera de tamaño infantil; la cargaba con ambas manos hasta la línea de falta y después la dejaba caer con la fuerza justa para que cruzara rodando la pista. La bola tardaba un buen rato en llegar a su destino y ella se quedaba allí, esperando pacientemente, apoyándose en un pie y luego en el otro, inclinando la cabeza hacia un lado, con la melena dorada caída sobre un hombro. A veces la bola tardaba tanto que Carol apoyaba el codo en la palma de una mano y reposaba la cabeza en la otra. Flaqueando ya en los últimos centímetros, la bola empujaba los bolos hacia un lado, en lugar de derribarlos de golpe, y aun así iban cayendo, uno por aquí y dos o tres por allá. Los jugadores de las pistas vecinas se paraban para admirar su estilo y sonreían. De aquella manera consiguió más de un pleno y multitud de semiplenos. Un día volvió a casa con una tarjeta de ciento sesenta y dos puntos.

12

Un día salí con varios compañeros de oficina y dedicamos las últimas y más ebrias horas de la noche a discutir la siguiente cuestión: «¿Cuál es la experiencia más grande que le es dado tener al hombre?». Nos quedamos un buen rato intercambiando anécdotas como personajes de una novela victoriana, lo cual no se apartaba tanto de la realidad, pues éramos ocho y ocupábamos la mesa rinconera del salón del Gotham Club, donde Frank Beerwagon nos había invitado a cenar para celebrar su reciente ascenso a director de la agencia en que todos trabajábamos.

Era uno de esos temas propicios para llevar la conversación por los derroteros más variados sin llegar a ninguna conclusión, y aquella noche no faltaron las opiniones divergentes. Por descontado, hubo más de una favorable al éxtasis carnal. George Winrod nos deleitó con su evocación de una emperatriz oriental de uñas larguísimas, capaces de desgarrarle a uno la espalda de un zarpazo, que ella empleaba sin embargo para procurar extraordinarias caricias. Andy Biddle recordó un exquisito revolcón napolitano que le tuvo ocupado hasta el amanecer. Kimberly, soltando una vaharada de humo, cortó por lo sano aquellas confidencias para recordarnos que las experiencias más sublimes no se componen de sensaciones, sino de emociones. Puesto que los raptos místicos de los santos eran del todo inaccesibles a una cofradía de inclinaciones tan profanas, afirmó lanzándonos una mirada sardónica, y lo mismo podía decirse de los raptos estéticos de los poetas, que él situaba en el escalafón de la gloria inmediatamente inferior, tendríamos que contentarnos con comparar episodios más mundanos.

—No me cabe duda de que, para Frank, ésta es una de las grandes noches de su vida —dijo blandiendo su cigarro hacia nuestro anfitrión—. No habrá un ápice de éxtasis, pero sí una felicidad profunda e intensa. ¿No es así, Frank?

Esa hipótesis sólo podía corroborarla el aludido. Dejando caer la ceniza de su cigarro, Beerwagon sonrió y admitió que aquel era ciertamente *uno* de los puntos culminantes de su existencia. Por lo que alcanzaba a recordar, la única experiencia que lo superaba la había vivido once años antes, en Nebraska, durante una ventisca en la que había estado a punto de morir, pero había vivido para contarlo. Y eso es justamente lo que hizo.

—Volvía en coche a mi tierra para asistir a la boda de mi hermana y os juro que por un momento pensé que tendrían que celebrar también mi funeral —relató—. La nieve comenzó a caer a carretadas. Tuve que dejar el coche atascado en dos palmos de nieve antes de saber qué sucedía. Me dirigí a pie hacia las luces de… bueno, entonces me pareció que era una casa, pero resultó ser un camión de mercancías que también habían dejado abandonado. Y no era el lugar más adecuado para refugiarse de una ventisca porque se trataba de un camión frigorífico lleno de ternera de Omaha.

La risotada de Andy Biddle interrumpió un silencio preñado de sentido en aquella búsqueda que, al fin y al cabo, se orientaba a lo sublime. Los demás mantuvimos una actitud más digna. Supongo que teníamos los nervios más templados que aquel pobre diablo que le reía los chistes al jefe cuando no tocaba.

—Sigue, sigue —dijo Kimberly en voz baja.

—Pues bien, muchachos, por mis muertos que hubiera preferido no tener que tomar ninguna decisión —continuó Frank que, ahora que había triunfado en el Este, alardeaba siempre que podía de su campechanía del Medio Oeste—. Si me quedaba en el coche o en la cabina de aquel camión podía morirme de frío, y si trataba de llegar a pata a algún pueblo sin tener ni idea de dónde se encontraba podía acabar igual, sólo que en alguna cuneta. Anochecía y no veía nada de nada:

estaba todo blanco. Por una señal que acababa de pasar deduje que me encontraba a las afueras de alguna población, pero ¿a qué distancia? Bueno, el conductor del camión debía de haber pensado o sabido que estaba cerca de una casa o una gasolinera o algo, así que decidí seguir sus pasos. En sentido figurado, ya os podéis imaginar, porque de las huellas no quedaba ya ni rastro. Me puse en marcha con cierto reparo que no tardó en convertirse en miedo y después en pánico. Avanzaba a trancas y barrancas, con la nieve por la cintura. Los párpados se me pegaban entre aquellos copos gordos como plumas de ganso, el viento ululaba en mis oídos y, a todo esto, las orejas se me empezaban a congelar porque no llevaba orejeras. Y cayó la noche.

Todos escuchábamos engolfados en la historia. Todos menos el mequetrefe de Andy Biddle, que, apoyando el mentón en la mano, trataba de disimular el efecto que le causaba la imagen de su jefe avanzando a trompicones por un infierno alpino desprovisto de orejeras, o que tal vez pensara en aquellos cuartos de ternera del camión frigorífico a los que el anecdotista iba camino de parecerse mucho a la mañana siguiente.

—Y entonces, cuando ya estaba convencido de que iba a palmarla y era sólo cuestión de averiguar de qué modo, si de frío o extenuación, aparecieron ahí enfrente, a unos metros, que era todo lo que uno alcanzaba a ver en aquel desierto helado, las luces de una granja. ¡La sensación que tuve al derrumbarme en el umbral de aquella casa, empapado, ciego y sordo…!

Llegado este punto el pobre Andy Biddle no se pudo contener. El bufido que se coló entre el pañuelo que se había embutido en la boca anunciaba que sus días en la empresa estaban contados. Al volvernos lo vimos sacarse el pañuelo como un prestidigitador. ¡Estaba acabado, vaya si lo estaba! El relato de aquella experiencia memorable se resintió, pero Beerwagon consiguió acabarlo con decoro.

—La sensación que tuve al derrumbarme en aquella cocina caldeada se la puede imaginar cualquiera que tenga un mínimo de sensibilidad. Sí, puedo decir con la mano en el corazón que fue el momento más glorioso de mi vida.

En el silencio que siguió todos miramos a Kimberly, que mordisqueaba una nuez, absorto. Temíamos que la historia no hubiera estado a la altura, según los principios que él había esbozado dando pie al relato.

—¿Ves, Frank? No estoy de acuerdo en que eso que experimentaste fuera una sensación: era una emoción, más bien. Pero aunque se tratara de una sensación —prosiguió volviéndose hacia los demás para sacarle el máximo partido a su sermón de oficina—, no sería un placer puramente animal. Me atrevería a decir que eso fue una experiencia mística, Frank. No, no, lo digo muy en serio: fue místico. Te restituyeron al género humano. Te salvaron.

Y con aquella nota sublime pusimos fin a la velada.

A la mañana siguiente Frank Beerwagon pasó por mi despacho para disculparse. Le pregunté por qué, realmente desconcertado. Porque yo había sido el único que no había podido relatar mi experiencia más inolvidable, me dijo. Le respondí que no se preocupara y que, ahora que caía en ello, Kimberly tampoco había soltado prenda. Nos había lanzado su breve homilía para sentar las bases de la competición, pero a la hora de contar su anécdota privada había escurrido el bulto. «Tienes razón», dijo Frank, y se marchó pensativo.

«También yo escurrí el bulto», pensé. Me habría quedado sin palabras a la hora de escoger un instante de mi vida privada. Por esa razón pasé varios días rememorando aquella charla y meditando sobre la relevancia de la cuestión. Había habido unas cuantas omisiones de peso, como suelen decir los críticos que pasan revista a una antología. Nadie había recurrido a su noche de bodas como la cúspide de su experiencia, por ejemplo, aunque eso tal vez respondiera al acuerdo tácito de mantener a las esposas al margen de nuestras reuniones. ¿Y cómo podía ser que Kimberly no mencionara que estaba a bordo del *Andrea Doria* la noche en que colisionó con el *Stock-*

holm? Sin duda temía superar la contribución del jefe a nuestro anecdotario de momentos salvíficos, que por lo demás debería haber incluido también el día en que George Winrod supo que no se había metido en un buen lío con cierta secretaria de la oficina. Me constaba que la dicha que había sentido al librarse de aquel infierno superaba con creces los placeres que lo habían originado, aquéllos o los que le proporcionara la chica birmana de largas uñas rojas. La única historia equiparable a la del jefe, en lo que hacía a su aura de credibilidad, había sido la de Fred McQuarrie sobre su rescate de una trinchera de Iwo Jima.

De todo aquello saqué una conclusión provisional. Al parecer, la más excelsa de las alegrías humanas era la dicha negativa de la restitución: no la de volar a las estrellas, sino la de comprobar que uno podía seguir en su lugar. Mal sabía yo que no tardaría en sentir en mis carnes aquella verdad, y a una escala que me permitiría poner el dedo en la llaga moral que habíamos buscado a tientas en nuestras divagaciones.

Mi hija Carol, de once años, se puso enferma. Tenía una calentura intermitente que no acababa de superar y unos dolores en la espalda que reaparecían como la fiebre y que, con el tiempo, descartaron que se tratara de la gripe que el médico había tratado de aplastar con un bombazo de antibióticos: el recurso balístico de primera instancia que de un tiempo a esta parte emplean los de su profesión para cualquier cosa que lo postre a uno en la cama en invierno. Eso sucedía a finales del invierno, mediado el mes de marzo. Los problemas persistieron, con interrupciones suficientes para que a principios de abril aún no se hubiera pensado o hecho nada para remediarlos. Fue entonces cuando el doctor Cameron, arqueando una ceja suspicaz al ver que los dolores de espalda se concentraban en la base de la columna vertebral, decidió ingresar a Carol «para hacerle unas radiografías y demás».

Mi corazón se encogía ante los espectros que comenzaban a asomar la cabeza: la fiebre reumática, la artritis reumatoide...

Era un ángel de niña. El cabello claro, los ojos como las alas del azulejo y un porte que completaba la estampa de un hada de cuento. A nadie le habría sorprendido si hubiera alzado el vuelo para desvanecerse en un centelleo de inesperadas alas.

La semana en el hospital fue un largo y exquisitamente seriado relato de suspense. Nada en la radiografía, nada en los análisis de sangre, nada en ninguna de las demás revisiones. Ya sólo quedaba el resultado de un cultivo de la garganta que había que mandar al laboratorio estatal. El análisis reveló una infección de estreptococos.

—¡Así que era una infección! —dijo el doctor Cameron saludándome a la salida del ascensor—. Hace ya un par de días que la fiebre ha remitido, de modo que está curada. Acaba de estirar las piernas por el pasillo sin dolor alguno, se encuentra mucho mejor. Un día más y te la puedes llevar a casa. Lo importante es que las cosas graves están descartadas.

Ése fue el momento más feliz de mi vida. O digamos más bien que los días siguientes fueron los más felices de mi vida. Mi hada no iba a convertirse en un viejo gnomo. Podíamos volver a compartir la mesa con toda tranquilidad, ella y yo. Fue entonces cuando descubrí que la experiencia más sublime que quepa imaginar es la restauración de la cotidianidad. Más café por la mañana y más whisky por la noche, sin miedo. Libros que leer sin que una sombra sobrevuele cada página; Carol acurrucada en su sillón y yo en el mío. Y la bendición de rematar la noche jugando al rummy y compartiendo una taza de chocolate. Y qué placer el de volver al bar de Tony, que le recibía a uno con sus gafas relucientes, en las que hasta entonces apenas había reparado; Tony, siempre listo para inclinar la balanza a favor de la noche, clavando palillos en los trocitos de queso de una bandeja a las cinco en punto. Mis sentidos aguzados lo percibían todo: el regusto a madera ahumada del cheddar, el aire de caballito de mar de la columna vertebral de mi hada (¡que no se convertiría en gnomo!), el perfil de la flor del cornejo en las aspas de un ventilador eléctrico, o vice-versa… En fin, cualquiera podría multiplicar indefinidamente la lista de placeres que pueden proporcionar las «cosas sencillas» cuando a uno le han restituido su mundo.

En esos días me lancé a poner al día mi descuidada correspondencia y di con una carta de los editores de mi antiguo periódico universitario, que me pedían una breve declaración sobre mi filosofía de vida para publicarla en una serie que debía recoger los credos vitales de unos cuantos exalumnos representativos. La tarea de condensar mis creencias fundamentales en menos de doscientas palabras me atraía y me consagré a ella con entusiasmo.

«Creo que el hombre tiene que aprender a vivir sin esos consuelos tenidos por religiosos que su inteligencia debería atribuir ya a la infancia de la especie. En cuanto a la filosofía, tampoco puede darnos nada permanente en lo que creer: es demasiado rica en respuestas y cada una de ellas invalida el resto. La búsqueda de sentido está condenada al fracaso de antemano porque la vida no tiene "sentido", pero eso no significa que no valga la pena vivirla. ¿Qué "sentido" tiene una arabesca de Debussy, un arcoíris, una rosa? Y aun así disfrutamos de ellas, conscientes de que son sólo… una voluta de música, una bruma de sueños que se disuelve en un rayo de sol. El hombre no tiene más que dos pies para sostenerse, y para mantenerse a flote debe confiar en su trinidad particular: la Razón, la Valentía y la Gracia. Y esta última no es sino la suma de las dos primeras.»

Después de despachar este manifiesto a los editores me fui con Carol a pasar unas breves vacaciones en las Bermudas, donde lo pasamos en grande paseando entre buganvillas en flor, esquivando ciclomotores y estudiando los lagartos en el muro del patio. Una tarde, mientras tomábamos el sol, sentí que el gusto de Carol por todo aquello iba menguando. La vi sentada con la cabeza apoyada en la mano y la postal que había estado escribiéndole a una amiga a sus pies. Cuando le pregunté qué le pasaba me dijo que estaba cansada y tenía calor.

Llamé a un médico del lugar, que le tomó la temperatura —estaba a 39 de fiebre— y le recetó una nueva andanada de antibióticos. Regresamos al día siguiente. Para entonces los dolores de espalda se habían reanudado. Al llegar a casa reparé en lo hundidas que tenía las mejillas y lo pálida que estaba. El siguiente análisis del doctor Cameron fue algo más fructífero que los anteriores: reveló un exceso de glóbulos blancos.

—Yo en tu lugar le haría sacar una muestra de médula ósea —me dijo.

—No…

—Tranquilo, tranquilo. La prueba se puede hacer por infinidad de motivos. Está… —Y procedió a enumerar todas las razones salvo la primera que me había venido a las mientes.

Tuve que llevar a Carol en andas hasta el coche para ir al hospital. La convicción de que nos estaban torturando de forma sistemática volvió a asaltarme cuando el doctor Cameron me dijo que el patólogo que realizaba el aspirado había usado una aguja medio sucia, contaminando la muestra. Volvimos al día siguiente. Carol se sentía tan mal que la señora Brodhag tuvo que acompañarnos para sostener la cabeza de la niña en su regazo y acariciarle la frente mientras le contaba historias y chistes. La recompensa fue una llamada del doctor Cameron, que había hablado con el patólogo y vendría a vernos aquella misma noche con los resultados.

La señora Brodhag anduvo mariposeando por la cocina junto a una ventana desde la que veía llegar al médico. Me dijo más tarde que supo lo que venía a decirnos al verlo ajustarse la corbata antes de bajar del coche. Entró en casa balanceando el maletín como un lanzador de martillo que calienta para la competición. Antes de nada subió muy sonriente a ver a la enferma. Yo esperé en el salón aferrado a un vaso de whisky. Cuando volvió, tras amonestar a Carol de broma para que dejara sus álbumes de colorear y acabara los deberes, reparó en la señora Brodhag, que seguía rondando por ahí. Le pidió que fuera hacer algún recado a la habitación de la niña para quedarse a solas conmigo. Vaciló un momento, sacudiéndose a conciencia las solapas del abrigo en un gesto que no se le habría escapado a la señora Brodhag, y finalmente, él y yo de pie, pronunció la temida e inaplazable palabra.

—Baxter y yo hemos estado revisando las muestras en el hospital —dijo alargando las palabras a medida que se aproximaba al sustantivo con el que habría de ensartarme— y todo indica que se trata de leucemia.

El futuro es cosa del pasado. Sigo convencido de que fue eso lo que pensé, con esas palabras exactas, aunque la frase era de Stein, a quien no conocería hasta la semana siguiente, hasta estar «en las barricadas», como él llamaba a las reuniones de padres en el pabellón infantil del Hospital de Westminster.

—Ponme uno de ésos, ¿quieres? —dijo el doctor—. Gracias… Bueno, hay que pensar que en Nueva York tenéis a las mayores autoridades mundiales en leucemia infantil. Mañana mismo la llevas a la consulta del doctor Scoville.

—¿Se puede hacer algo para salvarla?

—Pero hombre, ¿dónde has estado estos últimos diez años? Para empezar están los esteroides, la cortisona y la corticotropina, que consiguen mejorías fulminantes. En cuanto el tratamiento haga efecto y vuelva a llevar una vida normal, el doctor Scoville le administrará el primero de los fármacos específicos que él mismo ha ayudado a desarrollar. Si eso no funciona siempre nos queda el… pero será mejor que no adelantemos acontecimientos. —Carraspeó con el aire empático de quien está demasiado ocupado para preocuparse de asuntos tan lejanos en el tiempo—. Lo primero es conseguir que Carol haga sus deberes para que pase a sexto sin problemas. La vida sigue: ésa es la consigna. El curso está a punto de terminar y tendrás que echarle una mano, aunque el ayuntamiento también puede proporcionaros una profesora particular. La señora Quentin es buenísima y no dirá ni mu. No os hará ni una sola pregunta.

—¿Cuánto suelen durar esas remisiones?

El médico describió un círculo tan amplio que los cubitos tintinearon en el vaso.

—Años.

—Y para entonces…

—¡No te quepa duda! Trabajan sin cesar, no tardarán en dar con ello. —Se volvió hacia donde sabía que se encontraba el teléfono y, con una solemnidad más propia de una barra de bar, agregó—: Ya verás como, cuando llame a Scoville para que te dé hora, no lo encontraré en casa porque estará en el laboratorio con sus ratas.¡Acabarán por encontrarlo, seguro! Es sólo cuestión de tiempo, y el tiempo juega a nuestro favor. Hace diez años no había nada de nada, ya te digo. Y ahora ni te lo imaginas. Escucha, métete esto en la cabeza y quita todo lo demás: *Carol volverá a la escuela en septiembre.* Por mi juramento hipocrático.

Estaba de pie frente a la ventana y allí se interrumpió un momento para cavilar si podía transmitirme un grado de optimismo aún mayor. Al final recurrió a una pequeña y tierna ironía que esperaba que me hiciera tanta gracia como a él:

—Cuando se saque el bachillerato seguirás siendo un padre sufridor. —Le dio un buen tiento a su copa y señaló hacia el parque infantil que había al fondo del callejón trasero adonde daba la ventana—. Yo que tú me aseguraría de que esos columpios están en buenas condiciones, y me da que el tejado de esa caseta está medio desvencijado: dile a un carpintero que le eche un ojo, si no eres muy manitas, no vaya a pasarle algo a la chiquilla.

Se volvió hacia mí y me dedicó una sonrisa tímida, más propia de un jovencito, como si me estuviera comunicando con ella la clave del valor.

13

El doctor Scoville me esperaba en su despacho del cuarto piso del hospital Westminster. Lo encontré de pie junto a su escritorio, con su bata blanca, secándose las manos con una toalla de papel. Tendría treinta y cinco años mal llevados o cincuenta bien llevados, era difícil de discernir. Un chorro excesivo de sol entraba por la ventana y le bañaba el rostro, que se había quemado durante un congreso médico de tres días en un hotel de la costa sureña y que, al contraerse ahora en una sonrisa de bienvenida, por el color y las arrugas recordaba muchísimo a una caricatura. Le quedaba aún una buena cantidad de cabello entrecano, pero lo llevaba al rape. Tiró la toalla a la papelera y me tendió una de las manos con las que acababa de reconocer a Carol en una sala separada de su consulta por una gruesa pared y una puerta cerrada. La dura servidumbre de un trabajo que, hasta donde yo sabía, era incesante, le había encorvado los hombros. Su porte, quizá a causa del carácter y la persistencia de su sonrisa, tenía algo de servil. Era una sonrisa de tendero, pero también de disculpa y de exención de toda responsabilidad: la sonrisa de quien te suplica que recuerdes que no estás hablando con el dueño del garito, sino con un empleado. La sonrisa de un hombre que sabía que todo el que entraba por aquella puerta iba a sentirse estafado.

—El bazo empieza a palparse, de modo que la enfermedad avanza —dijo cuando nos hubimos sentado—. La hemoglobina la tiene —consultó un informe que la recepcionista había dejado sobre su mesa— en mil justos. Ha bajado casi trescientos desde el análisis que le hizo el doctor Cameron el jueves. En fin, que la situación es crítica.

Entrelazó las manos en la nuca y entornó los ojos, cegados momentáneamente por el sol.

—Los mejores fármacos que hay para la leucemia aguda son la mercaptopurina y el metotrexato. Yo comenzaría por la mercaptopurina, aunque tarda unas semanas en hacer efecto y no sé si tenemos tanto tiempo porque está bastante delicada. Pero vamos a probarlo y si la cosa se tuerce la ingresamos y le damos cortisona. Solemos reservar los esteroides para una fase más avanzada, como un as en la manga, pero si los necesitamos ya para que tolere mejor la mercaptopurina, habrá que usarlos.

—¿Si la cosa se tuerce? ¿Qué quiere decir?

—Mucho ojo con las hemorragias, eso le digo. Lo que hace la enfermedad es destruir las plaquetas, que son las encargadas de coagular la sangre. Cuide de que no se caiga ni se golpee ni se corte. Y hasta que se ponga algo mejor, nada de llevarla al parque. Si va al colegio que se salte la gimnasia y dígale a su profesor que la vigile.

—¿Qué le digo que tiene?

—Anemia. Y dígale lo mismo a Carol. La anemia forma parte de la enfermedad, después de todo. ¿No cree conveniente que se salte la escuela hasta que pase el bache? Le voy a dar algo de mercaptopurina para que comience el tratamiento. Crucemos los dedos. Si le sangra la nariz, tápesela bien con una gasa hemostática que le voy a dar. Y si no contiene la hemorragia, la trae volando al hospital y le damos esteroides.

—¿Cuánto duran las mejorías?

—Las que conseguimos con esteroides, bien poco. Con los otros dos fármacos pueden durar entre seis meses y un año, incluso dos. Es del todo impredecible. El cincuenta por ciento de los pacientes responden al tratamiento.

—¿No hay cura?

Sonrió con ternura.

—Eso depende de lo que entienda usted por cura. Tengo una hija de quince años que se trata con mercaptopurina y lleva más de tres años sin síntomas. Pero tarde o temprano las células cancerígenas se inmunizarán contra el medicamento.

—Y pasarán al metotrexato.

—Y pasaremos al metotrexato.

—Y para entonces…

—¡Eso espero! La quimioterapia, los fármacos… ésa es la pista por la que avanzamos, pero piense que hace unos años no teníamos nada de nada. Es un verdadero juego de ingenio el que hemos entablado con la bestia. La mercaptopurina, por ejemplo, destruye sus células proporcionándoles dosis alteradas de la purina de la que les encanta atiborrarse. Espero que no tardemos en dar con otras jugarretas que hacerle al bicho. Cuando eso suceda, puede estar seguro de que esta clínica será la primera en probarlas. Ahora mismo no hay ningún descubrimiento muy reciente, pero ¿quién sabe? Es una persecución trepidante, aunque supongo que a usted, en sus circunstancias, no se lo parecerá.

—¿Cree usted en Dios, además de jugar a serlo?

—Verá, entre el trabajo de aquí y los viajes que hago a todos los hospitales del país, a veces pasan semanas sin que vea a mis hijos. No tengo tiempo para pensar en esas cosas. Cuando bajemos ahora a la clínica, donde visitaremos a Carol a partir de hoy, convendría sacarle otra muestra de médula ósea. No hará falta que le explique que es ahí donde se fabrica la sangre y donde el enemigo ha erigido su cuartel general. Cuando se estabilice sólo hará falta una muestra cada varias semanas. Le voy a dar hora para el lunes que viene.

Tuvimos que volver antes de ese día. La noche del domingo, una hemorragia nasal que la gasa no pudo atajar nos lanzó por la autopista en dirección a Nueva York a ciento treinta por hora. En el asiento trasero la señora Brodhag mantenía a la enferma entretenida con el juego que las había ocupado toda la tarde.

—Mi tío tiene un colmado —dijo la señora mientras volábamos por la autopista bajo un buen chaparrón— y vende una cosa que empieza por… ¡ge!

—Garbanzos —dije.

—Pero bueno, ¿te parece a ti que os lo iba a poner tan fácil? Y deja ya de meter cuchara, anda. ¿Carol? —animó a la niña, acurrucada contra su brazo fornido.

—Geranios —dijo Carol, que conocía la estrategia de abastecer el colmado de su tío de cualquier cosa menos de comestibles—. Oye, creo que he dejado de sangrar. ¿Para qué hay que ir al hospital, papá?

—Para seguirme la corriente. Aunque ya no sangres, preferiría que fueran ellos quienes te quitaran las gasas. ¿Seguimos jugando? ¿Son granadas lo que vende su tío? Si no, yo me rindo.

A la altura de New Rochelle nos habíamos rendido los dos y la señora Brodhag nos reveló la inesperada solución. Al saber que era jengibre lo que vendía su tío, Carol y yo nos desternillamos de la risa. Cuando llegamos a Nueva York la lluvia había amainado. En el hospital le asignaron enseguida una cama donde le hicieron una transfusión de sangre y le administraron el primero de los chutes de cortisona, recetado por un médico joven que había hablado con Scoville y que me aseguró que le darían el alta en unos días. La señora Brodhag y yo bajamos luego la escalera de entrada y caminamos hacia el coche, junto al que nos detuvimos un momento, indecisos, mientras ella recorría con la mirada la calle oscura. Yo eché un vistazo también, en busca de un restaurante.

—¿Quiere comer algo? —le pregunté recordando que no habíamos cenado.

Ella sacudió la cabeza con la vista puesta en un edificio vecino; al fijarme mejor vi que era una iglesia. Cediendo a sus deseos, me ofrecí a esperarla e incluso a pasar un momento allí con ella para matar el rato. Le dije, eso sí, que no sabía si era el templo más apropiado, porque llevaba el nombre de Santa Catalina de Siena y estaba coronado por una cruz. Mi protestante compañera estaba más habituada a los interiores sencillos y los devocionarios sobrios. «Habrá que conformarse», respondió antes de entrar en aquel esplendor.

La señora Brodhag se arrodilló a rezar frente al altar. Yo me senté en un banco del medio. A esas horas, en la cripta silenciosa no se veía más que un puñado de cabezas inclinadas. La señora Brodhag se quedó un buen rato y yo me levanté y paseé hasta el fondo de la nave, donde me llamó la atención una pequeña aglomeración de cirios titilantes ante una estatua diminuta que a duras penas conseguían iluminar. La capilla estaba consagrada a san Judas, el santo patrón de los imposibles. Me puse de rodillas y apretando un puño contra mis ojos llorosos proferí una sola palabra: «¡No!».

Por aquella época llegué a dominar el arte de mantenerme siempre medio borracho sin disfrutar jamás de la bebida. El alcohol y los barbitúricos me proporcionaban unas pocas horas de reposo llenas de sueños arremolinados que giraban como lo haría un fantástico astronauta más allá de la gravedad de cualquier mundo, de la vida y la muerte. Y despertaba de aquellas pesadillas para entrar en otra, la de la vigilia. El amanecer llegaba con su bullicio de aves canoras, el mismo que en otro tiempo me hacía tener la fantasía fugaz de que habitaba en una jungla, fantasía tanto más a mi alcance cuanto que ignoraba los nombres de las criaturas que cantaban allá afuera. Aunque había un pájaro que sí conocía: el zorzal pardo, el pájaro con la voz más dulce o la más insoportable de la tierra. Uno de ellos anidó junto a mi casa aquella primavera, derramando su música líquida entre los crueles brotes de mayo. Y debí de oírlo esa noche, porque desperté con los ojos bañados en lágrimas.

Me alegré de volver al hospital, cuyos pasillos rebosaban de niños igual que las arboledas bullían de pájaros. Hasta entonces sólo lo había visto a la luz fantasmagórica de la medianoche. Por la mañana era un pandemónium de triciclos que chocaban, pelotas que botaban y gritos de enfermeras y voluntarios, a los que llamaban «urracas azules» por el color de los uniformes con los que iban siempre de aquí para allá haciendo recados de todo tipo. Una enfermera negra agarraba con firmeza un orinal cubierto con una toalla y trataba de apartar con la otra mano a un chico en pijama que se golpeaba la barriga como si se tratara de un saco de arena. La mujer reía a carcajadas. Una madre que empujaba un cochecito, donde reposaba una momia minúscula con un cartel prendido al vestido que rezaba «Nada por vía oral» se detuvo para contemplar la escena, sonriente. Un cura bendecía a un muchacho en una silla de ruedas e intercambiaba pullas sobre los Dodgers de Los Ángeles antes de proseguir su ronda. Gateando hacia nosotros se acercaba un niño muy pequeño con un turbante de gasa quirúrgica, hasta que una enfermera lo agarró al pasar y lo devolvió a su cuna.

No había nadie en el cuarto de Carol. La cama vacía tenía el respaldo elevado y en la mesita de noche reposaba el libro de cuentos que habíamos traído de casa, con una lámina de chicle a modo de marcapáginas. Una enfermera que entraba en aquel momento nos recomendó buscarla en la sala de juegos. Ahí la encontramos, sentada en una silla de ruedas y coloreando un álbum. De lo alto de una vara enganchada a la silla pendía una botella de la que salía un tubo carmesí que terminaba en una aguja, insertada en la muñeca de la otra mano. El efecto se había propagado ya a sus mejillas, no cabía duda. Su alegre «Hola» confirmó felizmente la impresión, aunque el tono festivo no tardó en dar paso a las quejas. Tenía varias, pero una de ellas descollaba. Al parecer, una «dama de sociedad» le había trenzado el cabello, un capricho de por sí injurioso que arruinaba además las ondas que llevaba tiempo tratando de cultivar. Acaté al instante la orden de desprenderle las gomas y, mientras le cepillaba su preciosa crin, le pregunté por qué había accedido.

—¿Y qué vas a hacer, papá? Tienen sus *maneras*…

—¿Qué maneras?

Carol bajó la voz y me señaló con los ojos a la urraca azul cuya obra estaba destrenzando.

—Mírala, mírala.

167

La voluntaria en cuestión era una mujer morena y esbelta de unos treinta años y de un refinamiento que se imponía a cualquier uniforme, dotada de un aplomo muy rígido que traslucía una vida de seguridad económica y piscinas, partidos de tenis al sol en clubes de lujo y bailes de beneficencia bajo arañas de cristal. Estaba dando palmaditas a un negrito tumbado en una camilla con ruedas que le relataba su operación con fingida valentía. El niño llevaba un turbante entre cuyas vendas podía verse cómo el bulto extirpado volvía a inflarse poco a poco como un brioche en el horno.

—Qué historia más fabulosa, Tommy. ¡La de cosas que podrás contarles a tus amigos cuando vuelvas a casa!

La urraca iba de un niño a otro dando de comer a los que se habían rezagado durante el desayuno, ajustando el canal del televisor ante el que se congregaba un puñado de pacientes bajo una enredadera de tubos de transfusión y catéteres intravenosos, sacando juegos y rompecabezas para los que se sentaban en las mesas. Cuando volvió a pasar junto a nosotros yo ya había desmantelado su obra. Se detuvo un momento a nuestro lado para asimilar el cambio.

—*Mírala* —exclamó con aplauso de júbilo ritual—. Qué guapa.

—¿Le gusta? —pregunté con ojos de perro apaleado, pues comprendía a la perfección a qué se refería Carol cuando hablaba de sus «maneras».

—Pues claro, está preciosa. ¿Dónde te gusta la raya, corazón? ¿En el medio o a un lado?

—A un lado.

—Es donde más te favorece. Asegúrate de que tu papi lo hace bien —dijo y se marchó lanzándome un mohín pedagógico.

No supe si se había olvidado de las trenzas o sólo fingía por respeto al juego sagrado que todos jugábamos a las mismas puertas de la muerte: el de que *todo iba bien*.

La comedia resultaba más difícil de mantener en la sala de

visitas, donde los padres pasaban los pocos respiros que les daban sus vigilias comparando estados clínicos en confidencias que podían ser interrumpidas en cualquier momento por sus protagonistas, que llegaban a pie, en triciclos o en sillas de ruedas. Fue allí donde conocí a Stein.

Yo acababa de dejar a Carol en su cuarto para que echara la siesta y había entrado a fumar un cigarrillo. Un hombre chaparro y calvo, con la cabeza de proyectil y un traje de un verde que hería la vista, miraba por la ventana hacia la calle. Cuando entré se volvió y soltó un gruñido de bienvenida.

—Y a ti, ¿qué condena te ha caído? —dijo en un tono que invitaba a parodiar la conversación de dos presos injustamente encarcelados.

Se lo conté y le devolví la pregunta.

—Ídem de ídem —dijo—. Aquí todos tienen lo mismo, de una u otra especie. La infinita diversidad de la Naturaleza…

—¿Hace mucho que está enferma tu hija? ¿Cómo se llama?

—Se llama Rachel. Es la primera vez que la ingresan.

Describir la obstinada desesperación que exhibía no me costaría ni la mitad que explicar el tremendo impacto que me causó, la atracción instintiva que sentí hacia un hombre que por otra parte encontraba repulsivo. Lo cierto es que a Stein le habría ido mucho mejor encarar el mundo de espaldas, sin tener que mostrar aquella cara. Para economizar medios cabría aludir al perfil amorfo y a sus minúsculos colmillos de carlino. No obstante, su nariz no era chata como la de los carlinos: más bien parecía una réplica en miniatura del proyectil que Dios le había dado por cabeza. Era el cancerbero, el encargado de dar la bienvenida a los condenados y mostrarles las tinieblas infernales de las que no volverían a salir, pues bloquearía su salida con el mismo celo con que celebraba su llegada. Después de charlar un rato me invitó a seguirle y franqueamos los dos la puerta cristalera que daba a la terraza.

Desde allí, a través de una ventana enrejada, me mostró el interior de un laboratorio lleno de ratones enjaulados. Un empleado limpiaba las jaulas, dejaba comida y cambiaba el agua de los cuencos. Junto a otra ventana, usando el alféizar como banco de trabajo, dos investigadores se consagraban a su tarea. La chica sacaba los ratones de un cesto de uno en uno y los sostenía en el aire mientras el hombre medía los tumores de sus cuartos inferiores con un calibrador. Luego anotaba las medidas en un cuaderno donde consignaba también el peso del ratón, al que ponían sobre el platillo de una balanza antes de devolverlo al cesto, sacar otro y repetir la operación.

Al ver que tenían público, los dos científicos adoptaron un aire de gravedad y eficiencia, pero la comedia no duró mucho: al cabo de un momento se echaron a reír. Un ratón aprovechó la distracción para escapar y tuvieron que atraparlo. Cuando consiguieron devolverlo al cesto la chica se agachó y nos mostró, entre risas, una ratonera: ¡tenían una plaga de ratones! Nos alejamos caminando hasta el borde del terrado y nos apoyamos en el pretil que daba a la calle, dos pisos más abajo. A unos cien metros, justo enfrente del ala de investigación en cuyo extremo nos encontrábamos, se erigía la iglesia de Santa Catalina.

—Vaya yuxtaposición —dije—. Ciencia y religión.

Era el tópico que Stein había estado esperando. De hecho, parecía impaciente por oír un comentario así. Su réplica fue de una amargura tal que pensé que a lo mejor me había arrastrado hasta ahí para que le diera el pie.

—Tanto monta, monta tanto… —zanjó soltando un bufido que era una variante sutil del gruñido con el que me había saludado.

Nunca hubiera imaginado que el gruñido humano pudiera tener una variedad tan rica de matices.

—Vamos, hombre.

Stein sacudió la cabeza.

—No entenderán nunca el cáncer. No lo vencerán. La anárquica proliferación de células que lo causa es una reminiscencia del légamo primigenio; un recuerdo del caos original, sin forma ni verbo, sin vacío siquiera. En el principio era el muermo, y el muermo era Dios. ¡Qué le vamos a pedir a un muermo! —concluyó con el arrebato burlesco de un hombre tan rebosante de odio que no dudaba en dirigirlo contra sí mismo.

—Si no supiera por qué estás aquí —repuse yo, que tampoco podía alardear de temple—, te diría que ésa no es forma de hablarle a un padre del ala infantil de oncología.

—Disculpa —dijo poniéndome una mano en el hombro y guiándome hacia la puerta. Pero el cancerbero tenía otras ideas mucho más apetecibles para disfrutar de nuestra solitaria estancia en el infierno—: ¿Has comido? He encontrado un restaurante maravilloso aquí al lado. Habrá que visitar un poco el barrio, ya puestos.

De camino al restaurante pasamos junto a la iglesia y, por la puerta abierta, distinguí el altar, bañado en el resplandor del pan de oro y las vidrieras.

—Así que no crees en Dios —le dije.

—Dios es sólo una palabra que anda haciendo ruido por nuestro sistema nervioso. Existe en la misma medida que Papá Noel.

—Pues Papá Noel ha tenido una influencia tremenda, exista o no.

—Entre los niños.

—Hubo muchos santos que murieron por Dios. El martirio no es ningún juego de niños.

—Eso es lo atroz, que todo es una ilusión. A la postre, nada servirá de nada. El mártir da su vida y el criminal la quita, pero para el Todo lo mismo da una cosa que la otra.

—Eso no puedo creerlo.

—Pues te felicito.

Se hizo un silencio triste y curiosamente cordial que rompí volviendo la cabeza hacia el laboratorio clínico, antes de doblar la esquina y perderlo de vista.

—Por eso sí que podemos estar agradecidos, casi diría que esperanzados —dije—: hace diez años nuestras hijas estarían desahuciadas.

—Sí, hoy día la leucemia es un tren de cercanías en lugar de un expreso. El mismo trayecto, con unas cuantas paradas de más. Eso es la medicina: el arte de prolongar la enfermedad.

—Pero hombre —dije riéndome—, ¿por qué habríamos de prolongarla?

—Para aplazar el duelo.

Si logré soportar las sentencias de Stein durante la comida, que regamos además con grandes cantidades de alcohol, fue gracias a la certidumbre, estoicamente atesorada, de que estaría de vuelta en mi querido hogar en un día o dos. Estaba seguro de que los esteroides, cuya eficacia venía precedida de tan solemnes garantías, estaban obrando su magia contra el enemigo. Aquella certeza, que extendía a Stein y a su pequeña Rachel, me ayudó a sobrellevar ese interludio de roznidos y resoplidos que hizo las veces de almuerzo. Encorvado sobre su plato de arroz, Stein me recordaba a un caballo resollando sobre su avena. Lo estaba disfrutando, de eso no me cabía duda. Ya lo había calado: lo suyo no era intelecto puro y duro, sino un montón de emociones rancias. Me caía bien.

De regreso a nuestro puesto volvimos a pasar junto a la iglesia de Santa Catalina, esta vez por la acera de enfrente, y vi en la fachada un rótulo que anunciaba una novena a san Judas para el mes siguiente. Unas palomas grises revolotearon sobre la figura crucificada del pórtico.

—¿Te has fijado que las palomas nunca ensucian el Cristo? —dije.

—Será que la parroquia lo limpia.

—No, los pájaros no se posan en él. Se posan por todas partes menos en el Cristo, es curioso.

También me pareció curioso que el doctor Scoville no nos llamara aquel día ni al siguiente. Ardía de impaciencia por hablar con él. Al tercer día, cuando lo vi entrar en el pabellón, me pareció un hombre de sesenta años, desgreñado y sin afeitar, prácticamente incapaz de sujetar su cartera. Había volado a cinco ciudades para asistir a un ciclo de conferencias, con una escala relámpago en Washington para mendigar fondos destinados a un fármaco experimental que salía a treinta mil dólares el kilo. Llevaba treinta y seis horas sin dormir en una cama, nos dijo con aire jovial al llegar junto a la de Carol.

—Yo tampoco he pegado ojo con tanto jaleo —le espetó la enferma—. Esto es un gallinero.

El doctor Scoville le levantó la bata para palparle el bazo y asintió satisfecho: no había crecido. El adversario reculaba de su peligrosa posición y se batía en retirada. La membrana nasal seguía friable, pero no había por qué preocuparse, la última analítica revelaba que el cómputo de plaquetas, que había llegado a bajar a sesenta y cinco mil, ascendía ahora a una cifra más esperanzadora: cien mil. Sus mejillas sonrosadas hablaban por sí solas de sus niveles de hemoglobina.

—Puede llevársela a casa esta noche si quiere.

Mucho antes de pagar la factura ella ya estaba vestida y con el equipaje listo, fuera del precinto de altas médicas. Para entonces se había puesto el sol y había estallado una tormenta. Carol bajó las escaleras haciendo volatines, entró en el coche eufórica y salimos disparados hacia nuestra casa de las afueras.

—¿Podré ir a la escuela mañana?

—¡Pues claro! Y cuando lleguemos ya estás llamando a tus amigos para ponerte al día. Vas a tener que emplearte a fondo, lo digo muy en serio.

—Me pregunto qué habrá cocinado la señora Brodhag para cenar.

—Me lo ha dicho por teléfono: pollo frito, empanadillas, puré de patatas y helado con sirope. Y a mí me guarda una cerveza bien fresquita.

—¡Tú y tu cerveza, papá! Es de lo más *ordinario*. Ya nadie bebe *cerveza*.

Tuve que explicarle el porqué de mi carcajada:

—Si algo es ordinario, es porque lo hace todo el mundo. Si no lo hiciera nadie, sería extraordinario.

—Qué repelente eres…. Da igual, es un menú genial.

—¿Qué me dices de organizar una fiesta el fin de semana para todos tus amigos? Te han echado de menos. Si quieres, lo hablamos esta noche con la señora Brodhag.

Nota al margen sobre la teoría de la relatividad: el hombre más feliz de Nueva York aquella noche era un padre volviendo a casa en coche, entre relámpagos y ráfagas cegadoras de lluvia, con una cría desahuciada sentada a su lado.

Stein tenía razón, pero sólo en parte: el futuro no era cosa del pasado, sino del presente. Había llegado la hora de vivir al máximo o, como me decía a veces, de exprimir cada día como la austera señora Brodhag exprimía sus naranjas: hasta la última gota. Debía asegurarme de que Carol no se perdiera absolutamente nada y disimular mis atormentadas intenciones. Fingir puede ser útil en las situaciones más inverosímiles. ¿Quién me hubiera dicho que, en aquel laberinto llamado paternidad, se convertiría en un deber sagrado?

En primer lugar quise que Carol comprendiera y disfrutara al máximo del vínculo que me unía a la señora Brodhag. Para eso era necesario remontarse a su primera aparición en casa, cuando Carol tenía tres años y yo guardaba cama. Me la había mandado una agencia «en periodo de prueba», y la forma en que le clavó sus ojos verdes a aquel enfermo con una gasa caliente en el cuello y una coctelera llena de zumo —que daba una nota de color a la colección de objetos desperdigados por el suelo— dejó bien claro quién iba a poner a prueba a quién. Sus primeras palabras fueron: «Voy a adecentar esto un poco».

Recostado en mi cama vi surgir el orden del caos. Aquel castor humano que se abría camino por mi leonera acabó dando con un libro que recogió y dejó sobre el escritorio. La forma en que frunció el ceño al leer el título me trajo a las mientes la observación que había dejado caer la mujer de la agencia: «La candidata trabajó en una biblioteca».

—¿No le gusta Hemingway? —musité desde la cama.

Por toda respuesta agarró el tomo por una esquina con el pulgar y el índice y sostuvo aquel presunto andrajo con las páginas colgando, como si pudiera mancharse.

Así comenzó aquella sesión continua de crítica literaria que ella hubiera querido llevar a cabo con la sola ayuda de la pantomima. Parecía resuelta a comunicarse únicamente por aquella vía, de modo que el juicio a cada autor que yo «le proporcionaba» era un número de mimo que debía ser descifrado. «¿Qué le parece Thomas Wolfe?», le pregunté, y ella hizo girar una fregona imaginaria por el suelo: así era como el tipo manejaba la pluma. «¿Y Faulkner?» Se limpió entonces los pies de la porquería que el nombre debía de evocarle. Una vez hice alusión a un conocido novelista, más notorio por la cantidad que por la calidad de su producción. Sin dudarlo un instante la señora Brodhag se llevó una mano a la nariz y extendió el otro brazo, después repitió la operación con la mano y brazo contrarios. Lo encontré tan críptico como la crítica de altos vuelos, hasta que me vino a la mente el método que utilizaban antiguamente los merceros para medir las telas: así era como el escritor sacaba a la luz su género año tras año… ¡Qué bien plasmado! La señora Brodhag había trabajado en una mercería y en una tienda de comestibles antes de recalar en la biblioteca local. Allí, sus superiores no apreciaban tanto sus veredictos mímicos ni las largas pinzas que se trajo del colmado para alcanzar los libros de las estanterías más altas. La despidieron al poco tiempo porque no soportaban sus manías.

Cuando terminé de relatarle a Carol mis experiencias con la señora Brodhag, quise que viera una demostración de su técnica. Para entonces, la señora Brodhag y yo habíamos llegado al acuerdo tácito de que aquél era nuestro juego particular y lo practicábamos con frecuencia. Cada artista era un nuevo desafío. Y digo artista porque el campo se había ampliado y abarcaba también la pintura, la escultura, la música y cualquier otra disciplina estética. Una noche estaba escuchando el *Sea Drift* de Delius en el fonógrafo mientras la señora Brodhag —que comía ya siempre con nosotros— recogía la mesa de la cena. Le hice una señal a Carol para llamar su atención, como diciendo «Mira», y le pregunté a la señora Brodhag: «¿Y esta música qué le parece?». La presteza con la que estrujó un pañuelo imaginario indicaba que hacía ya un buen rato que se estaba guardando su opinión: «Una bazofia sentimentaloide», ése fue el veredicto que pesó sobre la obra coral y sobre el propio Delius. Antes de salir le guiñó un ojo cómplice a Carol, corroborando que ambas sabían de qué pie cojeaba su padre en cuanto a gustos musicales. Me sentí dichoso al presenciar aquella escena de intimidad hogareña. Mal sabía el chasco que habría de llevarme cuando todo aquello se fuera al garete delante de mis narices.

Al pasar por la habitación de Carol aquella noche la encontré sentada en la cama, leyendo, como tenía por costumbre antes de acostarse.

—¿Por qué te burlas de ella? —me preguntó.

¿Habían sido demasiadas las expectativas que había puesto en su niñez o más bien me había quedado corto? Ella aún tenía mucho que aprender de las riñas y el amor puro y los celos infantiles, ni qué decir de la malicia sutil y los afectos propios de la madurez. ¿Por qué había de forzar aquel crecimiento? ¿Por qué trataba de hacerla más sofisticada antes de hora? El clásico lamento melancólico de «¿Por qué tienen que crecer tan rápido?», tan común en los progenitores, que hasta hace poco también yo suscribía, se veía ahora relevado por la tribulación opuesta: «¿Qué edad alcanzará?».

No traté de defenderme de su acusación de condescendencia ni quise insistir en que yo era un «admirador» de la señora Brodhag, que me parecía «maravillosa», un remedo de deferencia lamentable donde los haya. Los ojos azules de Carol estaban ahora clavados en el libro y tuve que dirigirme a sus largas pestañas.

—Vamos, que a veces nos riamos de la gente no quiere decir que nos burlemos. Tambien tú te reíste cuando pensó que *jengibre* se escribía con ge.

Carol dejó el libro boca abajo sobre la colcha.

—Papá, mira que eres bobo: ella sabe perfectamente cómo se escribe *jengibre*. Habíamos visto la palabra en un libro dos días antes. Por eso la dijo: sabía que yo lo sabía. Fue sólo una broma para aderezar el juego, por eso me reí.

—¡Vaya!

Para recobrar un poco de mi autoridad paterna no se me ocurrió nada mejor que decirle que iban a dar las nueve y era hora de apagar la luz.

—Bueno, entonces me quedan quince minutos más, porque ya me he duchado y me he puesto el pijama.

—¿Y qué?

—Pues que la señora Brodhag sabe que eso me lleva quince minutos y, como ya lo he hecho, me sobra tiempo. Ya va siendo hora de que tú la veas a ella con *mis* ojos.

Al rayar el alba la desperté con delicadeza.

—¿Has visto un ciervo alguna vez?

Me sonrió soñolienta, alzó un brazo y me atrajo hacia sí para que le diera lo que suponía que era otro de mis ávidos besos de buenas noches.

—Acabo de ver uno en el jardín —le susurré—, creo que es un cervatillo.

La llevé a mi habitación, hasta la ventana por la que hacía un momento había visto la oscura silueta del animal cruzando el seto hacia el bosque vecino. Juntos escudriñamos el jardín a la fresca penumbra de la alborada. Una luna tardía inundaba de luz el talud de césped y unas pocas estrellas se enmarañaban aún entre las ramas de la vieja catalpa.

—Ahí está, ¿lo ves? —dije señalando a una sombra—. ¿Ves la cabeza y las astas asomando entre la maleza?

—Papá, me parece que te lo estás imaginando.

—Bueno, da igual. El sábado vamos al zoo.

Después de dar aquel paso en falso con la señora Brodhag hice un esfuerzo mucho más concienzudo para comprender la relación que unía a Carol a su mejor amigo, Omar Howard.

Omar era el hijo mayor de una familia del vecindario cuya numerosa y rozagante prole llevaba años llamando a la puerta de Carol sin mucho éxito ni esperanza de tenerlo. Omar fue el único que hizo mella en su firme coraza de independencia y refinamiento. El crío había heredado todo el cerebro y todo el atractivo de su familia, aunque de barbilla para abajo su presencia resultaba algo excesiva. Sus abultados mofletes eran dos perfectos facsímiles de una barriga que a sus padres, puede que con acierto, les hacía gracia embutir en un chaleco a cuadros. Sentado y con el pulgar enganchado en el bolsillo me recordaba a los viejos retratos de Henry James, al que con seguridad leería años después, si es que no lo había leído ya. Con Omar nunca se sabía. Con aquel aire de Pulgarcito, parecía la versión en miniatura de un hombre hecho y derecho. A los catorce años iba ya al instituto del barrio, cuyas costuras académicas comenzaban a apretarle, y acabaría por llegar a la escuela preparatoria, a Harvard y Dios sabe dónde más. Era amigo de Carol desde una época en que los dos años que los separaban pesaban mucho más que ahora.

En lugar de la fiesta que yo le había propuesto, Carol prefirió invitar a cenar a Omar. Más adelante él la llamó para invitarla al cine. Su padre los llevó en el Chevrolet de la familia, en cuyo asiento delantero tuvieron que apretujarse los cinéfilos, porque la parte trasera la ocupaba una carretilla que el señor Howard había comprado de segunda mano en alguna parte. La había metido ahí para llevársela a casa y después había sido incapaz de sacarla. Los continuos forcejeos y tejemanejes para revertir la operación habían resultado infructuosos hasta la fecha. La carretilla estaba ahora atravesada de un modo inverosímil, dispuesta ahí como una especie de «presentación» fetal para que el señor Howard la contemplara como un obstetra enfrentado a un parto imposible. Era un chapucero de primer orden y nos había alegrado la vida más allá de lo imaginable. Lo veíamos a menudo trajinando por la ciudad con esa carga absurda detrás, los mangos de la carreta apuntando hacia atrás unas veces y otras rozándole la nuca, como ahora a Omar camino al cine. Una vez pasamos por delante de su casa y lo vimos en la entrada, rascándose la cabeza con la gorra en la mano y la puerta del coche abierta, a punto de probar otra solución para el rompecabezas.

—Ya no se hace cine como el de antes —oí decir a Omar al llegar a casa después de la primera sesión.

Era un crítico entendido; a fuerza de ver reposiciones en la tele se había convertido en un erudito de las obras maestras del cine mudo y las viejas glorias cómicas, reservadas por lo común al intelecto adulto. Oí que el señor Howard se iba en su coche. Omar podía volver caminando a casa después de tomar una Coca-Cola con Carol. Me levanté de mi butaca y les pregunté por la película.

Había sido un horror, una burda imitación, una composición de fragmentos de viejas comedias presentada como algo novedoso. No tardamos en llegar al tema sagrado del tartazo en la cara.

—De eso veníamos hablando, papá —dijo Carol quitándose el abrigo—. ¿Te has fijado en que cuando uno ha arrojado ya la tarta y le toca al otro, el primero no opone resistencia ni trata de defenderse? Se queda ahí plantado hasta que le cae el tartazo, es como si lo estuviera *esperando*, se nota que tiene la cara preparada. Y cuando lo recibe espera un poco antes de limpiarse los ojos, con mucha parsimonia y solemnidad, como si fuera un …

—Un ritual —dijo Omar tomando el relevo—. No es una lucha en buena lid: se parece más a las corridas de toros de España, que tampoco son un deporte como aquí pensamos con nuestra mentalidad animalista, sino una *ceremonia*. Hasta la forma en que se limpia la cara tiene su liturgia, como dice Carol. Primero se vacía lentamente las cuencas de los ojos con la punta de los dedos, después se libra de los despojos de una sacudida, entonces se limpia la cara siguiendo a rajatabla las reglas establecidas...

Deambulé ansiosamente por la sala mientras Carol se ocupaba de los refrescos en la cocina. Estaba muy hinchada por el Meticorten, entre cuyos efectos secundarios se contaba un apetito voraz y el riesgo de padecer hipertensión. Para conjurar la hipertensión tenía que comer alimentos sin sal, y la despensa rebosaba de preparados dietéticos enlatados y refrescos que mi tragaldabas había acabado por aborrecer. Le daban ataques de rabia periódicos durante los que me amenazaba a gritos con dejar el Meticorten para no tener que soportar aquella comida repugnante que yo rastreaba sin descanso por toda Nueva York. Aquella tarde yo sabía que se había atracado de palomitas en el cine y podía oír el siseo de las chapas de refrescos prohibidos y el continuo saqueo de la nevera, pero me faltó valor para montarle una escena en presencia de su amigo. Me batí en retirada, dando gracias de que aquella fuera la última semana de medicación con esteroides.

Al cabo de unos días la señora Brodhag dio parte de la ausencia de una de nuestras mejores piezas de cristalería. Se trataba de una copa de cristal de Murano muy valiosa, y difícilmente podía esperarse que yo hiciera la vista gorda. Si no estaba era obviamente porque alguien la había roto. «Tengo algo que confesar —dijo Carol finalmente—: ha sido Omar.» Yo solté una carcajada, guardando aquella traición en mi repertorio de ocurrencias con mi acostumbrada opacidad adulta. Aquella tarde llamó Omar, pero Carol nos pidió que le dijéramos que «No estaba en casa». Supuse que se trataba de un capricho femenino hasta que la vi llorando en su habitación. Carol no quería que Omar la viera porque había engordado mucho con la medicación. «Estoy tan gorda como... ¡como él!», vociferó tomando la caja de Meticorten y arrojándola contra la pared. Me agaché para recoger las perlas del medicamento y me vino a la memoria la imagen de Omar y ella en su primera infancia, sentados en el escalón de la entrada, esforzándose por aprender a chascar los dedos. Los vi deletreando palabras con los ojos cerrados, un impedimento que dotaba al juego de cierto cariz deportivo; riéndose durante el primer almuerzo en nuestra cocina mientras cortaban los plátanos en rodajas con las tijeras; chismorreando sobre una mujer del barrio que se había «decolorado el pelo de negro». Con el tiempo había ido anotado cuidadosamente un sinfín de salidas ingeniosas de mi hija, como la redacción que había escrito el año anterior sobre una fiesta cuyos invitados se llevaban «como el perro y el pato». O el telegrama que me envió por mi cumpleaños y que recibí en el mismo teléfono desde el que se había despachado. O la costumbre que tenía de utilizar «cabeza de turco» como sinónimo de «cabeza hueca» y «cabeza de chorlito», siendo incapaz, en los dominios cristalinos de la inocencia, de imaginar una escala de valores que diera cabida a esa clase de bajezas. Recordé aquella vez en que acusó a Omar de algo y lo apuntó con el dedo, hundiéndoselo en el estómago y diciéndole: «Ruego acuse de culpabilidad». De aquellos recuerdos inconexos, como una chispa que prende de un montón de rastrojos, surgió la conciencia ardiente de que Carol no había traicionado a Omar al «confesar» que su amigo había roto la copa de cristal de Murano. Aquella palabra mágica era, de hecho, un indicador de su lealtad: delatarle a él era como delatarse a sí misma.

Mientras recogía las perlas rezaba también por la eficacia del tratamiento con mercaptopurina, que comenzaría a partir de la próxima cita médica. Por su eficacia relativa, quiero decir, pues debía destruir al enemigo sin resultar tóxico para el resto del organismo. «Infórmenos de inmediato en caso de afta, vómito o diarrea», me advirtió el doctor Scoville cuando por fin se puso en marcha el tratamiento.

Me pasé tres semanas con el alma en vilo, esperando que la niña no mostrara intolerancia a ningún fármaco. La miraba y cruzaba los dedos mientras se bebía a sorbitos el zumo de naranja del desayuno, la prueba del ácido para saber si tenía inflamadas las encías. A la primera queja llamé al hospital con el corazón en un puño, pero el doctor me levantó el ánimo sin esfuerzo: «Si no va a peor, no se preocupe. Ahí es donde queremos que esté: al borde de la toxicidad». La racha de buena suerte se iba prolongando. Cuando la llevé de nuevo al hospital había bajado de peso y su estado sanguíneo era normal. Aunque si el enemigo volvía a la carga, la médula podía tardar dos semanas en presentar síntomas hematológicos, por lo que no pude saber que estábamos fuera de peligro hasta la noche, cuando me llamaron para comunicarme los resultados del aspirado medular.

—¿Puedo llevármela de vacaciones? —pregunté cargando de alegría una garganta aún reseca de miedo.

—Donde quiera. Es una remisión firme. No tenemos que veros por aquí hasta dentro de tres semanas.

Decidimos volar a California y Carol insistió en hacer una escala para visitar a mi padre. Había visto a su abuelo tres o cuatro veces en su extraño hábitat y estaba preparada de sobras para lo que iba a ver y oír. Es más, en sus ojos abiertos como platos reconocí la fascinación instintiva de los niños ante el fenómeno en cuestión. Me agarró de la mano en cuanto se abrieron las puertas y un interno pasó zumbando a nuestro lado mientras mi padre, al otro lado del pasillo, venía a nuestro encuentro cojeando histriónicamente. Le había enseñado a Carol una carta reciente del doctor a su cargo que nos preparaba para aquella bienvenida: «Después de estrecharme la mano se pasa la mano por la cabeza tres veces en sentido contrario a las agujas del reloj, algo poco común en alguien diestro. Luego procede a rascarse la nuca y, completada esta parte del procedimiento, tamborilea rápidamente en la coronilla con la otra mano. A pesar del patetismo del caso, coincidirá conmigo en que tiene su lado cómico; y además me da qué pensar, aunque reconozco que hasta ahora no le he encontrado ninguna explicación».

Tras el ritual previsto, mi padre abrazó a su nieta y la arrastró a la sala de estar para presentarle a algunos de sus amigos. Se empeñó en que se sentara en su regazo porque, como me había dicho antes en privado, «podía ser la última vez», y a continuación dejó escapar un torrente de quejas que a punto estuvo de impedir que la pobre Carol llegara a conocer a nadie. Pero los internos ya habían formado una cola informal y mi padre procedió a presentárselos. Entre ellos se contaba una joven larguirucha que no hizo más que sonreír. Había también un hombre corpulento con pinta de ejecutivo agresivo que se excusó inmediatamente después de saludarnos, pues estaba «tremendamente ocupado». Andaba de silla en silla con un teléfono que terminaba en un palmo de cable deshilachado que le había tendido un camarero invisible y con el que cerraba acuerdos millonarios y abroncaba a subordinados en ciudades remotas. Pero el más extraño de todos ellos era un anciano que también se toqueteaba la calva. Primero colocaba sobre ella la palma de la mano. Luego colocaba la otra encima, con violencia. Entonces retiraba la mano de abajo para colocarla otra vez encima y así las iba alternando durante horas. Carol, ensimismada, le preguntó por qué hacía eso y el viejo respondió: «¿Y quién va a hacerlo si no?».

Más tarde salimos a dar un paseo y pasamos por el lugar en que le propuse matrimonio a la madre de Carol en circunstancias que sólo yo conocía, pues nunca le conté a mi hija más que lo estrictamente necesario sobre el pasado de su madre. Por fin llegó el momento de acompañar al abuelo de vuelta a su pabellón, pero antes de continuar nuestras vacaciones me acerqué al despacho del doctor para charlar un rato. Después de comentarme un par de cosas acerca de él (que había poco que hacer en un caso como el suyo, básicamente), sin dejar de menearse en su silla giratoria me preguntó a bocajarro:

—¿Cómo está la pequeña?

—¿A qué se refiere?

—He visto la punción del esternón, y las estrías en las piernas podrían deberse a un aumento de peso reciente, como el que suele producir el Meticorten.

—Ha empezado ya con la mercaptopurina.

—¿Y funciona?

—Estupendamente.

—Y luego está el metotrexato, si aún no ha jugado esa carta, además de un fármaco nuevo que viene de Alemania. Y la floxuridina, que están probando clínicamente por aquí. Hay muchas cosas.

—¿De verdad?

—Pues claro. Seguro que su médico le hablará de ello llegado el momento. Si viven en Nueva York la estarán tratando en Westminster, sin duda. Con Scoville, supongo: la mayor eminencia internacional en casos agudos.

—Está usted bien informado.

—Que Dios les bendiga a usted y a su hija.

—¿Cree usted en Dios?

—Y en los hombres, que es aún más complicado. Y aun así hay momentos en los que es posible. Hay que dar gracias. Adiós.

—Adiós.

Volamos a San Francisco, que nos encantó, y desde allí fuimos en tren hasta Los Ángeles, donde nuestro entusiasmo comenzó a flaquear. Una noche, en el bungaló del hotel, situado frente al anacrónico Brown Derby,[25] después de un día deprimente de turismo, Carol se cepillaba el pelo en su habitación y yo me maldecía en la mía por no conocer a una sola persona en Hollywood, literalmente a *nadie*, pero de pronto chasqueé los dedos y exclamé: «¡Andy Biddle!». Aquel pobre diablo con un insufrible sentido del humor, que echaba a per-

[25] Famoso restaurante angelino en forma de sombrero hongo, símbolo de la Edad Dorada de Hollywood, que acabó por convertirse en una cadena.

der las apasionantes historias del jefe y le reventaba los chistes, había sido despedido poco después de la cena que he relatado y enseguida había conseguido un trabajo en el departamento de publicidad de un gran estudio cinematográfico. Sabía en qué hotel vivía; en dos minutos lo tenía al teléfono y al cabo de media hora nos apeábamos de un taxi enfrente de aquel hotel a las afueras de Beverly Hills.

Fue una noche perfecta para los tres. Andy era una de esas personas cuya conversación se ciñe casi exclusivamente a las anécdotas y aquel día estaba en plena forma. Con sus batallitas interminables sobre la meca del cine y la gente que allí había conocido, Carol se tronchaba de risa.

Nos contó una historia muy hollywoodiense: un reputado escritor había conseguido trabajo en un estudio y su primer encargo consistió en adaptar al cine una novela superventas sobre el antiguo Egipto de un escritor peor que él, pero mucho más famoso. Al acabar el guión lo entregó en el estudio y al cabo de cinco días el productor lo llamó a su despacho. «Este diálogo —le dijo, furioso— está ambientado en el antiguo Egipto, y sus personajes dicen cosas como "Su majestad, parece fría su jeta". ¿Le parece que es forma de hablar en el Egipto de los faraones?» El escritor, perplejo, quiso ver el pasaje al que se refería y el productor le arrojó el guión. Cuando leyó el diálogo que tanto había trastornado a su jefe se vio en la obligación de explicarle que decía «Su majestad parece fría, sujeta».

Carol había visto suficientes películas de época —príncipes que lanzaban saquillos con las cantidades de dinero exactas y copas arrojadas a las chimeneas de los castillos— para verle la gracia al malentendido. ¡La culpa era de la televisión! Pero la historia que más risa le dio fue la del actor al que antes de rodar la escena tuvieron que untarle los dedos de salsa de carne para que un perro le lamiera la mano en señal de afecto.

Volvimos a casa en coche cama, compartiendo de día el asiento y de noche la litera inferior, desde la que nos asomábamos por la ventana entre risitas para contemplar el paisaje a medianoche. Después de ver la vida que llevaba Andy Biddle, Carol no dejaba de repetirme, con sorna: «¿Papá, por qué no te buscas un trabajo decente?». Es irresistible la forma que tienen las niñas de encogerse de hombros cuando se ríen, y esa manera que tienen de inclinar la cabeza hacia un lado a modo de tímida disculpa cuando se ponen insolentes. A veces, arrullando a mi congoja, me daba por pensar en su madre, que tenía en mi niña una replica perfeccionada, más esbelta, de facciones más refinadas. Al desaparecer los efectos del Meticorten, su estampa volvía a traerme a las mientes la palabra «grácil», con todo su lirismo anticuado, que conseguía expresar a la perfección, no sólo en movimiento sino también en reposo, la naturaleza de aquella rosa compacta y firme en el tallo. Suficiente he hablado ya de su cabello de miel y su tez ambarina para que nadie se confunda: me refiero a la rosa amarilla y no a su hermana rosada.

Mi pequeña se durmió aquella noche mientras traqueteábamos a través de la oscuridad continental, y yo traté de desterrar de mi mente todos los pensamientos excepto uno: *Volverá a la escuela*. Empujará la bicicleta colina arriba de camino a la escuela y rodará cuesta abajo para volver a casa. Su pelo ondeará transformado en una nube dorada y ella abrirá las piernas por encima de los pedales, que darán vueltas y más vueltas hasta que la cuesta del jardín contrarreste la inercia y la bicicleta se detenga, con perfecta sincronía, ante la puerta de casa. Atesoré aquella imagen preciosa mientras respiraba su fragancia. Entonces se dio la vuelta sobre mi brazo, sacándole unas notas sueltas y descompasadas al osito musical sin el que no concebía acostarse. ¿Cómo era aquello que escribió el cardenal Newman en el más hermoso de sus himnos? «No pido ver confines ni horizontes; me basta un paso más.»

14

Es frecuente que, cuando un soldado se va a la guerra o se embarca en una misión peligrosa, calcule las posibilidades que tiene de salir con vida, y siempre hay una estadística a mano que puede facilitarle la respuesta: algo así como una entre veinte. Pero el juego puede refinarse un poco más: cuando uno ha logrado salir ileso de los peligros que lo amenazaban, ¿se reduce correlativamente la probabilidad de realizar una nueva proeza? No, aseveran las computadoras, la probabilidad es siempre la misma: una entre veinte.

De forma similar, la enfermedad nos convierte a todos en estadísticos, nos fuerza a acogernos a las leyes de la probabilidad. Una recaída medular nos advirtió que había aumentado la inmunidad al primer fármaco y que la bestia, encadenada durante los últimos seis meses, se había desatado de nuevo. Llamaron entonces a filas a su reemplazo, el metotrexato, que tenía también un cincuenta por ciento de probabilidades de resultar a la vez efectivo y tolerable. ¿Reduciría a la mitad nuestras posibilidades de éxito la buena fortuna que habíamos tenido con la mercaptopurina? No, la apuesta era la misma. Es más, el hecho de que el primer fármaco hubiera funcionado era un buen augurio para el segundo.

El porcentaje de células enfermas en la médula, que había ido creciendo del veinte por ciento al cuarenta y después al cincuenta, frenó y fue reculando lentamente —treinta por ciento, quince, cinco— hasta que la muestra de médula, extraída sin piedad de su esternón, se situó dentro de los valores de referencia. «La cosa marcha», dijo el doctor Scoville volviendo hacia mí su sonrisa de perro viejo como la luz de un faro antes de salir pitando para tomar un avión a Londres.

Aquella primavera falleció mi padre, así que volé a Chica-

187

go y me llevé conmigo a Carol, no tanto porque creyera que los niños deben asistir a los funerales como porque no quería separarme de ella ni un solo día.

Me entretuve un momento entre las tumbas vecinas. El doctor Berkenbosch había pasado ya a formar parte de aquella colonia de holandeses difuntos, como el viejo reverendo Van Scoyen, que tan bien había interpretado su papel en el lecho de muerte de Louie. Y el propio Louie, por supuesto. En la lápida de mi madre habían cincelado las palabras «Esperando la resurrección de nuestro Señor». Tu marido nunca vio tu tumba, *moeke*; estaba demasiado sumido en la melancolía y en el duelo, no quisimos traerlo al funeral. *Melancholie,* como se dice en la lengua de tus antepasados. Aquí tienes una rama de lilas tempranas. Siempre me gustó para referirme a ti esa vieja palabra holandesa que describe el sufrimiento largo y resignado: *lankmoedig.* Voy a dejarla caer sobre tu sepultura como un ramillete de sílabas inmarcesibles. Me ha traído a la mente una ocurrencia de tu nieta. Una vez le pidieron en la escuela una redacción que caracterizara a uno de sus familiares y la comenzó así: «Mi padre lee largo y tendido en la cama…». Claro que de eso hace ya mucho tiempo y ahora al recordarlo se ríe a carcajadas, como se rió al escuchar la historia de Andy Biddle sobre la secretaria de Hollywood que mecanografiaba al dictado la sinopsis de una película y escribió: «Se trata de un guión original de Kappa y Espada …».

Vaarwel, lankmoedig moeder, vaarwel. Melancholiek vader, vaarwel.[26] Os dejo con las primeras flores y las tiernas estrellas de mayo.

Una noche, desde el cuarto de la televisión en el que Carol acababa de entrar en camisón con una naranja en un plato, me llegó la voz del narrador de un documental: «… la medicina hará todo lo posible por vencerlo. La fuente de estudio más

[26] «Adiós, madre sufrida; adiós, padre melancólico, adiós.»

fructífera y la que resulta de mayor provecho para probar nuevos remedios es la variante de la enfermedad que circula por el torrente sanguíneo de los niños y que se conoce con el nombre de...». Mi mente comenzó a dar vueltas y más vueltas, sin remedio, como una rueda en un surco de barro. Aterrorizado, entré en la sala y me quedé de pie junto a Carol, agachándome para picar un gajo de naranja del plato que tenía sobre el regazo. Entretanto, en la televisión, un niño era sometido a pruebas médicas que conocíamos bien para ilustrarle a la audiencia el procedimiento. No me habría extrañado que apareciera por ahí el doctor Scoville. ¿Fracasarían mis esfuerzos por mantenerla alejada de la verdad y callar el nombre de la enfermedad por culpa de aquel terrible desliz? ¿Había servido de algo la censura constante del léxico y la entonación, el secreto guardado bajo siete llaves ante vecinos y amistades?

—Hay críos que están mucho peor que tú —dije como de pasada, apoyándome contra la pared con desgana. Me di unos golpes en el bolsillo del abrigo y agregué—: No cambies de canal, voy a traer mi pipa.

Corrí de puntillas hasta la cocina y llamé a Omar Howard.

—Tienes que llamar a Carol —le dije—. Ya te lo explicaré. No le digas que te he llamado, pero *llámala ahora mismo y tenla al teléfono todo el tiempo que puedas.*

—Entiendo, señor Wanderhope —dijo aquel jovencito listo que seguramente estaría viendo el mismo programa y que, según creo, debe de haber comprendido mi preocupación.

Mantener a la prepúber al teléfono durante una hora fue pan comido, sobre todo porque ella tenía que darle aún el parte de sus regalos de cumpleaños. Le había comprado una bicicleta nueva, media docena de vestidos, tres pares de zapatos, dos leotardos para la clase de ballet, un montón de libros de cuentos, bisutería variada, un gatito, la que seguramente sería su última muñeca, pues ya tenía doce años, y un magnetófono que me había costado doscientos dólares. Fue la señora Brodhag la que puso freno a mi locura: «¡Señor Wanderhope, por el amor de Dios! ¡Que se va a oler algo! No le compre nada más. Y devuelva el magnetófono o dígale que es para usted, al fin y al cabo es la pura verdad. Y mientras yo esté delante, al menos, no tenga el descaro de grabar las piezas que toca al piano».

Estaba sentado en el cuarto de la televisión cuando Carol volvió con el gatito en brazos. Me pareció que estaba muy callada. ¿Serían imaginaciones mías? De todos modos, el documental había dado paso a un programa de variedades y el cómico invitado aquel día estaba en plena forma.

PRESENTADOR: Lew, tu humor es muy primitivo. Los tiempos han cambiado. La gente ya no quiere ese rollo de batacazos y carcajadas, ahora quiere entretenimiento adulto e *intelectual*. Quieren reírse entre dientes: sonrisas de complicidad.

CÓMICO: Mire, yo me conformo con que se mueran de risa.

—Te has perdido un buen programa —le dije.

Bajó la mirada hacia el plato, al que había devuelto un gajo de naranja a medio masticar.

—Me escuecen las encías otra vez —dijo.

—¡Eso es buena señal! El escozor indica que el medicamento está haciendo efecto, igual que la última vez.

—Creo que me voy a la cama. Vamos, minino.

Aquella niña espléndida hacía gala de una nobleza, una reserva y una dignidad que no siempre eran atribuibles a su padre. Borracho perdido y totalmente sobrio, éste salió al jardín, entre el frío de la noche, esperando alguna clase de epifanía. Al ver que no se producía, agitó el puño contra el cielo y exclamó: «¡Si no vas a ahorrarle el dolor, déjame al menos protegerla del miedo!». En la rama de un árbol un tordo acometía su tonada vespertina, uno de los insoportables clásicos silvestres de ahora y de siempre. Lo ahuyenté a pedradas.

Temiendo que estuviera dándole vueltas a lo que habría oído en mi ausencia, volví a la casa y fui a buscarla. Cada vez que entraba en su habitación me atenazaba el miedo de hallar a una niña lánguida agonizando entre las sábanas. Me alegré de encontrarla recostada en la almohada, leyendo y acariciando a su minino, al que aún no le había puesto nombre.

—¿A quién le apetece una taza de chocolate caliente?

Levantó la vista del libro y lo dejó a un lado. Luego se levantó y se envolvió en su bata rosa.

—Vale —dijo.

Mientras le preparaba el chocolate en la cocina, oí con alegría unas notas de piano que llegaban del salón. Era un nocturno de Chopin, una de las piezas que había pulido hasta la perfección. Me entraron ganas de grabarlo, así que después de dejar la taza de chocolate humeante sobre el instrumento me incliné, tan discretamente como pude, para accionar el magnetófono. Ella bajó la mirada, reparó en la maniobra y siguió tocando. Le indiqué con un movimiento de cabeza que el chocolate estaba sobre un montón de partituras y fui a sentarme.

Al cabo de tres meses llegaron los dolores de cabeza y los problemas oculares. También se incrementó notablemente la amabilidad del doctor Scoville. Se trataba, me dijo, de un leve trastorno meníngeo. «Se puede mantener a raya la enfermedad aunque se extienda por las meninges, donde por algún motivo el fármaco no acaba de hacer efecto. La ingresaremos, le haremos una punción lumbar y ya veremos.» La muestra indicaba que la bestia campaba por sus fueros en aquel santuario donde habría que inyectar directamente altas dosis de metotrexato.

Así que ahí estábamos, de vuelta en el pabellón infantil, para asistir una vez más al espectáculo de rigor: las madres con sus hijos moribundos, el rostro hipócrita de la misericordia, la Matanza de los Inocentes. Una niña con una sola pierna se acercaba renqueando por el pasillo con sus muletas, entre los experimentados gritos de aliento de las enfermeras. A través del cristal de una puerta cerrada se veía a un niño sentado en su cama, la cabeza sangrándole por todas partes, y a un sacerdote recostado contra la pared, muy atento, listo para acercarse. En la habitación contigua unos médicos le estaban bombeando metotrexato en el cráneo a un crío de unos cinco años; aunque, a decir verdad, parecían más bien una cuadrilla de mecánicos reunidos solemnemente en torno a una máquina averiada. En la siguiente, un bebé miraba por la tele un programa de debate en el que tres expertos intercambiaban opiniones sobre la situación del teatro contemporáneo. Me detuve ante la puerta para escuchar. «Creo que escritores como Tennessee Williams exageran la fealdad de la vida, su lado más sórdido —decía una tertuliana muy elegante—. No veo qué sentido tiene.» La madre que estaba al cuidado de la cuna se levantó de la silla y apagó el televisor. El bebé emitió un chillido de protesta: debía de estar fascinado por el sombrero de la interlocutora, por su tono de voz o por algún otro detalle del programa, así que la mujer volvió a encender el aparato dedicándome una mueca cómica.

Entre padres e hijos, unidos en aquella dilatada e infernal despedida, merodeaba a todas horas una bandada de vampiros de laboratorio succionando muestras de huesos y venas a los pequeños pacientes para ver cómo lidiaban con el enemigo. Y luego estaban los médicos, ataviados con sus batas de carnicero, cortando miembros y trepanando cráneos, mutilando los diversos órganos vitales en los que moraba el demonio. ¿Qué pensarían de aquellos remedios, fruto de diez millones de horas de arduo trabajo? Asediaban al malhechor de órgano en órgano y de articulación en articulación hasta que no quedaba lugar para seguir desplegando su arte: el arte de prolongar la enfermedad. Aunque la medicina prefería recurrir a su viejo aforismo: «La vida es una enfermedad mortal».

Volví a unirme a la cadencia eterna de visitantes que empujaban a sus tesoros en sillas de ruedas. Entre ellos vi a un adolescente beatnik que empujaba a su hermana menor. Ambos estaban muy alegres: era evidente que pronto se irían a casa. El joven vestía tejanos y una sudadera negra. Se había dejado barba para darse aires bohemios, pero no lo había conseguido: su facha era de palurdo, más bien. En la agradable estela de su camaradería rodamos de un lado a otro de la sala hasta que el tráfico en sentido contrario nos obligó a romper filas. Al cabo de un rato nos topamos con los ojos negros de la pequeña Rachel Stein, a la que venía empujando su madre. Las dos niñas renovaron al instante la amistad que habían trabado en su primera hospitalización y nos dejaron bien claro que preferían ir a su aire en la sala de recreo, donde una fiesta de cumpleaños llegaba ya a su punto álgido. La señora Stein se excusó y salió disparada tras un doctor que se estaba marchando. Yo busqué con la mirada a su marido. De camino a la sala principal oí un coro de voces que discutían acaloradamente.

—La gente como usted, que quiere darle a Dios lecciones para gobernar el universo —decía un hombre con el cuello colorado como una teja—, me recuerda a esos pobres diablos que en cuanto poseen cinco acciones de una empresa van a dar la nota en la junta de accionistas y les explican a los directivos cómo llevar el negocio…

No me costó mucho adivinar quién era el destinatario de aquel sermón. Encontré a Stein arrinconado tras la cabina de teléfono con un vasito de café en una mano y una amplia sonrisa estampada en la cara. No cabía duda de que lo estaba pasando en grande. Era justamente lo que andaba buscando: una prueba más de la imbecilidad del bando idealista.

—Y ahora me dirá que nunca he tenido que pagar una nómina —replicó mientras me dirigía un gesto de saludo casi imperceptible para no interrumpir el debate.

Varias personas en diversas fases de vigilia y desaliño, padres de pacientes casi todas ellas, escuchaban atentas y metían baza cuando podían.

—Debería darle vergüenza —le dijo a Stein una mujer con un sombrero florido de Pascua—. Fue su raza la que nos dio nuestra religión. Es una suerte que los antiguos profetas no fueran como usted, porque nos habríamos quedado sin nada.

Stein sorbió del vasito en silencio. La mujer todavía no había caído en su trampa.

—Fue el pueblo hebreo el que nos libró del politeísmo primitivo, de la fe en muchos dioses —prosiguió la señora, investida de erudita—: fue su pueblo quien nos condujo a la idea de que había un solo Dios.

—Y de ahí a la verdad no hay más que un paso —dijo Stein dejando caer el vaso en la papelera.

La mujer comenzaba a dar muestras de enfado, retorciéndose un poco en su silla de cuero

—Con nuestros limitados…

—Lo que más me desconcierta es el consuelo que la gente encuentra en la idea de que alguien nos haya repartido estas cartas infames. El azar sin sentido me parece mucho más reconfortante, o en todo caso menos espantoso. Demuéstreme que existe un Dios y comenzaré a perder la esperanza de veras.

—Se trata de someterse a una sabiduría que nos sobrepasa —dijo el hombre que había dado con el paralelismo de la junta de accionistas—. Formamos parte de un plan que no podemos abarcar, como la hoja no abarca el bosque ni el grano de arena la playa. ¿Qué piensa usted cuando contempla el cielo estrellado?

—No lo hago. Me basta con ocuparme de lo que hay aquí.

—«Jehová dio y Jehová quitó.» ¿Y de eso qué opina?

—Opino que no es forma de llevar el negocio.

—¡Debería darle vergüenza! —volvió a la carga la mujer sin advertir a un paciente de cuatro años que observaba la riña desde su triciclo, detenido en el umbral—. ¿Ha leído la Biblia alguna vez?

Estuve a punto de soltar una carcajada. ¿De dónde creía la mujer que sacaba todo aquel pesimismo? ¿Dónde podía abrevar mejor su desaliento que en su «vanidad de vanidades», su «toda carne es como hierba», su «fueron mis lágrimas mi pan de día y de noche» y su «bálsamo en Galaad»?

Stein se apartó de sus contendientes para reunirse conmigo en la entrada, animando a continuar al pequeño Johnny Heard, que avanzaba en su triciclo, con una palmadita en la cabeza. Nos quedamos un momento en el umbral, poniéndonos al día. Habían ingresado a Rachel por lo mismo que a Carol, después de varios meses de remisión gracias al metotrexato y con la carta de la mercaptopurina aún por jugar. Buscamos a las chicas en la sala de recreo, donde estaban haciendo muy buenas migas. No querían saber nada de nosotros.

—¿Vamos a tomar algo? —propuso Stein.

En aquel contexto, Stein podría parecer la última compañía que podía desear, y sin embargo era justamente la clase de persona que quería a mi lado: el abogado del diablo al que exponerle mis especulaciones, la roca contra la que arrojar mis anhelos y pensamientos para ponerlos a prueba; un papel que la piedad, con todos sus miramientos, jamás habría podido llevar a cabo. Era el guardameta perfecto al que tratar de marcarle un gol.

—Hay tantas cosas que no sabemos —comenté por el camino, reanudando el debate donde lo habíamos dejado la última vez—. Ya lo decía Newton. Él, que tantas cosas nos descubrió. Somos niños jugando en la orilla y ahí fuera está el mar, inconmensurable. ¿Cómo explicarías… en fin, lo que sucedió en el camino de Damasco?

—¿De verdad necesitas que te explique cada caso de ceguera histérica? Además, ¿cómo vamos a estar seguros de que sucediera de verdad? Se relata únicamente en el libro de los Hechos, que es obra de Lucas. El propio Pablo, que se echaba a hablar de sí mismo a las primeras de cambio, no dijo de ello ni una palabra.

—Dijo que Cristo se le reveló como a un niño nacido a deshora. A lo mejor se refería a eso. Creo que lo dice en la Primera a los Corintios. Y luego está el incidente de la víbora y el fuego.

—He oído que en Oriente caminan descalzos sobre las brasas sin lastimarse.

—Eso significa que estas cosas suceden.

Algo me hizo alzar la vista. En la terraza del segundo piso, que daba al laboratorio de los ratones, la mujer del sombrero de Pascua contemplaba la noche sucia de primavera con los brazos apoyados sobre el pretil.

—¿Crees en alguno de los milagros que se le atribuyen a Cristo? —dije atropelladamente, quizás porque miré justo a tiempo para ver como la mujer se frotaba el ojo bajo un velo barato de color rosa.

Stein soltó un gruñido con un matiz más sombrío que de costumbre y se volvió bruscamente hacia el hospital.

—¿Esperas que alguien de ahí dentro se levante, tome su lecho y ande? —me respondió.

Aquella noche, mientras dábamos una vuelta como dos viejos amigos que han salido a tomar el aire, sin que nadie pudiera sospechar de qué modo nos exprimíamos mutuamente el corazón como un guiñapo inservible, nos topamos con un fenómeno que en tales circunstancias era imposible de ignorar: un predicador callejero lanzando al espacio sus metáforas reverberantes.

—¿Quieren llamar al cielo esta noche? ¡Llamen, llamen! ¡A cobro revertido! Sí, hermanos míos, han oído bien, a cobro revertido.

Al ver que nos acercábamos, se desentendió de su público circunstancial —una niña con una comba y el empleado chino de una lavandería que había hecho una pausa con su carrito para comerse una golosina— y se dirigió a nosotros:

—Sí, hermanos, a cobro revertido. Dios aceptará la llamada. La ha pagado ya, y al precio más alto: ¡Su hijo Jesucristo! ¡Ya está todo pagado, invita la casa, completamente gratis! Sólo tienen que levantar el auricular y decirle a la telefonista, que es el Espíritu Santo: «Póngame con el cielo, por favor. ¡Páseme a Dios Todopoderoso!».

Nos fuimos sin mediar palabra. Stein tuvo la decencia de no sonreírse del aliado que había ido a encontrar por el camino.

196

—Dicen que no hay mejor prueba de la validez de la Iglesia que la habilidad con la que sobrevive a sus representantes —comenté al cabo de un momento—. Por fuerza ha de ser una institución divina para hacerles frente.

—Nunca me ha convencido el argumento. Será de algún católico muy ocurrente, ¿no? Lo mismo se podría decir del Ku Klux Klan.

—Es una analogía absurda. En el caso del Ku Klux Klan, los miembros son tan deleznables como los principios que proclaman. En el caso de la Iglesia existen unos preceptos frente a los cuales, en todo caso, a veces no estamos a la altura.

Stein se encogió de hombros y lanzó un gruñido. Me pareció que había regateado al arquero para anotarme un tanto. Pasamos junto a un vendedor ambulante que ofrecía ramilletes de cornejo florido. Aquella mañana yo había traído del campo las mismas flores. Después de caminar un rato en silencio le pregunté si había oído la leyenda de que la Santa Cruz se construyó con la madera del cornejo florido, cuya veta, por eso mismo, tiene forma de cruz, igual que el asno sardo tiene una cruz en el lomo porque Nuestro Señor montó en uno para hacer su entrada triunfal en Jerusalén. Stein me dijo que jamás había oído hablar de eso. Yo no talaría ningún cornejo para poner la leyenda a prueba, ni creo que pudiera superar un escrutinio tan exhaustivo, pero el creyente ávido de misterio tiene otra leyenda a mano para confirmarla: al parecer, el mismísimo Cristo le prometió a aquel árbol floral que no volvería a crecer jamás lo bastante alto para hacer de él una nueva cruz.

En el bar reprendí a Stein por lo que le había dicho a la mujer del sombrero de Pascua. El hospital era el lugar menos indicado para poner en apuros a una madre. Él me dio la razón y me aseguró que nunca le habría dicho tal cosa a una madre, ni siquiera a un padre, de no haber estado seguro de que podría encajarlo, y me informó de que, además, no se trataba de una madre, sino de una tía: a la madre le estaban extrayendo un tumor maligno del pie en otra planta del mismo hospital.

La anécdota dejaba asomar el payaso que Stein llevaba dentro y tuve que contenerme para no empezar a desternillarme ante aquellas carretadas de absurdo. No tardé mucho.

—¿El hombre que hablaba de las juntas de accionistas era el padre?

—No —dijo Stein como si hubiera estado esperando la pregunta—, al padre lo han internado en un manicomio.

Stein esperó sacudiéndose la ceniza de su horrible manga verde hasta que dejé de llorar de la risa, y me obsequió con una sonrisa incómoda cuando le dije casi sin poder respirar:

—No tienes corazón…

Enjugándome los ojos, le pregunté si no le parecía que incluso las tías merecían conservar su fe en la consolación de quienes lloran, a salvo del azote del intelecto. Noté que le temblaba la voz de pura indignación mientras repasaba conmigo las bienaventuranzas y me desafiaba a encontrar una, «una sola», que se sostuviera al examinarla a la luz de los hechos. Los pobres de espíritu tenían que imaginarse ellos solitos el reino de los cielos y lo mismo tenían que hacer con Dios los puros de corazón, los misericordiosos no alcanzaban más misericordia que los crueles, los mansos no heredaban más que las migajas, etcétera. No obstante, había una bienaventuranza con la que uno no tenía que pelearse: ¿adivinaba cuál era? No era una de las nueve oficiales porque había sido pronunciada por separado, en la senda del Calvario. Me rendí.

—«Bienaventuradas las estériles, y los vientres que no concibieron, y los pechos que no criaron» —recitó Stein—. A lo mejor era que el Hijo del Hombre se preparaba ya para proferir sus últimas palabras frente a las tinieblas, en el último giro cósmico de la rueda de su agonía, vislumbrado finalmente el engaño al que se había prestado: «¡Dios mío, Dios mío! ¿Por qué me has abandonado?».

—¿A lo mejor? ¿Quieres decir que *no estás seguro*? Pero bueno, ¡qué gran noticia! Para el resto, digo: para quienes nos aferramos a esa pequeña duda que tan desesperadamente necesitamos y que es lo que era la fe para el creyente de otros tiempos: nuestro rayito de esperanza. ¡Oh, qué agradecidos te estamos por esa incertidumbre! Es nuestra salvación, como quien dice. Vete, tu duda te ha sanado. ¡Camarero, dos más!

Comenzaba a animarme. Y me animaba de veras, no se trataba de otro acceso de júbilo histérico. Inesperadamente me sobrevino la certeza de que saldríamos impunes, de que Carol y Rachel asistirían con vida a la llegada del Gran Fármaco. Alguien tenía que hacerlo, ¿por qué no iban a ser ellas? Mi ánimo seguía elevándose. Los moralistas lapidarios saben lo que dicen cuando hablan de «tocar fondo», de ese lugar desde el que no se puede ir hacia otro sitio que no sea hacia arriba, el suelo de la piscina contra el que el nadador se impulsa de nuevo ágilmente hacia la superficie.

—Podríamos debatir sobre estas cosas durante horas —comenté al salir de la taberna—. Es lo que ha estado haciendo el ser humano durante siglos. Y hay mucho que alegar desde ambos bandos. La contienda está igualada.

—No del todo. Hay una acusación que se puede formular contra tu punto de vista y no contra el mío: las ilusiones. Los creyentes creen en lo que quieren creer. A mí también me gustaría creer, pero me niego a aceptar que un hombre honesto sea capaz. La incredulidad es, en ese sentido, menos cuestionable que la fe.

Caminamos un poco más. Durante ese tiempo me debatí entre contarle lo que estaba pensando o no. Acabé por darle mi opinión.

—Me cuesta creer que no disfrutes pensando y diciendo las cosas que dices, aunque sólo sea un poco. Te hablo de ese lado del ser humano que disfruta odiando, restregando el horror en las narices del prójimo y regodeándose en ello. Creo que los psiquiatras le han dado un nombre: *algolagnia*, o algo así.

Pasábamos muy oportunamente junto a la iglesia de Santa Catalina, de la que salían un par de fieles satisfechos tras la misa vespertina. Escapó entonces de los labios de Stein un bufido que no alcanzó a cristalizar en palabras, pero que sentí que iluminaba fugazmente su alma para mí y que podía incluso servir para confirmar la teoría que momentos antes me había forzado a expresar con palabras: a Stein le molestaba el poder sedante de la religión, o más bien la paz que ponía al alcance de aquellos que ignoraban que aquel medicamento no era sino un placebo. En aquel exilio de la serenidad de espíritu al que su razón lo había condenado, Stein vagaba como un insomne, tratando de despertar a los durmientes de sus sueños ilegítimos con sus gritos: «¡Pero es que no os dais cuenta de que era un placebo!». Por eso me parecía que al hablar con él el verdadero problema no era tanto su lógica aplastante como su fe frustrada: no podía perdonarle a Dios que no existiera.

Al volver al pabellón infantil, la señora Stein nos recibió en el pasillo.

—Tenéis que ver como juegan —dijo—. Echad un vistazo.

Nos quedamos en el umbral de la sala de recreo. En aquel pandemónium en que el estruendo del televisor se confundía con las notas emanadas del piano que aporreaba un voluntario acompañado por otros chavales que golpeaban sus tambores y sacudían panderetas, Rachel y Carol estaban sentadas tranquilamente a una mesa, doblando y trayendo al mundo flores de papel para otros niños menos afortunados. La señora Stein nos las había descrito mientras nos acercábamos por el pasillo y, para mi sorpresa, en sus palabras no había un ápice de conmiseración.

—¿No os parece que están para comérselas? —dijo radiante desde la puerta.

—Amigas para siempre —añadió Stein sin dar cuartel ni pedirlo.

Mis conversaciones con Stein son prácticamente el único recuerdo que tengo de mi relación con los padres de otros pacientes. Y esto es así porque, lejos de resultar representativas de las relaciones en el hospital, aquellas charlas —o la breve escaramuza a la que asistí por casualidad— respondían a mis preocupaciones más íntimas. Discutir sobre cuestiones absolutas no parece propio de gente educada, pero desde que Stein y yo nos conocimos no hicimos otra cosa que devanarnos la cabeza juntos. No creo que se debiera a la apatía o la frivolidad, ni siquiera al afán de sumergirnos en discusiones que no llevan a ninguna parte (pese a que el hombre busca a Dios como el venado el arroyo): existen otros motivos para charlar de cualquier cosa mientras se nos rompe el alma.

Si continuamos viviendo se debe a una especie de graciosa conspiración: el supuesto común o la pretensión generalizada de que la existencia humana es «valiosa», que «importa», que tiene un «sentido», o bien la pátina de cortesía o humor que nos permite ocultarle a los otros —y puede que también a nosotros mismos— la sospecha de que ese sentido no existe y la convicción de que la vida está sobrevalorada, sobre todo en las malas épocas, cuando más que disfrutarla se convierte en una carga que debemos soportar. Y en ninguna parte funciona mejor esa conspiración que en ese pedazo de infierno que es un pabellón oncológico infantil, cuya realidad parece mofarse de cualquier estado de ánimo que no sea la rabia o la desesperación. Esa rabia y esa desesperación ciertamente lo acompañan a uno allá donde vaya, pero lo hacen en privado, y uno no las deja aflorar más que en ocasiones puntuales, como quien suelta a un perro salvaje para que haga ejercicio: es en tales momentos de soledad cuando uno maldice a Dios, ahuyenta pájaros a pedradas o se ensaña con la almohada en la oscuridad. En la sala de espera, escenario en el que un reparto variable de personajes espera un nuevo medicamento que bien podría llamarse Godot, la conversación es indistinguible de la que podría tener lugar en ese mismo momento en la calle, en un momento de descanso que uno se ha perdido en la oficina o en una cena de amigos cuya invitación ha tenido que declinar. Incluso las noticias sobre los hijos adquieren a menudo el carácter del cotilleo. A un espectador le parecería impensable, pero los actores toleran la farsa por el bien del resto. Cada cual conserva la calma en obediencia a una ley tácita, pero tan vinculante como si estuviera colgada en el tablón de anuncios del pasillo y un policía rondara por la sala para supervisar su observancia: «Prohibido armar escándalo». Al final, puede que no sea otra cosa que el principio de la deportividad llevado a su máxima expresión con la expectativa de que nadie se atreverá a infringirlo. Incluso Stein lo acataba en cierta medida, pese a su aparente renuencia a desearme buena suerte en mi cacería espiritual. Tal vez tratara de decirme, de la forma más amable que conocía, que no había presas en el bosque, y sus bromitas macabras desde las barricadas formaran parte de ese llamamiento al coraje.

No obstante, la capacidad para conservar el espíritu deportivo varía de una persona a otra: nadie la tiene en dosis ilimitadas. En dos ocasiones tuve que presenciar un colapso en las filas de quienes había llegado a considerar, sin faltar demasiado a la verdad, como mi propio pelotón: ese momento en el que la fina membrana de la que pende nuestra cordura se quiebra y se rompe en mil pedazos despidiendo violencia en todas direcciones.

Había una madre a la que Carol y yo veíamos en cada hospitalización. Cuidaba de un niño de cuatro años que era ya para entonces un saco de huesos, vivía en Ohio y su marido sólo aparecía los fines de semana o cuando podía escaparse del trabajo. Se llamaba May Schwartz y, con toda su hermosa corpulencia judía y su tierna y vital calidez, encarnaba el prototipo de cierto atractivo femenino que a menudo resulta irresistible al ojo gentil. Aunque no era muy joven ni gozaba ya de una figura muy esbelta, uno no podía evitar acompañarla con la mirada a lo largo del pasillo. Usaba tacones para contrarrestar su baja estatura, en lugar de un calzado más «práctico» que sin duda hubiera facilitado ese permanente ir y venir a la cama de su hijo, y era frecuente verla trotar arriba y abajo con una toalla y una palangana o con un vaso de gaseosa. Cuando uno se cruzaba con ella empujando su propia carga, al menor amago de saludo sonreía y volvía los ojos al cielo como diciendo «Ay, Dios mío». La oí decirlo en voz alta en la sala cuando le anunciaron que había llegado un rabino para visitar a Sammy; volvió los ojos al cielo y se levantó para recibirlo. Por casualidad vi al rabino entrar en la habitación de Sammy. Una vez allí se puso una kipá negra y se quedó a los pies de la cama murmurando algo, pero inmediatamente después se la quitó, se la embutió en el bolsillo y se marchó con una pinta un poco ridícula. La señora Schwartz me explicó que era su marido quien había organizado aquellas visitas y que ella «No creía que hicieran ningún daño».

Una noche estaba yo durmiendo, o al menos intentándolo, en el sofá de piel de la sala, demasiado emocionado con las últimas noticias como para conciliar el sueño: al parecer, podría llevarme a Carol a casa por la mañana. Me había quedado a pasar la noche para aprovechar el día siguiente desde primera hora. Carol había estado pletórica toda la tarde y yo aún me reía por dentro de lo que me había contado de Stein. Era una anécdota que Rachel le había revelado confidencialmente y sobre la que yo había jurado guardar el más absoluto silencio. Un domingo en que Stein se había quedado en la cama por la mañana, Rachel, que tenía entonces cuatro años y sentía mucha pena por la calvicie de su pobre padre, decidió hacer algo al respecto. Con varios mechones que les arrancó a sus viejas muñecas cosidos a un trozo de hule confeccionó una peluca, o más bien un tupé, cuya parte inferior untó generosamente de pegamento, luego entró a hurtadillas en el cuarto de su padre y se lo pegó a la coronilla. Naturalmente, la maniobra despertó a Stein. Para ser exactos, y según las explicaciones con las que éste trató más tarde de justificar su reacción, lo despertó de una pesadilla. Es posible que el sueño estuviera inspirado por la propia intrusión, durante esa fracción de segundo en la que, por lo visto, estas cosas pueden suceder.

Sea como fuere, saltó de la cama de un brinco y corrió como un loco hacia el baño, donde tuvo que enfrentarse a su nueva imagen, recién remendada con mechones de diversos matices y texturas. Al imaginarme a Stein parpadeando confuso ante el espejo, aturdido tal vez por alguna reminiscencia onírica, tratando de asimilar el nuevo plumaje que le había brotado y más tarde los resultados de su extirpación, me reí a carcajadas. El cansancio acumulado, sumado a la repentina liberación de la última ronda de ansiedad, hicieron de mí una presa fácil de la histeria, y allí me quedé, en la oscuridad, convulsionándome de la risa. El arrebato de hilaridad siguió creciendo sin control y al final me vi obligado a ahogar mis carcajadas en un pañuelo. Algo se movió tras la fina pared que separaba la sala de la habitación contigua, donde pernoctaba en un catre la señora Schwartz. Entonces oí como se abría la puerta. Siguió el sonido del ligero roce de unas zapatillas y al cabo de un instante tenía a la señora Schwartz en la puerta de la sala. Llevaba una bata de franela bajo la cual asomaban las perneras de un pijama. Su cara era invisible, pues la sala estaba a oscuras, pero contra el débil resplandor que proyectaba una luz del pasillo vi como alzaba los brazos y supe que se llevaba las manos a la cara. Su figura inmóvil emitió una serie de sonidos apagados y quebrados, muy parecidos —de eso me di cuenta entonces, mientras un escalofrío me recorría la espalda— a aquellos que hacía un momento habían llegado a sus oídos. La pobre mujer había confundido la naturaleza de mi histeria y venía a ofrecerme su eco en un apasionado arrebato de su propia cosecha. Al parecer, no era aquella roca sólida y firme por la que la habíamos tomado.

Cuando entró en la habitación me levanté. Me susurró que no lo hiciera empujándome de nuevo hacia el sofá con una fuerza que me devolvió bruscamente a mi colchón de piel. Se hincó luego de rodillas y comenzó a golpear el brazo del sofá con ambos puños mientras balbuceaba incoherencias. Las palabras emanaban de su boca a borbotones, en inglés y en *yid*-

dish, insultos, imprecaciones, blasfemias y súplicas que me sería imposible reproducir aquí. «¡No hacen más que matar ratones!», dijo por fin, en un especie de grito susurrado. La sujeté por los hombros y cuando eso ya no sirvió de nada, la así de las muñecas. Ella se zafó y me rodeó el cuello con ambos brazos en un espasmo emotivo que cualquiera habría podido confundir con un achuchón erótico. Quizá lo fuera, sólo que de una especie un tanto desquiciada. Con la misma rapidez con la que había empezado, la mujer se detuvo, se sentó en una butaca y, después de sonarse la nariz, me dijo:

—Es curioso cómo dos desconocidos se enfrentan a algo así. Hay cosas que un marido y una mujer no son capaces de decirse pero sí pueden contarle a otra persona. —«¿Decirse? Pero qué fue lo que me dijo, por Dios», pensé. Y como si acabara de reparar en el equívoco, añadió inmediatamente—: O más bien hay cosas que no son capaces de hacer el uno con el otro. Usted no tiene mujer, pero deje que le pregunte una cosa: ¿cree que hubiera podido compartir con ella algo así? —Negó con la cabeza y, aunque la iluminación que provenía del pasillo era demasiado tenue para distinguir su cara, la imaginé apretando los labios en un mohín y cerrando los ojos—. Dos personas no pueden compartir la infelicidad. Seguramente pensará que, si tuviera a su lado a la madre de la niña, podrían pasar juntos el mal trago, que el dolor los uniría y los obligaría a apoyarse el uno en el otro. —Aquí volvió a negar con la cabeza, por si hacía falta la aclaración—. De eso nada: los distanciaría. Dos personas no pueden compartir un mismo dolor. De hecho —se interrumpió un momento, como si sopesara la prudencia de la revelación que tenía en la punta de la lengua y que iba a soltarme en cualquier caso—, en cierto modo, el dolor sólo separa. Es como una carga explosiva detonada entre los dos, aunque no sea exactamente eso. —Bajó la cabeza y por un momento temí que resurgiera la histeria, pero continuó elucidando la paradoja como si contribuyera así a alcanzar un mayor grado de objetividad—. Al principio la herida estaba fresca y había momentos en los que me notaba resentida con él. Porque mi marido, ¿como le diría…? —Chasqueó los dedos—. Se creía capaz, sí: se creía capaz de compartir algo que, en esencia, era un dolor de madre. Se entrometía en una pena de la que la mujer debería ser la única propietaria. Qué ridiculez, ¿verdad? Pero ahí lo tiene, un nuevo capítulo para la obra de aquel hombre, como se llame, aquel que escribe sobre la guerra entre los sexos. ¿Quién da más?

Lloró en silencio, bajando aquel puño amenazador y golpeando una sola vez en el brazo de la butaca, como un orador o un actor que controla los gestos y los tiempos. Yo estaba fascinado, paralizado por la que posiblemente fuera la medianoche más asombrosa que había vivido jamás, aunque estuviera teñida, en el desplazamiento onírico del que formaba parte, de una extraña naturaleza anodina como la que está presente en aquel paisaje de De Chirico plagado de sombras infinitamente más largas que los objetos que las proyectan.

—Y seguro que mi marido está, en parte, igual de resentido. Es algo que nunca se menciona entre dos personas, pero que está ahí. Es algo que coloca entre ambos un biombo, de modo que la mujer no puede derrumbarse ante su marido y, sin embargo, es perfectamente capaz de lanzarse a los brazos de un desconocido. A estas horas mi marido estará probablemente con ésa… En fin, da igual. ¿Encuentra lógica a lo que le digo?

—Bueno, creo que veo por dónde…

—Bien, en ese caso haga sitio en su cabeza para la explicación diametralmente opuesta, porque si evitamos estallar ante el otro es porque se lo debemos. Por el *cariño* que le tenemos. No queremos cargarlo con lo que él nos ha ahorrado a su vez. Ya ve, la de cosas que está aprendiendo del matrimonio —dijo como un quiropráctico que manipulara la cabeza de su paciente con una serie de movimientos violentos aunque presuntamente curativos—. Así que su esposa —prosiguió en un modo que daba a entender que había absorbido y despachado la misma cantidad de chismorreos durante aquellas guardias nocturnas— nunca se le hubiera acercado como acabo de hacerlo yo. Puede que a otro sí, pero a usted no.

Se restregó las mejillas y se levantó.

—¿Qué le parece si nos fumamos un pitillo? —Se giró para encender la luz, mirando la cafetera eléctrica para ver si estaba conectada—. Enchufemos este trasto y calentemos lo que haya dentro.

Mientras fumábamos y bebíamos café, me contó alguna cosa sobre el trabajo de su marido. Era directivo de publicidad de una fábrica de calzado de Akron. En la empresa estaba muy valorado, aunque se encontraba sitiado por envidiosos rivales que lo acechaban para tenderle una emboscada. Tenía la esperanza de que nos conociéramos cuando viniera al hospital. Seguro que teníamos mucho que contarnos.

El segundo drama fue de otra índole y no fue ni la mitad de instructivo, o lo fue sólo a un nivel más elemental.

Había una habitación apartada del pasillo principal en la que los médicos se consultaban diariamente los casos que trataban en la planta y a la que, de tanto en tanto, llamaban a los padres para hablar en privado. Un día, mientras pasaba frente a la puerta cerrada, oí al otro lado la voz chillona de un hombre reprendiendo a alguien: «Entonces ¿por qué no cambió al otro fármaco, pedazo de…?». El epíteto, si se puede llamar de esa manera, quedó ahogado por el ruido de una silla al arrastrarse. Aquello degeneró inmediatamente en una pelea en la que los gritos y el estruendo de sillas volcadas se mezclaban por igual. Me quedé inmóvil, preguntándome si debía entrar o no. Había oído decir que algún padre enajenado había agredido físicamente a los médicos de sus hijos. De hecho, me percaté de que había un guardia armado que, de manera discreta pero vigilante, custodiaba el pabellón. Podía entender aquella conducta como una reacción exagerada, pero natural, incluso como un desvarío comprensible que me remitía a la sensación de angustia que me había recorrido el cuerpo la tarde en que el doctor Cameron vino a casa con sus noticias. *Aquel día lo odié físicamente.* Me apetecía partirle la boca. El altercado prosiguió, interrumpido únicamente por una voz que imploraba «Por favor, contrólese» y que reconocí entonces como la del doctor Scoville. Al oír un ruido sordo particularmente alarmante, abrí la puerta y entré.

Ahí estaba el doctor Scoville, con su bata blanca, de pie tras el escritorio al que aparentemente había estado dando vueltas y que usaba a modo de parapeto entre él y su cliente: un forastero al que había visto pasear a su hijo en un cochecito. Era pelirrojo y tenía unos ojos azules saltones que le conferían una mirada de maníaco latente, en el mejor de los casos. En aquel momento su cara era una olla de tomates hirviendo y a punto de desbordarse. Debía de haber perdido los estribos mientras el doctor trataba de interpretar la radiografía colgada del panel luminoso. En un arranque de desprecio que ahora se extendía también al resto del hospital, porque no habrían tenido que abandonar jamás su hospital de Nueva Jersey, le gritó al médico: «¡Así que ésa es la idea que tenéis del progreso! ¡Provocar tumores malignos en tejidos sanos!». Decidí intervenir y tratar de calmarlo, pero sólo conseguí que se lanzara sobre mí en una especie de huida. Puede que el tipo fuera perfectamente consciente de que estaba montando una escena, como sucede a veces cuando uno pierde los papeles, y se alegrara de recibir a un nuevo contendiente cuya intromisión le proporcionaba un agravio legítimo. Me asusté de verdad hasta que vi entrar por la puerta abierta a dos médicos residentes, alarmados por el alboroto, que consiguieron calmar al hombre. Cuando me fui, los cuatro habían recobrado la serenidad y volvían a abordar la materia con gran circunspección.

El incidente despertó mi curiosidad y se lo comenté al doctor Scoville aquel mismo día al cruzarme con él por el pasillo. Él se limitó a darme las gracias por haber terciado en la disputa. «Son cosas que pasan, en el fondo es natural», añadió. Así que abrí la carpeta metálica de los análisis y volví a ocuparme de mis asuntos.

Si he ofrecido estas dos estampas de desmoronamiento humano no es por su interés intrínseco, ni porque sean indispensables en la trama de mi relato, sino como meros preámbulos a la descripción del momento en que yo mismo toqué fondo, una historia que tampoco es muy bonita.

15

Un día de aquel invierno criminal, cuando las luces de Navidad relucían ya en miles de ventanas y la tregua concedida por el metotrexato tocaba a su fin, tuvimos que ingresar a Carol por quinta vez. Nuestros horizontes tendrían que ampliarse aún más. Las hemorragias nasales externas aún se podían manejar, pero las internas sólo conseguían detenerse mediante la cauterización y la inserción de compresas en la garganta. «Ay, papi, no puedo más», me dijo un día mi niña, salpicada de sangre, mientras la llevaba en brazos de la sala de curas a la cama. Fue uno de los pocos llantos de protesta que escuché de aquella valiente cuyo testimonio he transcrito sin faltar jamás a la verdad. Los estigmas eran recientes, tanto la punción del pecho para el último aspirado como las heridas de las agujas de transfusiones y sondas, cerniéndose una vez más sobre sus muñecas mientras ella veía la televisión con una sonrisa recompuesta. Por la pantalla, en una reposición de viejas películas, corrían de nuevo sus viejos y queridos actores mudos. El narrador era el cómico aquel que se conformaba con que nos muriéramos de risa, sólo que esta vez se alineaba con los intelectuales.

—¿Lo ves, papi? ¿Ves cómo esperan la tarta y luego se toman su tiempo para limpiársela? Es un ritual. Lo dicen hasta por la tele.

Stein y su querida Rachel no estaban aquella vez, pero el Gran Debate prosiguió en silencio en mi interior durante unos momentos.

—Te pido, Señor, permiso para desesperar.

—¿Por qué motivo?

—Mi hada se ha convertido en gnomo: ya no le queda columna vertebral, se sostiene sobre el esternón.

—¿Y tú también?

—¿Existes?

—Si digo que sí, no será más que una voz en tu cabeza, pero oblígame a decirlo y luego calla.

—¿Son Dios y Herodes la misma persona?

—¿A qué te refieres?

—A la Matanza de los Inocentes. ¿Quién querría crear una flor perfecta para pisotearla luego? En este edificio mueren niños y en el de al lado, ratones. Para Él, a quien no se le escapa ni el pajarillo que cae a tierra, no hay distinción.

—Te perdono.

—No puedo decir lo mismo.

Por algún motivo, aquella noche desperté de mi duermevela en la butaca contigua a la cama de Carol recordando el día en que fui con ella al banco de sangre de su escuela, hacía unas semanas.

La Cruz Roja me había pinchado ya la vena y ella miraba a través de la cortinilla que me separaba de la doble fila de donantes. «Un fumadero de opio», dijo vocalizando mucho para no tener que elevar la voz. La analogía me hizo mucha gracia. Terminé la donación imaginándome a mí mismo, con la señora Baldridge y la esposa del pastor en las camas adyacentes, yaciendo en opiáceo éxtasis, demacrados, esclavos de nuestra dosis y perdidos en nuestra formidable disipación.

Al ver que dormía —con los brazos abiertos tendidos hacia el carrito del que colgaban las botellas—, me escabullí a la sala para fumarme un cigarro. Esperaba poder echarle un trago a la petaca que ahora llevaba siempre conmigo, pero fui a toparme con una mujer de ciento veinte kilos que merodeaba con su bata de andar por casa arrugada y un cigarro en la boca del que colgaba medio dedo de ceniza.

—¡Chico, qué lugar! Cuando mi nena y yo nos vinimos para acá no tenía más que leucemia, y ahora dicen que ha pillado una bronca de armonía. —Yo escuchaba anonadado—. Sí, señor, como lo oye: bronca de armonía. Está en una tienda de oxígeno y ahí no puedo ni fumar. Para ella es un revés porque ya le digo, al principio no tenía más que un pelín de leucemia. Eso de la bronca de armonía no lo había oído nunca. ¿Qué es?

—¿Tengo, pues, Señor, permiso para desesperar?

—¿A qué te refieres?

—A esta mujer: ¿hasta dónde puede llegar el absurdo del dolor?

—¿Y a qué más?

—A la fiesta de cumpleaños de Johnny Heard, que se celebra esta tarde en la sala de recreo. *Niños leucémicos con sombreritos de colores.* ¿Cuántas payasadas hay que soportar junto a cada tragedia? ¿Es que nadie va a ocuparse de este mundo? ¿No hay ningún principio para gobernarlo? Aquí los niños y en el edificio de al lado las ratas…

—Ambos son uno para Nuestro Señor, que los ama por igual.

Aquí bastará una carcajada sarcástica para expresar la alternativa: el vacío sordo, el letargo anodino de la eternidad.

Aquella vez la eficacia del Meticorten se redujo a un tercio, pero volvimos a casa con la médula sana en un treinta por ciento y un nuevo fármaco en el bolsillo. Nos alegramos de marcharnos porque había estallado en el pabellón una epidemia de estafilococo y la mitad de los pacientes habían sido recluidos en compartimentos oxigenados. Dos o tres, los más afortunados, habían muerto ya, incluida la hija de aquella gigante, que había sido liberada de sus males gracias a la bronconeumonía: «La mejor amiga de los ancianos», como se suele decir.

Y teníamos aún más bendiciones de las que estar agradecidos: Carol había comenzado a perder su melena dorada a mechones, señal de que el nuevo fármaco estaba trabajando, puesto que la pérdida del cabello era uno de sus efectos secundarios. Se quedó más calva que su padre. Traté en vano de convencerla de que saliera a la calle con un pañuelo en la cabeza. Al final la llevé a Nueva York, donde le hicieron una peluca.

La transformación fue tan perfecta que comenzó a ponerse la pañoleta de buena gana. Pendientes del siguiente mielograma, buscábamos otros síntomas adversos que indicaran que el medicamento surtía efecto. Uno de ellos era el descenso de los niveles de leucocitos y los de Carol cayeron en picado, con los riesgos que ello acarreaba, pues quedaba expuesta a toda clase de infecciones: un detalle de aquella compleja orquestación. Una noche la encontré tumbada sobre el costado en la cama, abrazando un globo terráqueo por el mero placer de sentir el frío del metal contra su piel. Le puse el termómetro en la boca y vi que estaba a 39. Tuvimos que llamar al doctor Cameron para que le administrara un antibiótico de amplio espectro, aunque nos recomendó ir al hospital por si acaso.

Durante sus incontables hospitalizaciones, camino del bar y de regreso al hospital, pasé tantas veces junto a la iglesia de Santa Catalina que no recuerdo exactamente el día en que entré allí a descansar. Estaba borracho perdido, totalmente sobrio y hecho trizas, la cabeza escindida, aturdido por un coro de voces en eterna disputa. Sabía por qué estaba retrasando mi vuelta al hospital: en cualquier momento llamarían del laboratorio con el informe del aspirado que le habían practicado aquella mañana y me daba miedo oír lo que, en el fondo, me moría por saber.

Me levanté, anduve hasta el pasillo central y me quedé contemplando el altar mayor y las vidrieras, que se alzaban imponentes. Me di la vuelta y fui hasta el rincón de la parte trasera, donde se erigía la pequeña capilla de san Judas, el patrón de las causas perdidas. La mitad de las velas estaban encendidas. Utilicé una de ellas para prender otra. Estaba solo en la iglesia. Las llamas crepitaban y adoptaban formas caleidoscópicas en el mar de lágrimas que bañaba mis ojos cuando me postré ante el altarcillo.

«No te pido que me salves a mí de su pérdida, pero sálvale a ella la vida. O concédenos un año a los dos. Lo pasaremos como el anterior, exprimiéndolo hasta la última gota. Celebraremos cada hora que pase entre las campanillas de invierno y la primera nevada, entre el crocus y el tulipán, la violeta, el lirio y la rosa. Admiraremos el carmesí de las flores de la azalea y también el halo rojo que rodea sus raíces cuando se despoja de los pétalos, y la aureola blanca que rodea durante una semana la base de la vieja catalpa. Luego veneraremos los crisantemos, que aguantan tanto tiempo, casi tanto como las flores de la buganvilla, acaso porque han aprendido a no florecer durante la floración. Saldremos a buscar las hojas que tremolan en los árboles más invisibles y en los arbustos que despiertan menos elogios. Todo el mundo adora el espino en flor en primavera, con su delicada pulcritud, pero ¿quién se detiene en otoño a admirar el apagado verde oliva de sus hojas? Nosotros lo haremos. Apreciaremos las menospreciadas tonalidades amarillas de esa maraña de arbustos que se desborda por el muro de los Howard, y los suaves matices entre los que parece debatirse antes de decidirse por el rojo, y el año que viene aprenderemos su nombre. Rastrearemos el jardín en busca de las modestas sutilezas que se extravían en el estruendo de los robles y los arces, como flautas y flautines ahogados por tambores y trompetas. Cuando llegue el invierno no dejaremos pasar ni una sola nevada inadvertida. Volveremos a contemplar la primera nevasca desde la ventana de Carol como figuras encerradas en un pisapapeles de cristal. "¡Elige un copo de nieve y no lo pierdas de vista hasta que llegue al suelo!", volverá a decir ella. Les daremos de comer a los pájaros corrientes que se queden a alegrarnos el invierno, y cuando vuelva la primavera seremos los primeros en salir a buscar el primer susurro blanco de las campanillas en el bosque. Todo esto te pedimos, y la remisión de nuestros pecados, en el nombre de nuestro señor Jesucristo. Amén.»

Cuando regresé al pabellón, la señora Morganthaler acababa de entrar a la sala de recreo empujando el carrito con las bandejas de la cena para aquellos que podían comer. Carol estaba dormida con los brazos extendidos hacia los recipientes que colgaban a perpetuidad encima de la cama, uno blanco y otro rojo. Su enfermera preferida se levantó de la silla que tenía en un rincón y me susurró que aprovecharía para salir a cenar algo. Asentí y ella se fue con una revista bajo el brazo.

Me quedé un rato contemplando cómo respiraba sosegadamente. No llevaba la peluca y pude apreciar la forma perfecta de su cabeza. «Niña de pura y despejada frente…»[27] Los estigmas eran más visibles que nunca: en las manos tenía un sinnúmero de pinchazos oscuros, y bajo la gasa de algodón del pecho podía verse la reciente punción. De la tirita de cinta adhesiva que sujetaba el algodón pendía su habitual estrella dorada, concedida por su buen comportamiento y su valor en combate.

Mientras estaba ahí, de pie junto a su cama, percibí que se abría la puerta con sigilo. Al volverme vi la cara del doctor Rómulo, un joven residente filipino, que asomó la cabeza tímidamente para pedirme con una seña que saliera al pasillo. Me tomó del brazo y me llevó a un lado. La expresión solemne de su rostro anunciaba novedades importantes.

—Acaban de devolvernos el examen de médula ósea y ha bajado a un seis por ciento —dijo—. Prácticamente normal. La enfermedad remite.

---

[27] Se trata del verso «Child of the pure unclouded brow» del poema homónimo de Lewis Carroll.

16

—El problema de doblar las cantidades de una receta —dijo la señora Brodhag— es que hay ingredientes cuyo efecto es más del doble al duplicar su cantidad. Es una cuestión de proporción. Como el que dice que todos nacemos iguales: pues sí, pero algunos nacemos más iguales que otros.

Me reí un buen rato admirando cómo completaba su obra: estrujó la manga pastelera con una habilidad pasmosa para dibujar ocho rosas verdes que dispuso a lo largo del borde de la tarta. Limpió la manga concienzudamente para alternar, entre las primeras, otras ocho rosas rojas. Volvió a enjuagar la manga para escribir con glasé azul el nombre de Carol con la letra impecable que le debía al método Palmer de caligrafía comercial. Llevaba en pie desde el amanecer.

—Ocúpate de que se lleve un buen pedazo, pero dales también a los demás niños —me dijo poniendo su creación en mis manos—. No es un pastel para ponerle un helado pringoso por sombrero, pero si eso es lo que quieren tampoco vamos a oponernos. Ah, y recuérdale que habrá otro para cuando vuelva a casa, aunque no creo que haga falta decírselo. Y deja de pintárselo todo de color de rosa, como te digo siempre.

Después de aparcar el coche en Nueva York, tomé del asiento con sumo cuidado la caja que contenía el pastel, cerré la puerta con la rodilla y bajé por la calle con la caja en las manos. Un poco más adelante divisé a la señora Morano, la enfermera del turno de noche, que entraba en la iglesia de Santa Catalina para rezar sus oraciones de la mañana. Agarré el paquete con una sola mano para abrirle la puerta y la seguí hasta situarme frente al altar, cercado por el habitual corrillo de fieles. Dejé el pastel sobre un banco vacío y me arrodillé junto al resto.

Cuando me puse en pie vi a la señora Morano a un lado del presbiterio. Nos saludamos con un susurro mientras recorríamos el pasillo central.

—Ya se habrá enterado de lo de Carol —le dije.

—Sí, qué gran noticia. Por eso me da tanta lástima todo esto.

—¿El qué?

—La infección. Se está propagando por el pabellón como un reguero de pólvora. La mitad de los niños están aislados, con oxígeno.

—¿Carol también?

Asintió con la cabeza.

—Me pidieron que lo llamara esta mañana, pero ya había salido —dijo—. Con el nuevo fármaco tienen tan bajas las defensas que están completamente expuestos a las infecciones. Es la historia de siempre: en un hospital se puede pillar cualquier cosa.

—¿Estafilococo?

—No lo sé. Le han hecho un hemocultivo, pero las bacterias tardan un tiempo en desarrollarse. Le están dando cloromicetina, creo. Será mejor que vaya a verla.

Corrí al hospital. En cuanto vi a Carol supe que había llegado la hora del adiós. Para entonces el microbio o microbios invasores no sólo se habían apoderado de su torrente sanguíneo, sino que habían desencadenado un sarpullido septicémico que se extendía por todo su cuerpo. Su abyecto enemigo había ganado la partida. Una de las manchas cubría la zona en la que trataban de insertar un catéter y se extendía por todo el muslo. Por la tarde ya había alcanzado su rodilla, que comenzaba a gangrenarse. El doctor Scoville no pudo ser más amable.

—Han pedido otro tanque de oxígeno —me dijo aquella tarde en el pasillo—, pero creo que coincidirá conmigo en que no va a necesitarlo…¡Eh!, ¿cómo va eso, Randy? Hoy te vas a casa. —Alta, bien alta la cabeza por esa niña que nadie amará más que yo, ni en el cielo ni en la tierra. ¡Alta, bien alta!—. He ordenado que le den toda la morfina que necesite. Se irá plá-

217

cidamente. Ya no nos reconoce. Es mejor así porque, si le sirve de consuelo, tampoco había muchas esperanzas con el nuevo fármaco. Hemos hecho un estudio colectivo y las remisiones son escasas y breves; sospecho que se deben al Meticorten, que se administra conjuntamente. Nunca podremos estar seguros de que no haya sido así. De cualquier modo, no habría sido más que una breve tregua...

Suspiró y prosiguió su ajetreado camino en dirección a los confines de la tierra.

Volví a la habitación. La enfermera le estaba tomando la tensión arterial.

—Prácticamente nula —susurró—. Mejor así, porque es cuestión de horas.

La peluca adornaba el globo terráqueo, encima de la mesa. Las manos, libres de agujas, descansaban sobre la colcha con sus estigmas definitivos. Su respiración se fue haciendo más lenta, cada inhalación era un sollozo contenido. Pero en algún momento sonrió un poco y, al inclinarme sobre ella, oí que le decía algo a un amigo que montaba a su lado en bicicleta. Regresaban a casa a toda velocidad, colina abajo.

—Sus sueños son siempre felices —murmuró la enfermera, y yo pensé en el verso de un viejo poema—: «La muerte quiere una brillante impronta».[28]

La flor de sus venas se había secado, el tallo de su espalda se había roto, y aun así, a través del gnomo aún me era dado ver al hada, pedaleando en su bicicleta con los radios centelleantes y la melena dorada al sol. La había visto estudiando piano con sus leotardos de ballet: había tantas cosas por hacer y hubo tan poco tiempo para hacerlas. Recordé lo fácil que se lo había puesto mi duendecillo a su madre en el parto, tan deseosa de nacer como estaba, tan impaciente por existir.

La enfermera salió un momento y dejé los pies de la cama para ponerme a su lado. Durante ese ratito que tuvimos a so-

---

[28] «Death loves a shinning mark», verso de Edward Young.

las le susurré: «Jehová te bendiga y te guarde. Jehová haga resplandecer su rostro sobre ti y tenga de ti misericordia. Jehová alce sobre ti su rostro y te dé paz».

Entonces toqué sus estigmas uno por uno: las marcas de las agujas, la punción del pecho que llevaba tantos meses abierta y sólo ahora comenzaba a cerrarse. Acaricié su cabeza geométricamente perfecta. Me arrodillé para besarle las mejillas, los pechos que ya nunca crecerían, que ningún joven llegaría a palpar. «Ay, cordero mío.»

Sus labios se curvaron en otra sonrisa cuyo secreto me pareció adivinar. La reconocí sin ayuda de su mirada, vedada ya para siempre: la sonrisa que tantas veces había presenciado durante su niñez. Era la expresión que adoptaba cuando los deberes no se le resistían, la sonrisa radiante de orgullo con la que se imponía a una columna de cifras o componía un verso de su agrado. Era la sonrisa de satisfacción que lucía al piano después de memorizar una nueva pieza, o en la bicicleta, asiendo los vencidos cuernos del manillar mientras daba la que sería su primera vuelta alrededor del jardín. En ocasiones, como la de aquel sábado por la mañana, volvía esa sonrisa tímidamente hacia mí para que mi aprobación la hiciera disfrutar aún más.

Pero esta vez no podríamos compartir la experiencia. Se iba ella sola. A pesar de tener los ojos cerrados, en su rostro se intuía el reflejo de la concentración más intensa, con ese miedo al error o la imperfección que lo había caracterizado siempre. Nunca me había parecido tan viva como entonces, mientras hacía acopio de toda la vida que llevaba dentro para dedicarla a aquella última tarea, cualquiera que fuese. ¿Se estaría enfrentando en su sueño a una suma o a una oda a la naturaleza? ¿Se trataría de un delicado y complicado pasaje musical o del primer viaje extático sobre dos ruedas, con su promesa de libertad y caminos veraniegos adivinándose en la lejanía? Me arrodillé una vez más para susurrarle una pregunta al oído, pero no hubo respuesta: sólo aquella expresión de absoluta evasión en su rostro. Brillaba como una estrella a punto de explotar y durante el estallido me ofreció de golpe toda su luz. ¿Qué podía hacer salvo aceptar ese regalo?

Incluso sus extremidades extenuadas habían adquirido una especie de tensión, una vibración de arco tirante. Pero a medida que pasaban las horas fueron aflojándose, al igual que sus facciones. Tal vez había cumplido ya su misión y era hora de descansar. Más tarde una sonrisa volvió a dibujarse en sus labios, y los separó lo suficiente para mostrar las encías sangrantes. El enemigo manaba ya por cada una de las grietas. La contemplación de aquellas criaturas estoicas enfrentándose a la bestia siempre me había inundado de una furia ciega que a menudo me obligaba a apartar la mirada. Ahora me alegraba que Carol no pudiera verme ahí plantado, solo por fin, en Tierra Santa.

Se fue a media tarde. Una ola la arrastró, hurtándosela a sus sombríos centinelas, para ir a romper más allá de donde alcanza nuestra mirada. En el silencio insondable y atemporal que sigue a la muerte uno acaba buscando como loco un reloj, en un último intento de detener el espíritu perdido en el tiempo. Había adivinado lo que me dirían las manecillas: las tres en punto. Los niños recogían ya los libros de texto, listos para volver a casa.

Después de ciertas formalidades entré de nuevo a la habitación para despedirme. Una vez leí una novela cuyo protagonista se quejaba, al despedirse de una mujer en circunstancias similares, de que era como decir adiós a una estatua. Ojalá hubiera sido así. Mi hija parecía, al fin, una flor despedazada o un pájaro acribillado por la tormenta. Sabía que bajo las sábanas tenía el aspecto de un ser apaleado hasta la muerte. En lo que a mi dignidad se refiere, la preservé como pude con un pañuelo de tela con el que me enjugué las lágrimas después de graznar como un ganso.

El camarero había terminado de limpiar después de servir a unos comensales de última hora y les sacaba brillo a los vasos para atender a la clientela nocturna. Después de apurar la sexta o séptima copa me dijo: «Ya está bien, es el décimo lingotazo que me vacía de un trago». Puede que también escuchara aquellas voces…

Al pasar por la iglesia de Santa Catalina, de camino al coche, me acordé de la tarta y entré a ver. Seguía en el banco, intacta. La cogí y me fui con ella hacia la salida. Un fiel que entraba en aquel momento reparó ceñudo en la extraña trayectoria que describía para salir de allí.

Ya en la calle me detuve en la acera con un pie en el bordillo. Me di la vuelta y alcé la vista hacia la Imagen que presidía la puerta central con los brazos abiertos; estaba ahí, como siempre, entre las piedras cubiertas de hollín y el arrullo de las palomas.

Saqué la tarta de la caja y la equilibré en la palma de la mano. El gesto asustó a los pájaros, que salieron de su refugio y aletearon hasta posarse al otro lado de la calle. Entonces eché el brazo hacia atrás y lancé la tarta con toda la fuerza que me quedaba. Antes de apagarse la mente, antes de partirse el corazón, se apresta como las manecillas de un reloj a punto de sonar. Pareciera incluso que uno ha de recobrar la compostura antes de desintegrarse. Las partículas dispersas del yo —el amor, el canto del tordo, los deberes de matemáticas, los nervios destrozados, las muñecas de trapo, una llave, las estrellas doradas, las sonrisas a la luz de la lámpara, el llanto en mitad de la noche y el caos de la contemplación— se unen durante una fracción de segundo como pedazos de metralla antes de explotar.

Ya fue un milagro que la tarta alcanzara su objetivo, dada la altura a la que se encontraba. Y aún lo fue más que acertara limpiamente en el blanco, justo por debajo de la corona de espinas. Y entonces, ante mis ojos rojos, me pareció que las manos se liberaban de los clavos y se movían lentamente hacia la cara pringada. Muy despacio, con gran deliberación e infinita paciencia, se limpió el glaseado de los ojos y se despojó de él. Lo vi caer a pegotes sobre la escalera del pórtico. Luego se frotó las mejillas con el mismo aire de seriedad y delicado ritual, y la sobriedad característica de quien podría estar diciendo: «Dejad que los niños se acerquen a mí… De los que son como ellos es el reino de los cielos».

La escena se disolvió en una neblina, mis piernas cedieron por fin bajo su propio peso y me derrumbé sobre las escaleras. Me senté sobre aquellas piedras desgastadas para descansar un momento antes de seguir. Así fue como acabó Don Wanderhope aquella noche: en el lugar que, para los satánicos de su juventud literaria igual que para aquellos con una carrera espiritual más modesta, constituía la única alternativa válida a la boca de una pistola: al pie de la Cruz.

17

El verano dio paso al otoño y, en noviembre, cuando cayeron los primeros copos blancos, la señora Brodhag decidió hacer un viaje a Seattle para visitar a su hermana, de la que con tanta obstinación nos había hablado.

Yo le había hecho saber que la casa estaba en venta, así que me dijo que tal vez haría allí «otros contactos». Si la vendía —y era muy factible, a juzgar por la procesión que marchaba tras el agente inmobiliario de turno— y me mudaba a un apartamento en la ciudad, difícilmente precisaría su ayuda. El trayecto hasta el aeropuerto fue el primero que realizamos por la autopista desde aquellos días en que la recorríamos casi a diario. «Estará en nuestras plegarias», me rugió al oído para contrarrestar el bramido de los reactores. Apreté contra su mano una medallita de San Cristóbal que a duras penas había conseguido desenredar de la cadena de un crucifijo tras sacar ambos del bolsillo. Nos sonreímos mientras me daba las gracias con un leve asentimiento. Luego se convirtió en un pájaro en el cielo, en una abeja, en nada.

Pasaron muchos meses más antes de que me armara de valor para aventurarme en el cuarto soleado de la parte delantera, y si lo hice fue sólo porque la venta repentina de la casa me obligaba a vaciarla. Metí los vestidos, juguetes y artículos de escritorio en cajas y las llevé al garaje para que se las llevara el camión de la beneficencia. Entre los libros y papeles guardados en el cajón del escritorio había un pergamino monumental, enrollado entre dos palitos como si fuera un documento antiguo, en el que había pegado todas y cada una de las cartas que le habían enviado sus compañeros de sexto curso. Leí unas pocas y lo metí en la caja de recuerdos reservados para un futuro aún lejano. Una era la nota de un chico que, según decían, estaba loco de amor por ella, en la que le instaba a responderle cuanto antes y añadía una posdata que rezaba: «En la copa de un árbol los dos, BE-SÁN-DO-NOS». También introduje las películas caseras en sus latas selladas. Al final encontré la presencia de ánimo para encender el magnetófono.

Bajé con él a la sala de estar. Las ventanas estaban abiertas de par en par: volvíamos a estar en primavera. Comenzaba a anochecer y encendí todas las lámparas.

Tras el runrún del aparato y algunas risitas ahogadas, comenzó un diálogo absurdo entre la señora Brodhag y yo, que Carol había grabado sin avisar, sobre el mejor modo de arreglar las goteras del alero. «Ni que estuvierais casados: las regañinas que tienes que aguantar», decía Carol en la grabación después de registrar aquella escaramuza. Seguían varias piezas al piano, incluido el nocturno de Chopin que conseguí grabar la noche del programa televisivo delator. Me quedé de pie frente a la ventana, con un trago bien cargado, mientras cada una de aquellas notas líquidas se derramaba sobre mi corazón. Después de la música hubo un silencio prolongado y decidí poner fin a aquel pasatiempo que ahora me parecía una pésima idea, pero el sonido de su voz detuvo mi dedo sobre la tecla. Se trataba de una selección de lecturas para la que había escrito unas palabras a modo de preámbulo:

«Quiero que sepas que no pasa nada, papi. No te preocupes, de verdad. Me has ayudado mucho: más de lo que puedes imaginar. Estaba rebuscando hoy en la vitrina que hay en la parte de abajo de la biblioteca para leerte algo que te gustara. No me refiero a tus viejos libros de poesía y esas cosas, sino a algo tuyo. Y mira por dónde, aquí tengo un ejemplar del periódico de tu universidad con un artículo tuyo en el que hablas de tu filosofía de vida. ¿Te acuerdas? Quiero que sepas que ya sé lo que me pasa y que lo que escribiste me da valor para enfrentarme a mi porvenir, sea el que sea, así que, bueno, ¿qué mejor que leértelo ahora a ti? ¿Te acuerdas del día en que me lo explicaste? Aún no lo entiendo del todo, claro, pero creo que me hago una idea aproximada:

»"Creo que el hombre tiene que aprender a vivir sin esos consuelos tenidos por religiosos que su inteligencia debería atribuir ya a la infancia de la especie. En cuanto a la filosofía, tampoco puede darnos nada permanente en lo que creer: es demasiado rica en respuestas y cada una de ellas invalida el resto. La búsqueda de sentido está condenada al fracaso de antemano porque la vida no tiene 'sentido', pero eso no significa que no valga la pena vivirla. ¿Qué 'sentido' tiene una arabesca de Debussy, un arcoíris, una rosa? Y aun así disfrutamos de ellas, conscientes de que son sólo… una voluta de música, una bruma de sueños que se disuelve en un rayo de sol. El hombre no tiene más que dos pies para sostenerse y para mantenerse a flote debe confiar en su trinidad particular: la Razón, la Valentía y la Gracia. Y esta última no es sino la suma de las dos primeras."»

De algún modo llegué al sofá, donde permanecí tumbado varias horas como si me hubieran dado una paliza. Lo único que lamentaba era que no fuera una paliza mortal. Deseé que el músculo palpitante de mi pecho dejara de latir, y creo que en algún momento de la noche mi deseo estuvo a punto de cumplirse. El tiempo que transcurrió entre los cantos de los pájaros vespertinos y los primeros trinos matinales fue un lapso sin contenido, una negrura tan descarnada como las luces prendidas entre los muebles del salón. En algún momento previo al desenlace fui a mi habitación y saqué del cajón del buró un pequeño crucifijo con su cadena. Salí de casa, bajé la pendiente del jardín trasero hasta llegar al seto que marcaba el linde y lo arrojé al otro lado, lo más lejos que pude, entre los árboles. Era el bosque sagrado por el que habíamos caminado en un sinfín de ocasiones buscando las primeras campanillas de invierno y prestando oídos a las ranas en primavera, el bosque en cuyos calveros habíamos limpiado de hojarasca las tiernas corolas de las primeras violetas del año.

Alcé la vista a la noche fría. Habían salido todas las estrellas. Aquel abismo de joyas que era el cielo no respondía. Entre ellas habría siempre un espectro que me diría: «¿Puedo quedarme despierta un ratito más?». Oigo su voz por las calles de la ciudad y los caminos del campo, cuando meto la nariz en una taza de chocolate, cuando camino bajo la lluvia o veo caer los copos de nieve. «¡Elige uno y no lo pierdas de vista hasta que llegue al suelo!»

Cuánto odio este mundo. Si pudiera, lo haría trizas con mis propias manos. Me gustaría desmantelar el universo estrella a estrella como un árbol cargado de fruta podrida. Y tampoco creo en el progreso. Mejor un santo pulgoso rascándose su mugre con la esperanza de ganarse el cielo que un condenado entre sábanas limpias. El progreso sólo sirve para dilatar nuestras posesiones en este valle de lágrimas. El hombre es un error que sólo puede ser enmendado con su abolición, de la que se compromete a encargarse personalmente. Que desaparezca, pues, que le deje la tierra a las flores que la alfombran para desmentir sus logros. El hombre es inconsolable, con su eterno «¿por qué?» cuando no hay un porqué: son esos signos de interrogación los que se clavan como un anzuelo en su corazón. «Hágase la luz», imploramos, y apenas sí raya el alba.

¿Qué son estos pensamientos? Son la sombra que se alarga para recordarme que soy hijo de mi padre. Pero antes que eso soy el padre de mi hija. Y el hermano de mi hermano. Por las llanuras de mi ensoñación vagan ya de la mano Louie y Carol, y también la pequeña Rachel, diciendo «Bástate mi gracia». Porque al final nos salvará la gracia, sí: pero aquella que se da, no la que se recibe. Éste viene a ser, pues, mi *Libro de los muertos*. Todo lo que sé lo he aprendido de ellos: de mi sufrida madre y de mi padre chiflado, y de Greta, que se fue a otra parte con su ceño fruncido y su secreto en la frente. Todo lo que soy se lo debo a ellos. También a Rena y al hijo del doctor Simpson, a quien no llegué a conocer. ¿Cómo se llamaba? Stevie. «Un niño delfín», me dijo el doctor. A veces lo veo cuando paseo por Nueva York a la hora del almuerzo, abriéndose paso entre las palomas junto a la desaparecida fuente del parque Bryant, detrás de la biblioteca. «¿Puedo quedarme despierto un ratito más?»

No puedo eludir la responsabilidad de seguir adelante. La Puerta del Oeste está cerrada. La salida está obstruida. Un ángel la custodia, su espada es una cabeza dorada que sonríe al sol en un centenar de fotografías. La criatura junto a cuya tumba traté de recuperar la fe que había perdido al borde de otra tumba, la de mi hermano, es el cancerbero que me impide la entrada. Su sonrisa sella mis cometidos diarios. La expiación suele asociarse a los pecados, pero lo que de verdad expiamos es nuestra devoción. Y en lo que respecta al agente de esa expiación, cuya voz creí oír, parece que no tiene para mí palabras de consuelo, pues de él sólo me queda el reproche: «De cierto te digo que no saldrás de allí hasta que hayas pagado el último cuadrante».

Volví adentro y preparé un poco de café. Fue toda una proeza no recurrir a otra bebida, aunque fuera tan temprano. Las estrellas palidecían y despuntaba el día. Mientras esperaba a que hirviera el agua, pensé en llamar a los Stein en Trenton y preguntar por Rachel. Esperaba que la mercaptopurina la hubiera llevado más lejos, a volver a la escuela al menos. Ése siempre era el hito más importante entre los padres: volver a la escuela. Más aún que celebrar otra Navidad. No hay que ser muy listo para entender por qué. Es la única cosa que nunca dejaremos de hacer: volver a la escuela.

Sentado en la cocina, bebiéndome el café, me puse a pensar en la manera de darle a Rachel un recuerdo de Carol sin tener que contarle nada. En el jardín, entre la fragancia que derrochaban las lilas, las abejas zumbaban y los colibríes batían sus alas. Sería una mañana espléndida. El sol había vertido ya su primer rayo, que se abría paso entre los árboles del jardín pintando de oro el papel de pared. La mirada que los nuevos propietarios habían paseado por sus rayas amarillas y sus racimos de fruta madura me persuadieron de que iba a durar muy poco allí arriba. La verdad es que a nosotros tampoco nos gustaba mucho. De fuera me llegaban ruidos que atestiguaban que los vecinos comenzaban un nuevo día. Un tipo madrugador llamó a otro en la granja que había más allá de la arboleda. Un zorzal del bosque cantaba sin piedad entre la fronda veraniega.

Al rato se oyeron pasos en el camino y alguien golpeó la puerta. Era Omar Howard, que venía a darme los buenos días y a preguntarme si había encontrado el anillo de Carol con el escarabajo egipcio que había prometido que le daría. Sí, lo había encontrado. Cuando se lo entregué recibí a cambio un libro que pensó que podía interesarme: *Zen: ¿la respuesta?*

Cuando se marchó me senté a hojearlo unos minutos para probar lo que degustaría con más detenimiento cuando tuviera tiempo. «(…) apego distante (…) fluye con la naturaleza (…) acepta la realidad para que no te aplaste (…) déjate llevar por (…)». Y, por supuesto, el original chino de aquel lema invisible que gobernaba la sala del pabellón infantil: «Prohibido armar escándalo». En la sobrecubierta había una foto del autor podando una gardenia: era aficionado a la jardinería. Me subí a bordo de un tren con destino a California hasta llegar a uno u otro de sus jardines colgantes, donde habitaba aquel sabio al que le pregunté, a bocajarro, si conocía algún precepto para soportar el exterminio de las flores. «Mira», le decía arrancando de una rama la flor más perfecta que vi para aplastarla en el barro. Y seguí arrancándolas, una tras otra, observando cuidadosamente la expresión de su cara al ver cómo las pisoteaba…

Mis divagaciones se vieron súbitamente interrumpidas al recordar que debía escribirle a Omar una carta de recomendación para una escuela preparatoria en la que quería entrar. Si no me fallaba la memoria, también le había prometido pagarle una parte de la matrícula.

El tiempo nada cura: eso debería servirnos para administrarlo mejor. Tal vez haya penas inconsolables, pero no hay pena que no haga verdear los brotes de la compasión. Bienaventurados los que consuelan, porque ellos también han llorado: eso se acerca más a la realidad humana. «Ha tenido usted doce años de perfección. Y ya son una docena más de los que suele gozar el común de los mortales», me dijo inopinadamente un hombre en el tren hace unos días. Era el padre de una de las compañeras de clase de Carol, una niña algo lenta, sin ninguna maldad, con una madre originaria de Boston que hacía tiempo que había empezado a embalsamar sus sueños en alcohol. Le propuse tomar una cerveza algún día. O ir a la bolera, donde lo había visto con frecuencia más solo que la una. El hombre aceptó encantado. Otro día me topé con la señorita Halsey, que le había dado clase a Carol. «Hay poemas largos y otros cortos: ella fue uno corto», me dijo sonriendo con su cara de caballo del gótico tardío, garantía de que nunca le leería ningún poema, ni corto ni largo, a ningún hijo suyo. De nuevo el latido de la compasión, más que el aliento del consuelo: el reconocimiento de lo largo, lo larguísimo que es el banco de los dolientes en el que nos sentamos todos, unidos del brazo en franca amistad, eslabones diminutos en la cadena eterna de la piedad.

se terminó de imprimir en ENERO DE 2017 en

ES-
TA
PRI-
ME-
RA
EDI-
CIÓN
DE

«LA SANGRE DEL
CORDERO», DE
PETER DE VRIES,

ALIOS · VIDI · VENTOS · ALIASQVE · PROCELLAS